地底世界

DI DI SHI JIE

之幽潜重泉

天下霸唱 著

北京联合出版公司
Beijing United Publishing Co.,Ltd.

图书在版编目（CIP）数据

地底世界之幽潜重泉 / 天下霸唱著. — 北京：北
京联合出版公司, 2017.7
ISBN 978-7-5596-0099-8

Ⅰ. ①地… Ⅱ. ①天… Ⅲ. ①长篇小说－中国－当代
Ⅳ. ①I247.5

中国版本图书馆CIP数据核字(2017)第079460号

地底世界之幽潜重泉

作　　者：天下霸唱
出版统筹：新华先锋
责任编辑：丰雪飞
特约监制：林　丽
策划编辑：孙小波　宋亚荟
ＩＰ运营：覃诗斯
封面设计：郑金将
版式设计：刘　宽
营销统筹：章艳芬
封面绘画：吴　胤

北京联合出版公司出版
（北京市西城区德外大街83号楼9层　100088）
北京慧美印刷有限公司印刷　新华书店经销
字数183千字　787毫米×1092毫米　1/16　19印张
2017年7月第1版　2017年7月第1次印刷
ISBN 978-7-5596-0099-8
定价：39.80元

目录
Contents

地底世界

第一卷

柯洛玛尔探险家

第一章　长生龙涎

岩石圈以下近似一座高压大熔炉，但司马灰等人跟着古种鹦鹉螺潜下深渊，落入了陷进地幔中的深谷，才发现北纬30度磁圈水体反复行云布雨，抵消隔绝了地压和灼热的岩浆。

众人找不到"绿色坟墓"的踪迹，眼前所见尽是虚空的漆黑，最后借着远处地磁摩擦迸发出的微弱光痕，看到浓雾中存在着一个巨大的阴影，当即以此作为参照，从高处下来径向前行。

那深谷中菌芝丛生，木化的菊石枯壳高低起伏，地形参差错落，低陷处多有开裂，稍一接近就会感到热气像火车一样撞到身上。其中全是天然形成的水晶洞，里面充满了积水，如果凑近用矿灯向内照射，便会发现那些尖锐锋利的晶脉犹如森林一般，都是令人难以置信的奇异景象。

众人无不暗暗咋舌，但接近这片闷热潮湿的水晶森林时间稍长，就感到心脏跳动格外沉重，身体完全浸泡于汗水之中，衣服鞋袜都被汗水浸湿了，所能做的就是尽量休息，并不断喝水保存体力。

司马灰眼瞅着电池和电石不断消耗，行进速度又如此缓慢，不免十分焦急，但也没什么办法可想，寻思着："当年秦琼落难当锏卖马，算得上是倒霉透顶了，可我们还不如秦琼呢，别说马了，连头驴也没有啊！"

罗大舌头同样烦躁，但他是对前事耿耿于怀，看见二学生就气不打一处来，趁取水歇息的时候，又撇着嘴对司马灰说："这鳖犊子太可恨了，我看他这种人好有一比。"

司马灰心不在焉地问道："比作什么呢？"

罗大舌头道："就好比咱们焖熟了一锅大米饭，眼瞧着到饭口该吃了，这小子跑过来往锅里扔了把沙子，简直是缺了大德了。"

二学生自觉惭愧，任凭罗大舌头挖苦讽刺，只是低着头不敢应声。

高思扬见状愤然说道："你们之前都答应既往不咎了，怎么还不依不饶扯个没完？"

胜香邻担心众人再起争执，就岔开话头，询问司马灰有无明确计划。

司马灰感觉那浓雾里的阴影十分不祥，估摸着至少也有千米落差，"禹王碑"恐怕没有这么巨大，或许是从地脉里垂下来的龙涎亦未可知，如今只有硬着头皮过去看个究竟再说。

罗大舌头问道："龙涎……是个什么东西？"

司马灰说："远在汉唐时期，洛阳附近发生过一次强烈地震，有个村子陷入了地下，全村只有一个叫王原的人活着逃了出来，此人就遇到过龙涎。"

据说这个王原通玄修道，是位炼气之士，地裂村陷的时候，他正在家里睡觉。初陷时整个村子还算完好，村民们尚能大声呼救，彼此相闻，但落入深泉之际，满村的男女鸡犬就全部淹死了，只有王原擅长形练之术，能够浮海不死。他坠下地底千丈，被水流带到一个很大的洞穴里，忽见有怪蟒探首而下，口中流出黑色黏液，垂挂如柱，吓得他急忙绕路逃开。又行出不知多少里数，饿得实在走不动了，摸到地下细细软软的都是尘土，但有股糠米的香气。他饥饿难耐，抓起几把就往嘴里塞，吃下去甚为香甜，果然能够解饱，借此为生得以活命，在地下走了三年才出来。他回来后将这番经历说给了一位见闻广博的老道，那老道听罢告诉王原，黑色黏液是黄河下老龙所吐之涎，吃了可以长生不老，至于尘土则是龙涎风化形成的泥，吃得再多也只是充饥罢了。

罗大舌头听得神往，咂吧着嘴说道："咱赶紧过去，吃了龙涎就变地仙了。"

高思扬说："如果真有老龙嘴里流下的馋涎，单是想想也让人觉得恶心……"

胜香邻道："古时所说的地下龙涎，可能属于某种液态矿脉，吃下去是要死人的。"

司马灰本来就是毫无根据地胡乱揣测，说这番话只是让其余几人安心。由于深渊里充满了漫无边际的大雾，除了那个朦胧的阴影，再也找不到任何明确参照物，唯有冒死接近，试图找出一些线索。他看周围遍布着各种菊石壳体，毫无生命迹象，但地底雾气弥漫湿热，也未必没有遗存下来的活物，随时都会带来致命威胁，深知哪处失神，哪处就要出错，哪里防备不到，哪里就出意外，别看嘴上说得轻松，自己却不敢掉以轻心。

众人且说且走，大约行出数里，距离那道黑色的阴影越来越近，终于发现雾中阴影并不是龙涎下垂，也不是任何物体，而是一道"黑烟"。这如同整个草原燃烧起来的黑烟，全由浓密的烟尘凝聚而成，整体呈现倒圆锥形，越往上边越大，蘑菇云般一动不动地矗立在雾中，人立其下，犹如蝼蚁仰望参天巨树。

司马灰等人感到炙热难当，黑暗中烟尘呛鼻，呼吸艰难，就各自找了块湿布蒙在脸上，然后放下风镜停步观察。只见前方地面下陷成斜坡，黑烟是从一个塌陷的大洞里喷发而出。原来是那艘受到诅咒的 Z-615 潜艇残骸，从磁山脱落后也如石沉沧海，穿过水体掉进深谷，并且砸穿了地面，多半截陷到洞中，导致浓密的烟尘向上升腾。但高处空气稀薄，使漆黑的烟雾悬浮在了半空。

司马灰看了一阵儿，认定这恐怖的蘑菇云柱，只是地热涌动留下的痕迹，规模虽是骇人，但也没有什么异常，正待绕行过去，却听潜艇残骸下传来一声轻响。司马灰反应极快，有些风吹草动都能察觉，立即按下矿灯看去，就见有个人探头探脑地正从 Z-615 残骸里爬出来，那人发觉到有灯光晃动，忙闪躲进弥漫的黑雾。

司马灰以为是"绿色坟墓"，哪容对方再次逃离，便不顾黑烟炙热，一个箭步蹿下斜坡。眼看着那人被烟尘阻挡，伸手就能抓到了，不料对方身法诡异，就如猫蹿狗闪般快得出奇，反身就地一滚，竟在间不容发之际从司马灰旁边避过。

这时，罗大舌头等人已经围了上来，矿灯光束和步枪都指在那人身上，将其逼得停在原地。

黑烟附近能见度很低，司马灰以为困住了"绿色坟墓"，但隔着风镜一看，那人头戴皮帽子，身着倒打毛的羊皮袄，脖子上挂了串打狗饼，两眼贼溜溜地乱转，虽也用布蒙住口鼻，但不是早已死掉的赵老憨又是何人？

司马灰又惊又奇："这老怪怎么还能死后挺尸？难道他曾经服食过地下龙涎，变成了不老不死之身？"

赵老憨趁众人稍一愣神，又使个兔滚，朝着手中没有枪支的二学生直撞过去，妄想夺路逃窜。

这次司马灰识破了赵老憨的动向，如狮子搏兔般使出全力，后发先至，将其扑倒在地，伸手扯去了对方的面罩。

司马灰用步枪压住了赵老憨的脖子，此时想结果此人性命，实是易如反掌，不过转念一想，自己这伙人虽与赵老憨之间纠缠甚深，却没到你死我活的地步，何况事到如今，再杀赵老憨也于事无补。

众人置身在蘑菇云下都有窒息之感，知道不是讲话之所，于是先将赵老憨拖到一旁。

司马灰等人把赵老憨围在当中，彼此相互打量，谁都没有开口说话，当真是"各怀心腹事，尽在不言中"。

赵老憨终于撑不住了，对司马灰说道："真是山不转水转，想不到咱爷们儿又见面了……"他一边偷眼观瞧司马灰的脸色，一边继续说道："看这位团头好俊的身手，想必也得过绿林传授，咱人不亲艺亲，同吃祖师爷留下的这碗饭，爷们儿你走遍了天下路，交遍了天下友，把天底下能吃的都吃遍了，乃是人前显贵、鳌里夺尊、出乎其类、拔乎其萃的头等人物，为啥非要跟俺一个憨宝的过不去？"

司马灰说："你别跟我套近乎，谁不知道绿林里的手段有上下两等，上者曰'钻天'，下者曰'入地'。钻天的练会穿房越脊、飞檐走壁的本领，高处来高处去，能进到富户巨室中偷金窃银，使人不知；入地的则是挖洞打地道，专做掘坟包子抠宝的勾当。可不管是'钻天'还是'入地'，都跟你们施术憨宝的道路不同，说是毫不相干也不为过。"

高思扬和二学生两个，并不了解赵老憨的身份，还以为此人就是"绿色坟墓"，没想到长得如此獐头鼠目。

不过司马灰十分清楚，赵老憨不是"绿色坟墓"，但肯定与之有重大关联。司马灰也深知此人诡谲难测，围绕在他身上的谜团多得数不清，试问一个人怎么可能死亡并且留下尸体之后，又出现在另外一个地方？

如果算上眼前这个赵老憨，司马灰已经遇到过三次，或者说是三个同样的人了。第一个是在长沙螺蛳坟挖掘雷公墨，掉进坟窟窿被鬼火烧死了；第二个是从匣子里逃脱，死于古楼兰黑门遗址；如今又出现了一个深渊里的赵老憨。

罗大舌头遇事亦是脑袋瓜子发蒙，总觉得赵老憨是妖怪变的，趁早弄死了才是。

司马灰满腹疑惑，但千头万绪，也不知该从哪里问起才好，却听胜香邻附在耳边悄声说道："这个人也许不是赵老憨。"

司马灰心念一动：是了，看情形黑门和深渊中出现的赵老憨，应当是同一个人，因为对方显然还记得发生在匣子里的事情，但此人可从没承认过自己是赵老憋，那都是我们一厢情愿的想法。

司马灰想到这里，索性直接问道："你姓甚名谁，为何到此？"

那人眼中贼光闪烁，脸上勉强挤出些笑，抱拳说道："人过不留名，不知张三李四；雁过不留声，不知春夏秋冬。既然诸位问起，今日俺就留个名姓在此。"

第二章　不老不死

司马灰三遇赵老憋，见到的有尸体也有活人，每次都是时隔多年。由楼兰黑门前的死尸推测，匣子里的赵老憋勾结法国探险队在新疆盗宝，应该是在民国年间；而在长沙螺蛳坟挖掘雷公墨的赵老憋，是出现于新中国成立的1968 年，死后被埋在了荒坟里；如今这个人又在深渊里现身，容貌与前两个死掉的赵老憋毫无区别，还是那一身拾荒者的打扮，仍旧五十来岁贼眉鼠眼的模样，简直是个不老不死的妖怪。

司马灰难以理解发生在这个人身上的事情，但即便真是不老不死，也不可能被烧成了灰烬，还会再次出现，他只能认定前后三次遇到的赵老憋，根本就不是同一个人。

谁知那人说道："俺祖籍关东，在那《百家姓》里排行第一，奈何家里爹娘早亡，当初也没给取过大号，后来凭手艺做了憋宝的老客，因此相熟的都管俺叫作赵老憋。"

司马灰和罗大舌头听了这话，皆是面面相觑，感觉身上都起鸡皮疙瘩了，事情呈现出了最诡异的一面——前后三次遇到的赵老憋是同一个人！

罗大舌头咋舌不止，他提醒司马灰道："我明白了，说不定这老怪床底下埋着一个罐子……"

其余几人听得莫名其妙，司马灰却知道罗大舌头所言何意，当年他们在黑屋混日子，多曾听人提起一件怪事：

具体是哪朝哪代说不清了，估计是前清的事，那时村子里有个"阚"姓人家，夫妻两个以种田砍柴度日，粗茶淡饭的生活虽然清贫，但老两口子非常恩爱，为人厚道本分，日子倒也过得适宜。

夫妻二人膝下只有一子，这孩子天生耳大，耳垂又肥又厚，老两口子十分欢喜，总说："咱家这孩子生就佛相，将来必福寿无穷。"于是给小孩起了个乳名叫"福耳"。

可后来有位看相的先生瞧见，却说："这孩子耳大无福，双耳要厚而有轮方为贵人，耳厚福厚，耳薄福薄，耳要大，又要圆，又圆又大是英贤，两耳削平，奔劳一世，两耳贴脑，富贵到老，对面不见耳，则是巨富巨贵之相。"

按那江湖上流传的相法，这意思就是人的耳廓不能向前探着招风，须是平贴后脑才能有福，正所谓"两耳招风，卖地祖宗"，因此以前迷信的人家，刚生下小孩，都要紧盯着孩子，睡觉时不能把耳廓压向脸颊，免得睡成卖尽祖宗田产的招风耳，等孩子逐渐养成后压耳的习惯，也就不用再管他了。

那先生看"福耳"的面相，是双耳上薄下厚，两边都往前支着，就说这是逆子之相，再想改也来不及了。

阚氏夫妻哪里肯信，一顿扫帚将看相的先生赶走了，此后对"福耳"更加溺爱，衣来伸手，饭来张口，什么活儿都不让干。这小子长大成人之后，整天游手好闲不务正业，还学会了耍钱嫖娼，把他爹气得吐血而亡。

"福耳"不但不思悔改，反倒变本加厉，把家里的田产变卖挥霍了，又去偷鸡摸狗。一次被人告上了衙门，他逃到山里躲避，途中撞见一伙儿养蛊的黑苗，就此跟去湘黔交界混饭吃，几年后回归故里，到家不说孝顺老娘，却肆无忌惮地杀人越货。他若瞧上哪家的姑娘、媳妇，光天化日里就敢进去施暴，谁拦着就拿刀捅谁，比那山贼草寇还要凶狠猖狂。

想来王法当前，哪容他如此作恶，果然惊动了官府，派差役将"福耳"抓起来过了热堂。他对自己所犯之事供认不讳，被讯明正法，押到街心砍掉了脑袋，民众无不拍手称快。没想到行刑之后的第二天，此人又大摇大摆地在街上走，依然四处作恶。

官府自然不会坐视不理，再次将其擒获正法，可不管"福耳"的脑袋被砍掉了多少回，这个人都能再次出现，活蹦乱跳好像根本没死过。百姓无不大骇，不知此人是什么怪物，任其为非作歹，谁都拿他没有办法。

最后"福耳"的老娘实在看不下去了，只好大义灭亲，到衙门里禀告官府，说此子从黔湘深山里学了妖术，在家里床底下埋了个"藏魂坛"，肉身虽然在刑场上被斩首示众，但他过不了多久就能从坛子里再长出来。

官府闻之将信将疑，立刻命人到其家中挖掘，果真刨出一个黑漆漆的坛子，形状就像骨灰罐似的，当场敲碎砸毁，再把"福耳"押赴刑场碎剐凌迟，挫骨扬灰，自此就再也没有发生过妖人死而复生的事了。

这件事没有明确记载，仅是口耳相传，司马灰也不知道那"藏魂坛"里有什么名堂，这赵老憨每次死后都能再次现身，倒确实与这个离奇古怪的传说有些相似。

司马灰不太相信世上有什么"藏魂坛"，那与"聚宝鼎"一样都是荒诞不经的事。相传元末明初有巨富沈万三，家中财帛通天，富可敌国，哪儿来的这么多钱呢？是他还没发迹之时，路过湖边见到乡人捕蛙，就地剖蛙取肠，血腥满地。沈万三见状不忍，出钱把剩下的几百只蛙都买了下来，扔回湖中放生。某天晚上他再次路过湖边，听群蛙鸣动鼓噪，从湖底拥着一尊古鼎而出，往那鼎中扔进一块金子，就立即变成两块，沈万三因一时善念得此古鼎，日后盈千累万之资，皆为其中所生，后来沈家被明太祖朱元璋抄了，从地窖里搜出此鼎，问以刘基刘伯温，刘基曰："此为聚宝鼎。"后世俗传为"聚宝盆"，如果掉进一个活人进去，再拽出来可能就是两个相同的人了。

司马灰也暗自揣测，莫非那赵老憨无意中掉进了"聚宝鼎"，所以世上才有好几个一模一样的人？可是"聚宝鼎"、"藏魂坛"、不老不死三种猜想，都不能完全解释赵老憋的来历，此人身上的秘密，恐怕只有他自己心里才最清楚。

司马灰寻思敌我难辨，没法说赵老憋是正是邪，只能说这是个"奇人"，从头到脚都是谜团，其位置处在"考古队"和"绿色坟墓"之间。此时明知道赵老憋为人油滑，从对方嘴里说出来的话并不完全可信，但又不能不问个究竟，于是示意众人谁也不要多说，避免言多语失，先让赵老憋把其来历作为，原原本本交代一遍，等摸清了底细再做计较。

赵老憋眼见推脱不开，兀自在口舌上逞能："诸位英雄听了，俺这憋宝的行当，那也是凭真本事吃饭，眼作观宝珠，嘴为试金石，五湖四海生涯，万丈波涛不怕……"

罗大舌头恼怒地说："你再敢多说一个用不着的字，老子就生掰你一颗大牙下来，不信咱俩试试。"

赵老憋吓得一缩脖子，说道："俺不识眉眼高低，还望好汉宽恕则个，可……可是诸位到底想让俺说啥呀？"

罗大舌头嗑着牙花子道："你成心的是不是？让你说什么你自己不清楚吗？还非得等我问你？先说你鬼鬼祟祟跑到这地方干什么来了？"

赵老憋苦着脸说了经过，他声称自己也被困在这个深渊里了，瞧见大雾中有东西坠落，便特意过来察看，发现竟是个生铁坨子陷在此处，使地底涌出万丈黑烟。他钻进残骸里面看了一回，也没找到什么东西，不料刚一出来，就撞到了司马灰等人。他还记得在楼兰沙海中，被这些人从后追击，不想冤家路窄，竟又在此相遇。赵老憋已成惊弓之鸟，看势头不妙立即转身逃开，再往后就是现在的事了。

罗大舌头越听越气："老不死的你这话说了等于没说，真拿我罗某人当傻子糊弄啊？今天非把你满嘴的牙都掰下来不可……"

司马灰看罗大舌头问得糊涂，就将他拦下，然后告诉赵老憋："你我双方没有什么解不开的仇疙瘩，但你的事对我们非常重要，所以今天必须把话说明白了，别指望还能蒙混过关。你要仔细交代，比如遇过什么人、学过什么艺、憋过什么宝、经过什么事、到过什么地儿，把你的老底儿全给我抖搂出来。"

赵老憋为难地说："这位团头也是场面上的人物，咋不明白掏人老底儿，和挖人祖坟没啥两样？看诸位这架势，莫不是到此地里来找……禹王碑？俺赵老憋虽然不才，却愿助一臂之力。"

众人闻言都是一怔，司马灰和胜香邻齐声问道："你知道深渊里的禹王碑？"

赵老憋见自己说着了"海底"，故弄玄虚道："说句那啥的话，俺是略知那么一二。"

罗大舌头迫不及待地追问："那你知不知道禹王碑是什么东西？"

赵老憋点头道："自然知道……"

罗大舌头奇道："禹王碑到底是个什么？"

司马灰等人也都屏气凝神，全都注视着赵老憋，要听此人究竟说出哪些话来。

赵老憋却说："那座石碑不过是块极大极厚的石板，和山里那些普通的石头没啥两样，否则咋说它是块石碑呢，石碑嘛，原本就是石头，不是金也不是玉。"

罗大舌头气得暴跳如雷，揪住赵老憋衣襟骂道："老不死的，我看你真是活腻了！"

司马灰看赵老憋东扯西绕，实在可恨，就对其余几人使了个眼色，暗示不必阻拦，且让对方吃些苦头再说。

赵老憋被罗大舌头一折腾，果然服了软，再也不敢卖弄见识，他说："禹王碑确实是块普通不过的石头，这话全然不假，石头虽然和石头一样，但命却不相同，因为石头也有石头的命，好比同样生而为人，你把那沿街要饭的乞丐和身登大宝的皇帝，都剥光洗净了看看，岂不同是一团皮囊裹着的血肉之躯。所以说，人和人没啥两样，死了埋到土里同样腐臭生蛆。可为啥皇帝能在万万人之上，想玩哪个娘们儿就玩哪个娘们儿？乞丐却为何生在万万人之下，终日在世上忍饥挨饿？这就是命不一样，同人不同命。"

第三章　命运是条神秘的河

众人听得十分茫然："人的命运确实不尽相同，但石头哪有什么命运？"

胜香邻揣测道："赵师傅大概是说万事万物的际遇各自不同……"

司马灰说："就算石头有命运，它也还是一块石头，沉入深渊的禹王碑怎么可能只是普通岩石？"

赵老憋见众人没听明白，就说："换而言之吧，诸位经得多、见得广，想必知道唐太宗李世民了。那太宗皇帝死后葬在昭陵，祭殿石壁上刻有六匹战马，都是他生前所乘的坐骑，只因太宗的山陵称为'昭陵'，故此将这石壁浮雕合称为'昭陵六骏'。"

司马灰听文武先生讲过，这六骏是太宗李世民在唐朝建立前先后骑过的战马，分别名为"拳毛䯄""什伐赤""白蹄乌""特勒骠""青骓""飒露紫"。为纪念这六匹战马，李世民令阎立德和其弟阎立本，用浮雕描绘六匹战马列置于陵前。

东面石壁上的第一骏名叫"特勒骠"，李世民乘此马与宋金刚作战，"特勒骠"在这一战役中载着他勇猛冲入敌阵，一昼夜接战数十回合，并无箭伤，连打了八个硬仗，建立了功绩。第二骏名叫"青骓"，身中五箭，均在冲锋时被迎面射中，但多射在马身后部，李世民亲率劲骑，突入敌阵，"青骓"马四蹄腾空，一举擒获窦建德。第三骏名叫"什伐赤"，是一匹来自波斯的红马，纯赤色，乃是李世民在洛阳、虎牢关与王世充、窦建德作战时的坐骑。

刻于西面石壁的第一骏名叫"飒露紫"，征洛都王世充时所乘，当时年少气盛的李世民杀得性起，与后方失去联系，被敌人团团包围。突然间，王世充追至，流矢射中了"飒露紫"前胸，危急关头，幸好丘行恭赶来营救，他回身张弓四射，箭不虚发，敌不敢进。丘行恭立刻跳下马来，给御骑飒露紫拔箭，并且把自己的坐骑让给李世民，然后又执刀徒步冲杀，斩数人，突阵而归。太宗皇帝赞曰："紫燕超跃，骨腾神骏，气詟三川，威凌八阵。"第二骏名叫"拳毛騧"，黄皮黑嘴，身布连环旋毛。平刘黑闼时所乘，身中九箭。李世民赞曰："月精按辔，天马行空，弧矢载戢，氛埃廓清。"第三骏名叫"白蹄乌"，纯黑色，四蹄俱白，为平定薛仁杲时所乘。李世民赞曰："倚天长剑，追风骏足，耸辔平陇，回鞍定蜀。"

司马灰有些不耐烦赵老憋云山雾罩的说话方式，眉头拧成了一个疙瘩，赵老憋一见忙说其实刻有"昭陵六骏"的浮雕石板，都是普通的岩石，山里边要多少有多少，正因其上刻着不得了的东西，才成了宝物，谁看了谁都眼馋，结果被那些掏坟的土贼盯上，砸碎了抠下来装到箱子里，让火轮船漂洋过海带到美利坚合众国去了。

赵老憋自称土贼们盗毁"昭陵六骏"的时候，自己曾目睹。你说世上石头那么多，为何有的千年万载终是顽石，风化枯烂在山里永远无人问津，而有的岩石却被选中刻成了"昭陵六骏"，归根结底就是"命"。命这东西，往浅了说是一层窗户纸，往深了说则渊深似海无有止境。

罗大舌头本也被赵老憋磨得冒火，但听到此处却义愤填膺，破口大骂道："那些洋鬼子着实可恶，把咱们老祖宗留下的好东西全给倒腾走了，怪不得当年闹义和团呢，能不闹吗？我要赶上那时候，也他娘的推铁路、拔电杆、海上去翻火轮船了。"他又瞪着赵老憋问道："你当初是不是也做过二鬼子？要不然土贼盗宝怎么让你在旁边看着？"

赵老憋心里一哆嗦，忙道："俺好歹也明白些事理，常言道'屈死不告状，穷死不做贼'，干点儿啥不能吃两顿饭啊！怎么会去做那种早晚喂狗的行当？"

司马灰虽然很反感赵老憋云里雾里的说话方式，但心中对这番话也有所触动，命运就像一条神秘的河，谁也不知道会被它带到哪里，自己这伙人的前途真是充满了未知，赵老憋的命运更是难以揣测，不过他总算弄明白了赵老憋的意思——"禹王碑"是块大石板，其本身并没有奇异特殊的地方，刻在古碑上的东西才是关键，但石板上无非凿刻着几行失传已久的"夏朝龙印"，实在想象不出那些古代文字有什么用处。

司马灰只好继续去问赵老憋："你知道禹王碑上记载的秘密？"

赵老憋点头道："让这位团头说着了，俺以前不知道，如今还真就知道。"

如此一来，众人的心弦又扣紧了，等着从赵老憋嘴里说出"禹王碑"上的秘密。

赵老憋神秘兮兮地说："咱爷们儿萍水相逢，缘分也是不浅，既然诸位想问那块石碑上刻着的秘密究竟是啥，俺就如实相告，你们可听好了……"

众人想不出那几千年前沉在深渊里的一块大石板，能记载着什么惊天动地的秘密，此刻好奇心都膨胀到了极点，全都屏住呼吸，唯恐听漏了一个字。

赵老憋原本不想对旁人吐露，此时受逼不过，只得抽筋拔骨般地说道："那个秘密大过了天，你说它是啥就是啥……想它有啥就有啥！"

罗大舌头一听这话，顿时怒从心头起，恶向胆边生，抽出猎刀，要当场将赵老憋削成"人棍"。

司马灰看出赵老憋虽是遭际离奇，但这老儿见识短浅，满嘴都是江湖辞令，言语十分粗陋，指望他把"禹王碑"上那些古老的秘密说清楚了，可比上天还难，反正众人已经进入了地底深渊，总能设法找到那块古碑，眼下应该先搞清楚赵老憋的来历，就让对方从头到尾详细说明——遇过什么人、学过什么艺、憋过什么宝、经过什么事、到过什么地、为何会出现在这地下深不可及之处，又是从何处得知禹王碑的秘密。

赵老憋也是惜命的人，让凶神恶煞般的罗大舌头拿眼这么一瞪，吓得他是心惊肉跳，眼见没法遮掩，被迫说了自己的来历：

赵老憋有本祖传的憋宝秘籍，除了那双无宝不识的贼眼，还会些猫蹿狗闪的把式，练过气，向来寒暑不侵，多热的天气也照样穿着皮袄，只是常年在乡下拾荒种地，没见过什么世面，也从来没出过远门。

赵老憋属于那种井底之蛙，顶多见过巴掌大的天，总以为自己有两下子，民国元年赶上饥荒，乡下饿死了许多人，他只好外出谋生，可那世道正乱，城里没处找宝，城外遍地响马贼寇，稍有不慎命就没了，有道是"虎瘦了拦路伤人，人穷了当街卖艺"，索性摆摊耍把式，不过吃饭要饭钱，住店要店钱，上有天棚下有板凳，官私两面的花销，他又是乡下把式，没几个人愿意掏钱观看，最后没招儿了，把心一横想做土贼。

当时天底下虽然乱了套，江湖上却照样有规矩。土贼算是绿林道，各地有各地的瓢把子，瓢把子不点头谁也别想入伙，倘若做跑腿子单干的，又不熟悉人头地面，常言道得好"生意不得地，当时就受气"。赵老憋何尝不知，觉得还是找个靠山比较妥当，毕竟是背靠大树好乘凉啊！最大的山头自然是常胜山，他特意去拜码头插香入伙，谁知常胜山的总瓢把子以貌取人，看赵老憋土里土气就不怎么待见。

赵老憋感觉自己被人看扁了，惹了一肚子的气，寻思：别看后汉三国的庞统跟诸葛亮齐名，却长得矮小丑陋，没有诸葛亮那样的容貌风骨，也难怪刘备初次见面就轻视于他，这世上的人大多是愚眼俗眉，只看皮相不看骨相，怎识得英雄气质？

赵老憋一赌气，决定远赴新疆。这一路风尘仆仆，往西走了很远很远，越走人烟越少，他根本不识路径，也不知走到哪省哪县了，某天行至一处，那地方非常闭塞落后，多少年都没有外人进去，老乡们根本不知道改朝换代，以为在京城坐金銮殿的还是乾隆爷呢。

赵老憨没想到这里如此荒凉，贪图赶路错过了宿头，途中全是沙地荒滩，前不着村后不着店，黑云遮月，静夜沉寂，他只好壮着胆子硬往前走，路上就听身后传来"啪嗒""啪嗒"的响动。

赵老憨停步用夜眼一观，发现有条大狗跟着自己。那狗青面獠牙，瞪着两只绿灯般的眼，吐出血红的大舌头，对赵老憨龇牙咧嘴。赵老憨连连挥手，口中做声呼喝，想将那野狗赶开。不料这野狗十分凶恶，扑过来撕扯着他的皮袄乱咬。赵老憨仗着会把式，摸出插在腰带里的大烟袋锅子，朝那恶狗的脑门子狠狠敲去，他这烟袋锅子前边跟个铜疙瘩似的十分沉重，敲到脑袋上就起一个大包，那恶狗吃痛，"呜呜"叫着缩成了一团，可仍然紧跟着不放，而且叫声引来了更多的大狗。

赵老憨慌了手脚，一边拿烟袋锅子乱敲，一边往前疾走，但那些野狗太多太凶，把他身上衣服都咬烂了，肩膀大腿上也受了伤，眼瞅着招架不住了。进退失措之际，突然见到远处有几堆火，立刻连滚带爬地逃了过去，那些恶狗见了火光才不再追赶。

那些火堆是一支驮马队的营地，队伍里为首的是几个法国人，带着一伙儿土贼到沙漠里发掘干尸运到国外展览。此时正是深更半夜，法国人看赵老憨全身是血，跑得上气不接下气，都感到十分惊奇，忙命通译询问发生了什么事。

赵老憨气喘吁吁地说："可别提了，这究竟是啥地方？咋这么多狗呀？而且还这么野，从来也没见过这么凶、这么野的狗啊！咬起人来就没完了，敲碎了脑袋还不撒嘴……"

那些法国人和随队的土贼，闻言皆是大为吃惊，这荒漠里哪儿有野狗？肯定是遇上狼群了！你吃了熊心豹子胆，竟敢一个人不带枪支、不举火把，深夜里在荒漠中乱走？

关东深山老林里也有狼踪，但大多单独出没，体貌特征也与荒漠里的狼颇为不同，赵老憋闻言恍然醒悟，刚才居然遇上狼群了，仔细思量起来当真后怕不已。

法国探险队的首领见此人能从狼群里突围，想必有些出众的本事，就将赵老憋收留下来，帮着寻藏挖宝。

此后赵老憋就经常同法国人混在一处做事，得了不少好处，后来那本从占婆王陵寝中盗发出来的憋宝古籍，也是那法国首领送给他的。

民国十五年，法国探险家听说楼兰黑门遗址下有宝藏，那时候赵老憋已在新疆沙漠戈壁混了多年，对那一带十分熟悉，就由他带领法国探险队，前往罗布泊寻找楼兰古迹，途中遇到沙漠风暴，赵老憋与同伙失散了，沙尘刮得天昏地黑，伸手不见五指，他摸到一个洞口，急忙钻进去避难。

司马灰和胜香邻在旁听了赵老憋的讲述，才知道对方是在那时候进入了"匣子"。赵老憋误认为考古队要将其杀掉灭口，于是夺路逃窜，最后被一阵乱流卷走，醒来时躺在地上，几乎已被黄沙活埋了，幸好在被晒成肉干之前，被那伙法国人挖了出来，他还以为自己是经历了一场噩梦。赵老憋暗中记下了考古队说到的图画，认为那是在楼兰憋宝的某些暗示，他们这伙人整顿队伍重新出发，由"黑门"进入了地底。

司马灰心想：照这么说来，随后赵老憋和那些法国人，全部死在古楼兰地下遗址中了，他自己又怎能出现在这里讲述死亡经过？想到这突然记起，宗教色彩浓重的古代占婆传说中，将这个被地下之海隔绝的深渊称为"死者之国"。

第四章　赵老憋算卦

众人都感到赵老憋行迹诡异，难说是妖是鬼，然而存在于此人身上的谜团，谁也猜想不透，只能由他自己说明。

司马灰逼问赵老憋："你说你自己在民国十五年死于楼兰荒漠，现在的你究竟是人是鬼？"

赵老憋神色变得有些阴沉，他不愿意被别人揭穿老底儿，但也清楚当着司马灰很难蒙混过关，被迫说起了这件事情的缘由：

赵老憋跟那伙法国人出发去楼兰荒漠之前，先进了趟嘉峪关，把这些年得到的财物都换成黄金，打作金条，找处偏僻地方藏下。

那时关内正逢集市，虽比不得大地方，但地处西北商队往来之要冲，人烟齐凑，集上大大小小的买卖也是应有尽有、大到驼马牲口，小到篦梳针线，什么卖杂货的、卖膏药的、卖皮筒子的、卖牛角羊鞭的、卖马刀马鞍的，加上耍把式卖艺变戏法的，再到关内口外的货摊，各式各样的吃食，大小饭馆林立，真是五行八作，热闹非凡。

赵老憋见日子还早，又赶上了大集，就在当地四处转悠，他拾荒的出身，向来舍不得掏钱，在集上是干逛不花钱，就这样转了一天还觉得没过瘾，转天起来又接着逛，瞧见前边有好多人围着一个场子，他以为有什么新鲜玩意儿，抢头彩似的赶过去"卖呆儿"。

"卖呆儿"是关东土语，意指围观看热闹，又不花钱又解闷，赵老憨专好此道，他使劲儿挤到前头，蹲在地上定睛观瞧，一看原来是个算命的先生，四十来岁的年纪，白白净净的模样，身材颇显富态，鼻梁上还架了副镜子，打扮得像个饱学文士一样。

那先生坐在砖头上，跟前儿支了块木头板子，纸笔砚台和签筒摆放齐整，身后戳着面幌子，当中画有八卦图案，两侧写道"铁嘴半仙，看相批命"。这卦师是久走江湖，特别会做生意，胸中广博，极有口才。他不是坐到卦摊后边死鱼不开口，而是先讲故事，旁人路过一听就被勾住了，看热闹的越来越多，这就不愁没有主顾送上门了。

这卦师自称姓胡，家在山东济南，江湖人称"胡铁嘴"，"铁嘴"之意就是说他算命看相，从来没出过半点儿差错。他把案板子上那块木头使劲一拍，先静了静场，才开言说道："各位老少爷们儿，别看这醒木普普通通，却也有些来历。有分教'一块醒木七下分，上至君王下至臣，君王一块辖文武，文武一块管黎民，圣人一块传儒教，天师一块警鬼神，僧家一块宣佛法，道家一块说玄门，一块落在江湖手，流落八方劝世人'。"

赵老憨一听这卦师的词儿可真硬，让人愿意接着往下听，他就蹲在地上不走了。

只听那铁嘴卦师又说道："胡某初来宝地，照例先自报家门，鄙人是胡老真君七十二代后裔，师从麻衣相法，擅会观人面相、手相，由皮透骨，辨识元神，以此决断福寿贵贱，穷通生死命理。"

卦师说罢取出一本画册，册中都是手绘的历史人物，他翻到一页给大伙儿观看，那一页乃是大明洪武皇帝朱元璋之像，根据明宫原图临摹，旁边注着生辰八字，画中的朱元璋两眼是上眼皮短，下眼皮长，耳大孔冲上，鼻孔仰露，下巴也朝上，这在面相中叫"五漏朝天，地阁阔大"。

胡铁嘴指着画像侃侃而谈，声称自己的祖师爷曾给朱元璋批过命，这朱洪武的生辰八字太硬，不遇时的时候沿街乞讨，一旦遇了时就能贵为天子，生下来刚会说话，叫爹爹死，叫娘娘亡，只因其爹娘命薄，承受不起真龙天子的金口玉言。

胡铁嘴讲完了朱元璋，又评唐太宗，述说这些古人事迹的同时，还指点周围观众的五官面相，谈及贵贱气运，比如"做什么行当、家里几口人、有无子女，最近是不是倒霉"之类的，全部准得出奇，听得那些人不住点头。

社会上的风气，是专好谈奇论怪，集市上又都是些粗人，胡铁嘴说得越是耸人听闻，围观者就聚得越多。

胡铁嘴见人群围得差不多了，便把话锋一转，说道："往常看相批八字，卦金各是半个大洋，但今天初来乍到，承蒙各位捧场，鄙人只好张天师卖眼药——舍手传名了，咱们仅收半价，而且算一卦送一卦，倘若算错一句，我是分文不取……"

哪知这时刮起一阵狂风，飞沙走石，把集市上的人群都打散了，胡铁嘴废了半天劲儿，等到该赚钱的时候没人了，不免望天叹息，收了摊子避到身后客栈里，赵老憨也蹲在这客栈的门楼底下，抽着烟袋想等风沙停了再走。

胡铁嘴没做成生意心有不甘，瞧见赵老憨还在旁边，就想拿他开个张，于是说道："看这位老乡五官端正，不如让胡某瞧瞧时下气运如何？"

赵老憨见胡铁嘴连刮这场大风都算不出来，哪里肯信这江湖伎俩，何况即便真有半仙，他也舍不得掏半块光洋看相，所以只在那装傻摇头。

胡铁嘴解释说："常言道得好——'天有不测风云，人有旦夕祸福'。胡某学的麻衣相法只能给人看，观的是人之旦夕祸福，却看不懂老天爷的脸色，老乡你要是不信，我就先从你的面相，论论你前、中、后三步大运，要是说得准了，到时候你再给钱不迟，如若算错一句，我是分文不取，毫厘不要。"

赵老憨仍是摇头不肯，觉得半块钱看个相未免太贵，面相都是爹妈给的，爱咋咋地吧，有那闲钱吃点儿啥不好。

胡铁嘴却是个倔脾气，他话既出口，别人想不算还就不行了，因为旁边还有别人看着，知道的是这乡下土鳖抠门，不知道的传出去，还以为他这是江湖骗术，所以固执地非要给赵老憨看相："要不然这回不问你收钱，如果看得准，今后你替我胡某人传个名也就是了。"

赵老憨一听不要钱，觉得是便宜可占，当即点头应允了，绷起脸来让胡铁嘴看相。

胡铁嘴仔细端详了几眼，立刻后悔刚才说对方五官端正了，这张脸长得那叫一个别扭，贼眉鼠眼，典型的君臣不配，量浅福薄。

赵老憨见胡铁嘴半晌不吭声，就说道："咱爷们儿没啥妨碍，是孬是好你尽管给俺报报。"

那胡铁嘴把话说得满了，此刻只好如实说道："这位老兄，鄙人看你唇薄露齿，当是性柔怀刚，细眼竖眉，则表心高志广。天庭宽大，这辈子是行走四方的命。地阁狭窄，少受父母栽培，没有兄弟姐妹，也没入过孔孟之道，只凭祖传艺业吃饭……"

赵老憨一听这几句说得果然贴切，他确实是爹娘早亡，没有任何亲人，虽然颇识得些字，但常年混迹江湖，没念过圣贤之书，就让胡铁嘴接着往下说。

胡铁嘴打量着赵老憨的脸，继续说道："人生在世，共有前、中、后三步大运。我瞧你这面相，是做事最早、劳碌最早、出外最早，前运是三早之数。另外发达晚、立业晚、享福晚，中运又有三晚之分。早年做事多不成，难展才志，中运是先难后易，渐渐发达，得遇贵人提拔，受人器重。"

赵老憨大喜，挑起拇指夸道："爷们儿看相看得果然够准，说句那啥的话，俺这辈子确实是先难后易，直到这几年才混出些头绪，你再瞧瞧俺后运如何，今后有多大的福、多大的寿，阳寿还该活几年？"

胡铁嘴摇头晃脑地说道："如此，就恕胡某直言了，我瞧你这张脸，五官虽不匀称，但搭配在一起保得住寿，看限数能够得享天年，不过你有几件大事办得不周全，老天爷肯定要折你的寿。"

赵老憨听到这儿，心里可就发虚了，他勾结洋人盗掘国宝，所作所为多损阴德，此刻被人道破了自然惊恐，连忙问道："那么的……要折多少阳寿？"

胡铁嘴说："胡某观你印堂发黑，凶煞犯主，显然是阳寿已尽，如今是悬崖勒马收缰晚，船到江心补漏迟，肯定活不过这个月末了，若是我胡铁嘴说得不准，罚我把自己的舌头嚼碎吃了。"

赵老憨气量很窄，只能听好的不能听坏的，听对方说自己大限已至，就觉得这胡铁嘴是找借口骗钱，掏了钱肯定就能给指点一个渡劫挡灾的办法。赵老憨自认为经过大风大浪，岂能被这等江湖伎俩蒙住，便把这些言语都当作春风过耳，他是舍命不舍财，告诉那胡铁嘴道："啥也别说了，俺就算立刻横尸就地，也是一个大子儿不掏。"

胡铁嘴十分认真，也没提要钱的事，他看完了面相，还要看赵老憨的手相，常言道"看相不看手，神仙难开口"，当下拉过赵老憨的左手来，一瞧还是个六指，就边看边在口中念念有词地说道："掌为虎，指为龙，宁教龙吞虎，莫让虎吃龙，指长掌短是龙吞虎，掌长指短则是虎吃龙。再瞧手指，大指为君，小指为臣，次指为宾，中指为主，余指为妖。你这指掌搭配，正是虎吃龙、宾压主、臣欺君、妖作乱，看来活到五十岁就是限数了，我再瞧瞧你的掌纹……哎……哎……哎……"

胡铁嘴看到赵老憨掌中纹路，一连惊呼三声，一声高过一声，一声奇过一声，脸色由淡定变为惊愕，瞪着两眼盯住掌纹观瞧，视线再也移不开了，看得赵老憨心里直发毛。

胡铁嘴毫不理会赵老憨的感受，只顾啧啧称奇："胡某艺成出师以来，阅人手相无数，更看过无数相书，可从没见世间有过这种掌纹！"说着话，他抬起头来望向赵老憨，满脸惊疑地问道："我怎么看你不是人？"

第五章　分魂

　　赵老憋闻言把脸一沉："这话是咋说的？俺这手掌纹有啥不对？"

　　卦师胡铁嘴问道："你这手掌上……怎么会有三条命纹？"

　　赵老憋赶紧把手缩回来，不肯再让对方看了，还装傻充愣地说："爷们儿你瞎扯些啥？"

　　胡铁嘴正色道："我绝不可能看错，你手掌上确实有三条命纹！"

　　原来人的手相"蕴涵两仪三才之道，囊括太极五行之秘"，生死吉凶都在一掌之中，胡铁嘴通晓麻衣相法，胸中藏有天眼，尤其擅观手相决断吉凶，推算生死气运如同亲见。可任何人的手掌都只有一条命纹，各种相书典籍、口诀、图谱中，也不曾提到过世上哪个人同时拥有三条命纹，除非那不是人手。

　　胡铁嘴看赵老憋的左掌，三条命线分布得十分怪异，一条为主，两条为辅，另外两条一呈阴势，一呈阳势，根本不可能有人长出这种掌纹。

　　胡铁嘴相信掌纹是命运的默示，这么多年从没看走过眼，瞧面相赵老憋分明是死期临近，掌中怎么会多出另外两条截然不同的命线？他就像那百年老饕，突然遇着珍馐异味，怎肯轻易放过，于是揪住赵老憋的胳膊还要再看。

　　赵老憋最怕被人揭穿底细，他见胡铁嘴洞若神察，也不由得心里发慌，连忙将对方推开，插了烟袋锅子，背上粗布褡裢，道声"失陪了"，匆匆离开客栈，冒着滚滚风沙出城，径投人烟荒凉处而去。

西北本就偏僻，出关往西走了一程，就进了沙漠，赵老憨本以为甩开了那胡铁嘴，没想到对方紧追不舍，竟骑着一头毛驴赶了上来，连卦摊上的东西都不要了。他死乞白赖地求着赵老憨，要再看看那左掌上的手纹。

胡铁嘴无论如何都想看透三条命纹的秘密，如今非但不要卦金了，还将自己身上带的十几块光洋全给了赵老憨，倒找钱也要看个明白。

胡铁嘴软磨硬泡，赵老憨是死活不应，两人一前一后走进了沙漠，这时风沙更烈，再继续前行恐怕就被沙暴吞了，正好沿途有个大车店，只得暂时进去落脚。

此处偏僻，离着大路又远，往常只有贩私货的驼马队才从这儿过，所以店面十分简陋。堂内摆了几张木桌，柜上除了一个做伙计的蠢汉，再也不见别的客人。

胡铁嘴拉着赵老憨不放，到那店中坐下说："风沙太大，看这天气是走不了啦，咱们先吃点儿东西。"

赵老憨推辞道："俺自己带着干粮，坐门口啃两块也能充饥，使那瞎钱干啥。"

胡铁嘴劝道："老兄尽管放心，我这儿有钱付账，等吃饱喝足了，可得让我好好给你看回手相，你瞧我嘴皮子都快磨破了，就瞧在胡某人如此诚心诚意的分儿上……"

赵老憨愁眉苦脸地说道："爷们儿没你这么磨人的呀，俺这掌纹有啥稀奇，却让你死活要看？那不就是活儿干多了，除了有层老茧之外，还多了些褶子碎纹吗？"

胡铁嘴固执地说："话不是这么说，我瞧你的命纹跟任何人都不一样，简直古怪到了极点，值得仔细推敲。"

赵老憨万般无奈，被迫坐在桌旁，对胡铁嘴说道："那么的……咱吃点儿啥？"

胡铁嘴说："我也是初来此地，全凭老哥做主了。"

赵老憨点了点头，扭头朝柜上那蠢汉问道："伙计，店里有啥好嚼头？"

那蠢汉说道："有酒有面。"

赵老憨道："那么就给整两碗大面,不要酒了,给他海海的迷字儿双加料。"

蠢汉答应一声，含混地吆喝道："大面两碗，海海的迷字儿双加料……"

胡铁嘴奇道："什么是海海的迷字儿？"

赵老憨道："爷们儿你初来不懂，这是让他多放牛肉。"

胡铁嘴恍然道："原来如此，看来这一方水土养一方人，各地的乡言土语亦是不同啊！"

不多时，蠢汉端上两大碗裤带粗细的面条，撒了辣椒，热气腾腾，香味扑鼻。

赵老憨蹲在板凳上，假装吹那热气，拖延着不吃，要等胡铁嘴先动筷子。

胡铁嘴也是饿了，当场把一碗面吃了个精光，连面汤都给喝了，抹了抹嘴问赵老憨："老兄不饿吗？"

赵老憨嘿嘿一笑，在旁盯着胡铁嘴并不说话，其实他在这条路上混得久了，与当地的黑店和各路马贼多有往来，眼见甩不掉胡铁嘴，就将其引到一处相熟的黑店中，打算下蒙汗药将这冤家麻翻。

谁知道等了半天，胡铁嘴却全然无事，原来他多年行走江湖，虽然不懂绿林暗语，但为了防备黑店里的蒙汗药，常会服用克制之物，即使吃了蒙汗药也只当是胡椒粉，仍缠着赵老憨要看手相，正说着话，后脑猛然挨了一记闷棍。

胡铁嘴"啊呀"大叫了一声，把手一摸后脑勺全是鲜血，顿觉天旋地转，"扑通"摔倒在地上。却是被那蠢汉用铁棒砸倒，拽死狗般拖到屠房里，扒去衣衫绑在剥人凳上开膛破肚，剁成一大盆拆骨肉，煮熟卖给过往客人吃了。

赵老憨告诉司马灰等人："那卦师果真有些本事，不枉铁嘴之称，但他当事则迷，自己看不出自己的限数，鬼迷了心窍，偏要掏俺的老底儿，那不是要刨俺家祖坟吗？非是咱爷们儿心黑手狠，而是他自己找死，这就是'天堂有路不去走，地狱无门自来投'，也怪那蠢汉做惯了推牛子的勾当，没等俺交代清楚便下了死手。咱今天把话说到这个份儿上，可就不能再往下说了。"

众人听罢无不皱眉，想到人心险恶，都不免感到身上一阵发冷，更琢磨不透赵老憋的来路了。

司马灰心想：如果赵老憋说的都是真话，那位卦师肯定是发现了他的底细，才被诓进黑店惨遭暗算，这个底细自然与此人能够死后再次出现有关。而他现在提起这件事的原因，显然是想告诉考古队的人，如果再逼问下去，他就要狗急跳墙，什么事都做得出来了。

赵老憋虽然抵死不肯吐露实情，司马灰却已从中听出一些门道，隐约猜到了对方的底细。

他让赵老憋伸出手掌来看了看，虽不懂命理，但相物中对掌纹也有涉及。手相叫"地纹"，是人体手掌三大主线之一，起于食指指根线与拇指根线中点，为震位和巽位的分界线，包绕整个大鱼际，呈圆弧形抛物线延伸向腕横纹。因此司马灰也知道哪条手纹是命线，可看到赵老憋伸出的手来，就见面前这个人掌中只剩下一条命纹了。

司马灰想起在沙海中看过的那本古籍，其中记载古代憋宝者会像道家养小鬼一般，养着有魄无魂的活尸。至于具体是怎么回事，除了憋宝者自身之外，谁都说不清楚，以司马灰看来，那似乎是形貌与憋宝者本人接近的肉身傀儡，人有三魂七魄，有了傀儡尸就可以通过鳖宝使三魂分存。

如此想来，可以说是"聚宝鼎"和"藏魂坛"两种猜测的结合。听闻憋宝者擅能养宝，会将千年老鳖成形的活丹取出来，再割开自己的脉窝子塞进去养着，那鳖宝年久了既与其长为一体，神魂血脉相通。估计出现在深渊里的赵老憋，曾经去过楼兰荒漠，挖出了那具干尸脉门里的鳖宝，所以记得前事。另一个赵老憋则对前事毫无记忆，只知道要找"雷公墨"，最后死在了

长沙螺蛳坟。倘若果真如此，对方不愿意说明也是合情合理，有时保守住自身的秘密，才是唯一的生存之道，

由于赵老憋死活都不吐口，司马灰对憋宝之术所知有限，难窥其奥，只能是凭空推想，也没有任何把握可言，但他认为如今还是去找"禹王碑"最为要紧，没必要在这件事上过多纠缠。

胜香邻也持相同意见，只有罗大舌头认定赵老憋来路诡异，他一再强调："我早说过这老怪不是什么好东西，你们偏是不相信，看来走路不摔跟头就不会吸取教训，可别等到咱们栽了大跟头，你们才肯信我！"

司马灰如何不懂这层道理，但有几件事不得不问，答案虽然未必可信，但也许能从中找到一些蛛丝马迹：一是赵老憋在匣子中逃进即将坠毁的"C47-信天翁"，当时从机舱里偷走了什么东西？二是此人如何来到这深不可及的地底？三是从哪里得知"禹王碑"上的秘密？另外还有一个很重要的问题，赵老憋有没有接触过"绿色坟墓"？

赵老憋神情茫然地想了半天，推说那件事实在记不得了，若有虚言妄语，必遭横死暴亡。至于末了三件事，实际上是一件事，正所谓"万朵桃花一树生下"，自从楼兰荒漠失手，赵老憋没了靠山，只好又到藏地雪域去找神蚕，结果在雪山洞穴里被冰蝎子咬了，从此冻僵了人事不知，也不知过了多久，才被几个藏民发现。赵老憋仗着身上有宝，得以大难不死。那时候他开始接触了"绿色坟墓"这个组织，听闻这伙人是要到地心寻找一座禹王碑。赵老憋知道那地方是有去无回，因此不肯应允，险些被做掉灭口。他逃到了喜马拉雅山脉的一处雪峰，眼看走投无路了，多亏被一个叛离组织的"猎手"所救。

那个猎手告诉赵老憋，禹王碑是块很大的石板，上刻九个蛇纹古篆，每个字都大如量米之斗，重复七十三行，关于禹王沉碑之说纯属后世附会，其实它是拜蛇人祖先所留，记载在其中的秘密不能被任何人破解，否则将会发生难以想象的恐怖之事。

司马灰等人都有些出乎意料，此时也顾不上别的事了，忙问赵老憋是否

知道"绿色坟墓"的首脑是谁。

赵老憨奇道："诸位在楼兰沙海里就曾提及此人，想必早已亲眼见过，何必明知故问？"

司马灰说："见过倒是见过，但第一次被占婆王的人皮面具挡住了，第二次对方戴了防毒面具，一向不曾露出庐山真面目。"

赵老憨眨了眨眼说道："这话俺不敢明言，诸位就仔细想想吧，为啥不识庐山真面目？"

第六章　下降

　　司马灰听到赵老憋这句话，心底那个没有答案的谜团变得更大了，为什么不识庐山真面目？难道是在暗示考古队曾经看到过"绿色坟墓"的脸，只是始终没有想到那个人就是"绿色坟墓"？

　　罗大舌头脾气刚直，胆壮心粗，遇事从来不走脑子，他揪着赵老憋问道："别跟我打这哑谜，'绿色坟墓'的脸到底有什么稀奇？你贼胆包天，为什么不敢说？"

　　司马灰一摆手，示意罗大舌头别再追问了，他知道那赵老憋是从旧时过来的人物，和以前在江湖上混迹的那些老油条一个模样，如果是不想实说，就算用铁棍把他嘴巴撬开也没用，与其问出些虚头巴脑的言语，倒不如就此作罢，彼此留个台阶，双方都好收场。

　　此外，司马灰也感到这个赵老憋说起话来，虽是云里雾里，但同样隐含了诸多信息，比如"禹王碑"本身是块普通岩石，拜蛇人用古篆刻在上面的秘密，似乎能够揭示万象之理，是个不可窥视的恐怖谜底。

　　这时，胜香邻问赵老憋："赵师傅，你又是怎么来到这里的？"

　　赵老憋对此并不隐瞒，说起当时的情况，他到了西藏之后，先是跟英国人前往印度寻找机会，由于连遭挫败仍不死心，盘算着要拉拢几个帮手，去找占婆王朝的"黄金蜘蛛城"，赵老憨号称知道那里有什么"夏朝龙印"和"幽灵电波"，但致命的浓雾覆盖了裂谷，只有飞蛇才能在雾中穿行，而且还要有占婆王匹敌神佛的面容，要进那座"黄金蜘蛛城"，这两样缺一不可。

当时有个控制地下情报军火交易的组织首脑，以重金买走了这些情报，并让赵老憨充当向导前往缅甸。赵老憨无意中得知，埋藏在"黄金蜘蛛城"中的秘密，事关一条进入深渊的通道，那地底深渊位于重泉之下，是个万劫不复的去处。

赵老憨贪生怕死，也对"绿色坟墓"深怀恐惧，明白事成之后，自己不是当场被弄死灭口，也得被胁迫进入地底深渊，所以来了个脚底抹油——溜之大吉，经人指点，一路由缅甸窜入印度，又逃亡至尼泊尔边境。

地下组织则派人从后追踪而来，赵老憨险些遇害，最终被引他逃离组织控制的"猎手"搭救。"猎手"名叫汉丁，是中印混血，年纪不过二十出头，做过印籍英军，敏捷果敢，擅长登山、狩猎和侦察，身手甚是了得，他把赵老憨带到了一处秘密营地。

营地里还有一位是法国驻印度考古团的前任团长，团长毕生研究古代拜蛇人，那个汉丁是他的助手，他此时正在喜马拉雅山勘察地形，想找到通往地心深渊的洞口，设法毁掉刻在"禹王碑"上那个古老得不能再古老的秘密，他们也是诈死埋名躲在山里。

团长和猎手两人，在喜马拉雅山脉的下方，发现了一条通道，但时机还不成熟，没办法进去，这是一次绝对隐秘的行动，外界没有人知道，既然把赵老憨救出来，便不能再让他走了。而赵老憨也差点儿被地下组织的人杀掉，吓得胆都破了，也不敢再到外边露面，只好从此躲了起来，并协助团长暗中准备，到各地搜集资料。

这一躲就躲了很多年，凭着谨慎行事，始终没有暴露踪迹，后来营地里又来了另外三个人，赵老憨记不住名字，只能以外貌特征的绰号相称，一个是退役的英国皇家空军飞行员，性格古板严肃，满脸"络腮胡子"；另一个是位善于设计、制造各种古怪发明的"工程师"；还有一个研究古生物的女科学家"白帽子"。算上团长、猎手以及赵老憋，这支地下探险队一共有六个人。

时间到了最近，山里发生了一场不大不小的地震，放置在水碗里的磁针，指向突然变得混乱，团长告诉众人时机成熟了，立刻准备出发，并在动身前向大伙儿说明整个行动的部署：他根据后世发现的遗迹推测，有史之前，已经存在过一个颇具规模的古老文明，但是没有留下具体名称，后世泛称其为"西极之国"，创建者应当是拜蛇人最初的祖先。蛇在原始图腾崇拜中有生殖、混沌、轮回之意，也象征着地底的一个怪圈，其文明发展程度与古埃及或古印度相当。由于洪荒泛滥，那些古迹都被抹去了，得以保留下来的记载至多不过百分之一，发生史前大洪水之前，已有大量穴居人深入过地下，而在重泉以下的神庙里，沉眠着一块大石碑，其中记载了无比可怕的内容。

夏商周时代，人们开始将那块石碑跟禹王涂山铸鼎的传说附会在一处，其实夏王朝只是俘虏奴役了很多拜蛇人的后裔，那些奴隶依然崇拜埋在地底的石碑，妄想找回石碑推翻夏王朝的统治。据说石碑上虽然刻有数百个古篆，实际上内容并不多，可能只有一两句话。诸多古老的预言中，都告诉人们不要试图窥探凿刻在石碑上的秘密，甚至碰都不要碰，至于原因，则与石碑同样是个谜。团长组织的这支探险队，正是想抢在"绿色坟墓"之前，进入神庙找到石碑，调查出地下之谜的真相，但他同样认为"禹王碑"上的秘密不能看，应当使用炸药将之彻底摧毁，免得引来大灾难。

山区没有道路，探险队携带了大量装备，包括食物、武器、药品、橡皮艇以及各种照明、爆破、探测器材，只好雇用了一伙儿脚夫和几十匹马驮运。

赵老憋听说那些脚夫把众人带到出发点，就会全部返回，他暗自纳闷儿，探险队只有六个人，不知道如何背负这么多东西。

等走到喜马拉雅山脉西侧的一个山谷里，仰望苍鹰盘旋，一座座高山耸入云霄，谷中沟壑深陷，里面不见天日，马队点起火把照明，顺着沟谷不断往里走，途中见到几处断壁残垣，好像是某处庙宇的遗址，再往深处就到了尽头，那里是个走势近乎垂直的大洞，黑惨惨冷森森的看不到底。

一众脚夫到寺庙残墙下，虔诚地叩头膜拜，随后就把物资卸到地上，然后带着马匹原路返回。

赵老憨望着堆成了小山的物资装备，找一旁的"猎手"打听："就咱们这几个人，咋背得了那么多东西？"

"猎手"指着墙上残存的壁画说："团长要用这个法子。"

赵老憨上前一看，顿时呆在当场，第一幅壁画描绘着一个女子，正伸着舌头把狮虎巨象之类的野兽吸进口中，第二幅是这女子从口中吐出一座宫阙巍峨的城池。

壁画中那女子不知何方神怪，她的嘴和肚子就像个无底洞，能把成千上万的人畜一口吃光，又能在一瞬间把整个城池吐出来。

赵老憨总算有些见识，他以前到过汉中，曾听道上的同行说起，据闻唐代之时，有个商人去长安做生意，卖掉货物之后买了一只鹅，装在竹笼里背在身上独自回乡，半路遇到一个书生。那书生正坐在树下休息，见商人来了就起身行礼。书生口称自己走不惯长路，脚底都打了血疱，实在是走不动了，恳请商人行行好，让他钻到竹笼里带上一段。商人以为对方在开玩笑，就说："这竹笼才多大的地方，何况已经装了只鹅，你要是真能钻进来，捎你一段也是无妨。"没想到那书生一低头竟钻入了笼中，他和那只鹅在一起并不显得拥挤，而且分量好像也没增加。商人暗自惊奇，奈何说出去的话收不回来，只得背上竹笼继续赶路。

中午的时候停下来休息，那书生从笼中钻出来说："蒙君相助，无以为报，请您饮上几杯薄酒，聊表寸心，不成敬意。"商人奇道："此处不见人家，你又是两手空空，怎么请我饮酒？难道现酿不成？"书生笑而不答，突然张开嘴，从嘴里吐出一个食盒，里面盛满了精致的美味珍馐，又吐出一壶佳酿和两个酒杯，与商人席地而作，一边饮酒一边击节而歌。那书生还觉得不够尽性，要让自己最宠爱的姬妾出来跳舞，于是张开口，吐出了一个窈窕婀娜的绝色美女，命其歌舞助酒。

商人从没见过如此佳人，不禁看得傻了，也忘了品尝美酒佳肴，而那书生兴高采烈，开怀畅饮之余，竟醉卧在地，怎么招呼都不醒转。那个美女见状，就上前对商人说道："奴婢有个相好的郎君，打算趁此良机将他召来相会，还望阁下高抬贵手，不要声张出去，如让主人知道，奴婢难逃责罚。"商人讷讷地点了点头，就见那美女也轻启朱唇，从嘴中吐出一个虬髯大汉。那汉子满脸淫笑，不似善类，二人低声私语了几句，携手到树后共享云雨之欢。一男一女刚忙活到一半，醉卧的书生忽然伸了个懒腰，好像随时都会醒来。美女大惊失色，一口将虬髯大汉囫囵吞下，然后慌忙整顿衣衫发髻。这时书生已从地上坐起，他揉了揉眼睛，对商人深施一礼："小生酒后失态，万勿见怪，这里已离居所不远，就此与君作别，咱们后会有期了。"说罢张口吞下美人与酒壶食盒，径自走入林中不见了踪影。

赵老憨当时听完这件事，觉得实在是超乎人之所想，问那讲述者："唐代莫非真有如此异术？"

道上的同行说："此为乾坤挪移术，即使有，那也不是我中土之术，肯定是从印度流传而来的，只有印度才存在这种怪异想法。"

赵老憨今天见了喜马拉雅山下的壁画，才知这话说得不虚，挪移幻化之术果然发源于此，于是拿这件事去问"猎手"，他说没想到队伍里藏龙卧虎，居然有人通晓此等异术，不如传俺两手，何愁将来不能四海传名？

团长在旁听到，就告诉赵老憨此事荒诞不经，神怪离奇之说岂能当真？这寺庙壁画上描绘的内容，可以看作古人的一个隐喻，暗示着要想深入地下，就必须从天而降，因此咱们还需要一个大家伙，我将它命名为"柯洛玛尔探险家"。

第七章　悬挂

　　在赵老憋的叙述中，那位团长认为古印度婆罗门教的历法中，当地每隔数十年就要出现一次罕见的"天地互蚀"，那一年喜马拉雅山脉西侧的时间将会消失一天，到时候天地相互吞吐，其征兆正是持续地震和磁针错位，有阵风向死火山的洞口内部涌动，寺庙壁画上的神女吞吐城池，正是从侧面记述了这个古代传说。

　　事实上，这是地下之海中的磁山作用所致——此时水体会出现多处海洞，地层开裂，形成巨大的旋涡状气穴，探险队可以抓住机会，避开地压和磁雾的影响，经过死火山洞窟，借助气流直接降下万米深渊，由于通道出现的时间非常短暂，因此必须搭乘"柯洛玛尔探险家"。

　　团长根据古历法推算，还不到出现通道的时刻，但眼前的种种反常征兆，都显示地底磁山发生了重大变故，好在探险队准备了很多年，虽是仓促出发，也能按照预先的方案展开行动。

　　司马灰听到此处，才知道原来还有另外一支探险队在暗中行动，这支队伍是通过喜马拉雅山脉进入了地底深渊。现在想来，正是考古队在阴山里的所作所为，使"通道"提前出现了。另外那位团长掌握的线索和资料，远比考古队更为翔实，但如今却只有赵老憨一个人现身，其余那几个人的生死下落如何，"柯洛玛尔探险家"又是个什么大家伙？

司马灰等人还想再问赵老憨，那支探险队从寺庙下的洞穴出发，此后发生了什么事情？

这时却听头顶闷雷滚滚，脚下传来阵阵颤动，众人心知要出大事，但置身在雾中看不到周围情况，皆有恐惧不安之感。

高思扬背起步枪，攀着菊石枯壳，上至雾气覆盖不到的高处观察，她借着闪电的光芒，就见那蘑菇云柱里无穷的浓密黑烟，受压力阻止，缓缓向四周扩展，犹如绵延千里的黑色巨伞，笼罩在地谷半空，此刻已有无数条漆黑的烟柱垂下，厚重凝固的黑色烟尘正在崩解，那情形就像末日降临。

高思扬赶紧招呼司马灰："你快过来看看，蘑菇烟柱好像要塌了。"

司马灰跟上去一看，也感到情况不妙，受到诅咒的 Z-615 残骸砸穿了地层，使积蓄在岩室里的黑烟喷涌升起，又从高处崩落下来，如果让那些灼热浓密的黑烟落到头顶，即使不被烧灼成焦炭，也得被活活呛死。

众人在原地耽搁了许久，可就算一直往前走，以在地底徒步行进的缓慢速度，也逃不出蘑菇烟柱笼罩的范围。眼看黑烟无声无息地纷纷落下，一时找不到地方躲藏，司马灰只好攀下菊石，让其余几人带上背包和枪支，准备觅路逃命。

赵老憨也惊慌起来，他指着身后方向，声称自己先前就是从那边过来的，那里可以避险。司马灰未敢轻信，对罗大舌头使了个眼色，让他揪着赵老憨不要放手，提防事情有变。

罗大舌头抓住赵老憨的胳膊，叫道："这老贼就是有通天彻地的本事，落在我手中也别想跑得掉！"

这时高思扬纵身跃下，急道："黑烟掉下来了，大伙儿快走！"

司马灰当即率队跟随赵老憨往前奔逃，穿行在浓密烟尘的缝隙中，一路且避且走，逃出了一段距离，身前陡然出现一道宽大的深裂，旁边的菊石空壳上，挂着两根人臂粗细的绳索，另一端垂入地裂，好像悬吊着某种很大的东西。

众人俯身朝下张望，黑咕隆咚的什么也看不到，胜香邻取出一支火把点燃了扔下去，火把的光球不停向下滚落，划破了沉寂的黑暗，就见洞底生长着百余米高的天然水晶，接近洞口十几米的地方，有一大团不知是兽皮还是帆布的物体，上面有缝制连接的痕迹，还有更多的粗韧绳索挂在水晶丛中。

火把的光球越来越小，落到深处倏然熄灭，估计洞底存在积水，将火把浸灭了。

胜香邻奇道："柯洛玛尔探险家……是个潜地气球？"

众人都觉得搭乘热气球驶入地心空洞的事，就是想也不敢去想，可赵老憋所在的那支探险队，却把这种疯狂的设想付诸实际行动，居然还取得了成功，想必都是胆智卓绝之人，现在这支探险队还在洞窟里？

此时黑烟不断坠落，身上的烧灼感难以承受，洞窟深处虽然也是酷热，却可以暂时忍耐，便逐个攀着缆绳，爬至倾斜溜滑的水晶顶端。用矿灯照视立足处，全是平整异常的通透晶体，照明效果扩大了几倍，视界变得开阔了不少，而降下的黑烟则被热流阻隔，都给挡在了洞穴外面。

众人置身在庞大高耸的水晶顶端，发现晶体从上到下的落差至少有上百米，水晶丛林纵横交错，形势森然，险状可畏，周围和脚下都是大大小小的投影，洞穴内壁嵌满了片状云母和大玛瑙，眼前尽是前所未见的奇观异景。

司马灰命二学生再点一支火把照明，众人顺着绳索找寻过去，发现一个箱型筐体斜挂在壁上，外部安装着几盏强光探照灯，都已经损坏破裂，也不见其中有人，只是散落着配重的铅块，以及整箱整箱的物资装备，看此迹象，"柯洛玛尔探险家号"热气球在降落的时候失控，掉进了谷底裂开的洞窟，最后悬挂于这规模惊人的水晶丛林顶部。

司马灰和胜香邻、高思扬三人下去搜索，留下罗大舌头和二学生两个，负责看着赵老憋。

罗大舌头见附近有个木箱，上面标有记号，大概是从"柯洛玛尔探险家号"上掉落下来的物资。地底生长的肉菌虽能够充饥，但摘下来之后，很快就变得枯如树皮，带在身上毫无意义。罗大舌头寻思着那箱子里也许会有罐头和压缩饼干，没准还有香烟，于是拖着赵老憋上前察看。他吩咐二学生拿火把在旁边协助照亮，等到使用猎刀撬开木箱，才发现里面铺着几层防水布，裹得满满当当，全是军用级别的烈性炸药。

赵老憋趁罗大舌头稍一愣神的机会，猛地挣脱出来，他身法奇快，劈手抢过二学生所持的火把，在身前"呼"地抡了半个圈子，掠过装满炸药的木箱，引燃了导火索，立即反身攀着长绳向洞口爬去。

众人发觉情况突变，心中均是猛然一沉："上了赵老憋的当了！"

罗大舌头愤怒至极，立刻端起猎枪，想将赵老憋脑壳轰飞了，但那箱炸药已被点燃，"哧哧哧哧"急促地冒着白烟，他也明白这么多的炸药，足以使整个洞穴发生垮塌，只好同二学生合力上前，拼着命将箱子从高处推落下去。千钧一发的紧要关头，木箱总算是掉进了水里，而赵老憋则已爬出洞口，并扯脱悬挂在洞外的绳索。

司马灰匆忙返回，一看水晶丛林制高之处，与洞口还有十几米的距离，洞窟走势上窄下阔，洞口气流运动剧烈，即使有壁虎钩子也抛不上去，失去绳索等于陷入了坐井观天的绝境，不免暗骂自己大意了，随即仰起头对赵老憋喊话。

罗大舌头等人看到司马灰的反应，已经明白了他的用意，只要赵老憋从洞外的黑烟里探出身子，就可以开枪将其射杀，于是都不吭声，各自扣住枪机等待时机。

司马灰招呼了半天，却不见赵老憋露头，他心念一动，叫道："赵老憋，我看你身上少了些东西，你还想不想要它了？"

赵老憋在洞外，忽然听到此言，不禁又惊又怕。原来他那个死活也不肯说的底细，确实与司马灰的猜测接近。憋宝者以肉身傀儡分魂，到四方憋宝行术，一旦出了意外，便留下"替死鬼"承担后果，但那肉身傀儡的脉窝子里，埋着养在自身多年的鳖宝，事后无论如何艰难，都必须找到死尸剜出鳖宝，否则魂魄不全，活着是半人半鬼，死后也不免烟消云散。

赵老憋只发现了楼兰荒漠下的干尸，但另一具肉身傀儡却不知所踪，寻找了许多年都没有结果，又认为"禹王碑"上记载的秘密惊世骇俗，看上一眼就可以洞悉万象因果，想知道什么都能从中找到答案，自然可以找到那具下落不明的肉身傀儡。他不同意探险队毁掉石碑的计划，因此心怀鬼胎、暗蓄异志。

探险队搭乘热气球进入地心的时候，遇到了意外事故，失控后悬挂在规模庞大的水晶丛林顶端，剧烈的碰撞使探险队死伤惨重。赵老憋也受了伤，却不致命。他恩将仇报，从团长身上摸出录有各种线索资料的记事本，然后将尸体和伤者都推落水中，妄想独自找到"禹王碑"，借机寻得另一具肉身傀儡的下落，从此再无遗恨。

赵老憋弄死了探险队的其余成员，顺着长绳爬到洞外，眼见到黑烟升腾，也以为是沉在深渊里的"禹王碑"，于是过去察看，不期遇到了考古队，便拖延时间，趁着浓烟降下，将司马灰等人引到失事的"柯洛玛尔探险家号"附近。他知道，这些深谷底部的水晶洞窟里面结构异常复杂，全是落差高达百米的天然水晶丛林，到处充满了不可预知的危险，四周应该没有出口。赵老憋把考古队困在里面，得以长出一口大气，黑烟虽然浓密灼热，却是奈何不了自己。他肚子里的这番心思，就不是司马灰等人所能料到的了。

赵老憋正在暗自得意，忽听司马灰叫破了他的底细，不由得大为吃惊，没想到对方能有此等见识。但赵老憋根本不相信司马灰知道"肉身傀儡"的下落，他嘿嘿一笑，叫道："饶你这伙人奸猾似鬼，也叫你们喝了俺的洗脚水……"话未说完，就感到身后似乎有脚步声响，他也是做贼心虚，急忙转头去看，却见有个身影缓缓从黑烟中露出脸来。

赵老憋看出那是"绿色坟墓"，顿时吓得面如土色，他只顾躲闪退避，却忘了背后就是洞口，一脚踏入虚空，霎时间悔恨绝望都涌上心头，真是"从前做过事，今天一齐来"，在惊恐的惨叫声中，身体恰似断线纸鸢，翻着跟头掉进洞中。

第八章　深湖怪兽

　　司马灰等人站在水晶丛林顶端，仰头望着洞口，矿灯照上去只能看到黑蒙蒙的一片，都没料到赵老憋忽然翻身坠落。就见此人从洞口掉下来，先是被盘旋的热流卷得不断翻滚，然后重重摔在地上，骨骼断裂的声音清晰可闻，又顺着光滑陡斜的表面向下滚去，身体被一片凸起的晶丛挡住，嘴里"咕哝咕哝"冒着血沫子，可能是把内脏摔裂了，但仗着皮袄够厚、身子骨结实，一时仍未气绝。

　　哪知被赵老憋掉下来时撞到的一大块水晶，突然"咔啦"一声齐根断裂。重达数百斤的巨大结晶体，从十几米的高处呼啸着砸下来，正落在赵老憋的脑袋上，砸了个万朵桃花开，腔子以下的躯体，四仰八叉横倒在地，只剩手脚还在轻微抽搐。

　　从赵老憋摔下来，再到被砸碎了脑袋，只是发生在短短的一瞬之间。众人惊愕莫名，心里皆是不寒而栗："赵老憋分明已经爬出了洞口，怎么又跳下来自己寻死？莫非他在洞外遇到了什么东西？"

　　司马灰端着步枪等候了许久，洞外黑烟浮动，也没发现有什么异常之处，他见赵老憋死状甚惨，就让胜香邻和高思扬、二学生到坠毁的热气球附近收集必要的物资装备，自己则跟罗大舌头下去检查赵老憋的尸体。

两人攀下陡峭的晶丛，来到赵老憋的尸身近前。罗大舌头看那地上鲜血四溅，皱眉骂道："死成这副倒霉模样，恐怕变鬼到了阴间，连阎王爷都认不出他是谁了。"

司马灰凑到跟前，在死尸身上仔细摸索，一看此人手腕上果然有道很深的疤痕，便用刀子割开，从中剜出两枚龙眼大小的肉瘤，形状浑圆，表面有许多血丝，似有人面五官，嘴眼兀自微微开合，被罗大舌头抓过去扔在地上，一脚一个当成鱼泡踩了。

司马灰心想此人应该是赵老憋的真身了，加上死在楼兰荒漠和长沙螺蛳坟的两个替死鬼，赵老憋已经死过了三次，如今两颗鳖宝被毁，这老贼也就彻底灰飞烟灭了。思及前因后果，司马灰分别在螺蛳坟萤火城、沙海里的时间匣子、重泉之下的无底深渊，三次遇到赵老憋，整个事件完全是一个分解不开的因果循环，倘若没有这个死循环，所有人的命运都将变得不同，然而现在死循环里最关键的人已经不复存在，只留下无数纠结的谜团。

这时，罗大舌头搜遍了赵老憋的尸身，从裤腿里摸出一个本子，有巴掌大小，厚仅一指，底面裹着精致的真皮，里面是经久耐用的防水纸。他看了几眼，递给司马灰说："老贼身上除却干粮，就只有这个本子了，你瞧瞧有用没有？"

司马灰接过来翻看了几页，见里面写得密密麻麻，全是关于古代拜蛇人的各种资料，还绘有许多图案，有神像也有图腾，另外用别针夹着不少地图和照片，甚至包括一个潜地热气球的设计草图，有理由相信，这就是那位法国驻印度考古团团长的日记本。

司马灰清楚这个日记本的分量，立即攀爬过晶丛找到胜香邻，让她看看里面都写了些什么。

胜香邻粗略看了日记本里的内容，不禁又惊又奇，说搭乘热气球进入地心的探险队首领，曾是她父亲胜天远的导师，其中记录的内容非常翔实。她指着一页给司马灰看："你瞧，这就是沉埋在地底的石碑，由于夏朝龙印得自拜蛇文，所以后世将这块石碑称为禹王碑，准确地说应当是拜蛇人石碑。"

司马灰端详那石碑的图样，四个边角都雕有怪异的兽头，旁边还有各种注释，夹杂着含混不清的分析，不但没说明记载着什么内容，反而把神秘渲染得更加深邃。他一时半会儿难以理解，就让胜香邻妥善保管日记本，眼下还是先找条出路从洞穴里脱身。

胜香邻点头同意。这本日记是在深渊里寻找拜蛇人石碑的重要线索，这支搭乘热气球飞入地底的探险队，虽然全部遇难，但日记本最终落在考古队手中，如果那些人泉下有知，也尽可以瞑目了。

说话的工夫，罗大舌头已烧化了赵老憨的尸体。众人把筐体内的木箱用绳子吊上来，逐个撬开收集有用的物资装备，发现其中有急需的电池、火油、烟草，并且补充了压缩干粮和罐头，更有几部可以调节照明距离的强光矿灯，司马灰等人那几部老掉牙的旧式矿灯早已破损不堪，一直苦于无从替换，此时也都有了着落，但没有发现枪支弹药，可能是热气球降下来的时候发生碰撞，不知散落到哪里去了。

高思扬找到一个急救箱背在身上，胜香邻则翻出几双丛林鞋，这种鞋轻便稳定，散热透气，配有著名的"巴拿马底"，比普通胶鞋好得多，也都分给众人换上。

二学生原本很是绝望，此时见得到了补给，认为事情有了转机，没准还有从地底生还的希望，精神大为振奋，气息也顺畅了许多。

罗大舌头说："你小子还真是死孩子放屁——有缓啊！"

二学生道："'放屁'这词太不雅了，从技术上说……应该是精神原子弹爆发了。"

司马灰说："别高兴得太早了，这里很可能是个绝户洞，进得来出不去，而且气温实在太高了，如果困在此处时间久了，热也能把人热死。"

罗大舌头不免心焦："我看咱们就像是热锅里的大虾，要是逃不出去，迟早会变红！"

高思扬说："水晶丛林底部似乎有水，也没有高处这么灼热，何不到洞底寻找出路？"

司马灰觉得这办法似乎可行，但他也不清楚水晶丛林的结构，就问胜香邻是否可行。

胜香邻说："这洞窟里生长着规模庞大的天然水晶，周围必定分布着许多充满浓烟的岩室，不过沉积了亿万年，有些封闭的区域已逐渐冷却，也许会存在积水形成的湖，倘若不是死水，应当可以进入隔壁的洞穴，但这样做也非常冒险，因为谁都不知道下一个洞穴里的情况，无异于钻进了结构复杂的天然迷宫，稍有不慎就会送掉性命。"

众人又讨论了几种对策，除了走一步看一步之外，也拿不出更好的主意，就拖着"柯洛玛尔探险家号"上装载的橡皮艇，爬下水晶丛林底部。洞穴深处湿气很重，积水幽深，晶丛的形状也更为奇异，有的透明无色，也有的灰白无光。

一行人小心翼翼地往下走，在百米高的晶丛中间，看到有个从热气球里掉落下来的铝制箱子，罗大舌头过去撬开察看，见装在里面的东西，原来是一具模样古怪的探照灯。

那探照灯只有碗口大小，却是用电池背囊供电，没有型号和铭牌，不像普通的制式装备。

罗大舌头提起探照灯，连扳带扣想打开试试，但那铝制箱体从高处滚落，包装虽然坚固，却也将装在里面的探照灯摔坏了，不知出了什么故障，根本亮不起来。

二学生认为探照灯的故障可能是接触不良，他有把握可以修复，于是拿过来进行调试。

罗大舌头气哼哼地说："连我都鼓捣不好它，你黄鼠狼子扒窗户——还想露一小脸儿？"

司马灰见二学生用探照灯对着自己，急忙按住说："我估计这玩意儿亮度低不了，照到脸上就能把眼晃瞎了，你别拿着它乱比画。"

胜香邻说："这好像是部大功率强光探照灯，在地下洞穴里一定用得上它。"

司马灰点头同意，吩咐二学生先带上电池背囊和探照灯，等到了安全之处再说。

众人随即带上背包和枪支，以矿灯照明继续下行，又拾到了一些散落的炸药，随后逐步接近水面，只见洞底水质清澈，用矿灯直接能照到底。水中有许多犹如细梭的史前鱼类，它们对光线极为敏感，也没有上下颌骨，嘴部就像是一个能够开合的洞，成群结队地在水中游弋，行动迅速轻盈。由于水质通透平静，那些鱼群皆若浮空游动，无所倚凭。

谁都叫不出这些鱼的名目，或许是从未有人发现过的史前物种，不过洞底显然是片活水，当即放下橡皮艇顺流而行。

那橡皮艇两侧有充气筏，是圆锥形的皮质气囊，可以搭载六人，胜香邻拉动栓绳充满了空气，发现前端都涂装着青面獠牙的鲨鱼嘴，显得十分恐怖。

罗大舌头看着稀奇，说道："真他娘的作怪，好端端一具橡皮艇，为什么要涂得神头鬼脸？"

司马灰说："有些战斗机会涂装成狰狞的鬼怪，用来威慑敌人，却没见过渡水的橡皮艇搞成这样，不知道是吓唬自己还是吓唬水里的鱼。"

胜香邻看日记本上绘制的草图，得知这艘橡皮艇和潜地热气球，都是由探险队里那位发明家设计制造的，地下环境与世隔绝，有着深广难测的水体和幽深复杂的洞穴，必须随时防备遭遇早已灭绝的史前生物，据说如此涂装可以吓退食人鱼。

众人边说边把橡皮艇拖到水里，看到鱼群都往一个方向游动，当即随之前行，绕过纵横交错的水晶柱，距离洞壁越来越近。

司马灰按住矿灯在艇前观察，隐约看到壁下是个裂口，黑沉沉的浮着两个庞然大物，它们脖颈很长，伸出扁平的三角脑袋张嘴吸水，猩红的大嘴边缘生有许多触须，在水里缓缓摆动，像是诱饵一般，鱼群一旦受到吸引接近，就被那血盆大口无声无息地吞掉。

第九章　高温火焰喷灯

　　司马灰发现洞壁底部裂口，但前方被两个体型硕大的水怪挡住了，那俩家伙的躯体都有卡车般大，身上像巨鼋一样有层硬壳，伏在水底伸出细长的脖颈，贪婪地张开怪嘴，不断将成群的鱼吞入腹中。司马灰见势不妙，急忙举手示意停止前进。

　　洞中水质清澈，矿灯直照湖底，其余几人同样看到了危险的存在，可两侧的晶丛横竖交错，地形逼仄狭窄，那艘橡皮艇非但掉转不开，还被水流持续向前带动，倏然间又向前驶出几米，水怪嘴唇边缘摆动的触须都已历历可见。

　　众人见是狭路相逢，没有周旋的余地，被迫强行突破，地下生物大多惧光畏火，但伏在水中阻住洞口的两个巨型水怪，却对光线恍若不见，只顾着吞吃鱼群。

　　司马灰暗骂这橡皮艇上的涂装果然只能吓唬鬼，真遇上水怪毫无作用，关键时刻还是要依靠火把和步枪才能防身。但这水怪皮糙肉厚，可能有数吨之重，以温彻斯特 1887 杠杆型连发枪的杀伤力，恐怕难对其构成威胁，想到这儿，他赶紧回身招呼高思扬将火把递到前边。

　　这时橡皮艇几乎撞进了水怪的血盆大口，罗大舌头自是不敢怠慢，他把司马灰让在身后，端起加拿大双管猎熊枪，抵在肩膀迎头轰击，枪声震耳欲聋，但两发大口径霰弹打在怪物脑袋上，只是多出几个涌血的窟窿。

罗大舌头骇然失色，连忙摸出弹药重新装填。却见水花一分，那两个水怪从湖中探出扁平的脑袋，颚骨以不可思议的角度向两侧分开，伸展着唇边的触须，猛然向他咬了下来。罗大舌头来不及再次上弹，便仗着血勇之气，倒转了猎枪，双手抓住枪管，抡起来击打格挡。

胜香邻也抬起手枪连续射击，但瓦尔特手枪子弹打在那水怪身上，更如同是在搔痒，水中这两个庞然大物你拥我挤，争相上前吃人，水波剧烈涌动，将橡皮艇推得竖了起来。

此时司马灰已从高思扬手里接过火把，他知道橡皮艇一旦被水怪撞翻，众人落到水里全都难逃死命，所以也是舍命相搏。他稳住身形，握住点燃的火把戳向水怪的大口。

不料那水怪刚从水里冒出，全身湿漉漉水淋淋，司马灰手中的火把一触即灭，变得和牙签没什么两样了，只好抛落水中，抽出猎刀想做垂死挣扎。这时，忽觉腥风扑面，黑洞洞的怪嘴竟已近在咫尺，他和罗大舌头再想躲闪也来不及了。

正想闭目等死，突然一道暴亮的光束从两人头顶掠过，照在那张开的怪嘴中，瞬间发出一股刺鼻的焦臭，那水怪的脑袋像被火焰烧穿了，从前到后出现了一个血肉模糊的大洞，躯体扭动翻滚着缓缓沉向水底，另一个好像也被烈焰烧伤，转身逃得不知去向了。

众人惊魂初定，稳住随波起伏的橡皮艇，愕然望向身后，原来是二学生背负的那部探照灯，途中被他调试得差不多了，眼见情势紧急，苦于没有枪支武器，就想用强光照射逼退水怪，没料到这探照灯的光束竟比火焰喷射器还要厉害，大概在数米之内连铁板都能烧穿。

此时橡皮艇由水路驶进了洞壁下的裂缝，所见都是倾斜硕大的水晶，前路曲折蜿蜒，时宽时窄，众人知道处境凶险，紧张地注视着四周动静。

司马灰想起此前差点儿让探照灯照在脸上，有些吃惊地问道："什么玩意儿这么厉害？"

罗大舌头同样后怕，摸了摸自己的脑袋说道："我估摸是件法宝，要不然它怎么能喷出三昧真火？"

二学生也是茫然不解，万没想到打开这部探照灯，灯光能像烈焰一样喷出，幸亏没往人身上照，可又不知碰错了什么地方，无论他怎么摆布，探照灯却再也亮不起来了。

高思扬说："好在用得及时，否则咱们都要葬身鱼腹了。"

司马灰吩咐二学生，无论如何都要尽快将这部强光探照灯修复。

二学生表示这次真不知道是哪儿坏了，他会尽量尝试，至于最终能否修好，那就是有信心没把握了。

司马灰说："罗大舌头混缅共的时候，也曾有两下子，号称凡是带个'机'字的东西，他都能修，你让他帮你瞧瞧，没准就能把这喷火机鼓捣好了。"

罗大舌头刚才领教了厉害，担心自己被探照灯烧掉脑袋，立刻推脱道："别说是鸡了，我实话告诉你们，凡是在天上飞的，除了鸟之外，咱全都能修会开，但你们怎么可以让飞行员糊风筝呢？这简直是乱弹琴啊！"

这时，胜香邻翻开日记本察看，才知道这是一部"高温火焰喷灯"，使用电池背囊供电，由于功耗太大，每次只能持续使用几秒钟，总计不超过一分钟，那支搭乘热气球进入地底的探险队，之所以携带如此先进的装备，除了在危险恶劣的环境中防身，主要还是想在炸药万一失效的情况下，毁掉刻在拜蛇人石碑上的秘密。

高思扬觉得此事万难理解，为什么"绿色坟墓"不计任何后果，都要窥觑拜蛇人石碑上的秘密？探险队的日记里有没有提到，那到底是个什么样的秘密？

胜香邻将日记本从头到尾翻看了一遍，没发现明确记载，除了推测还是推测，目前仅知拜蛇人石碑是一切谜团的根源。凿刻在上面的拜蛇古篆，正是夏朝龙印的前身，在甲骨文出现之后逐渐不复使用，不过以目前掌握的线索，只要能在地底找到拜蛇人石碑，破解其中记载的内容并不是问题。

罗大舌头纳闷儿地说："这事我也一直琢磨不透，是不是我想知道什么，那座石碑就能告诉我什么？可据赵老憋所言，拜蛇人石碑上总共刻着还不到十个字，这几个字讲一句话也未必能讲得清楚，能他娘的有什么惊天动地的大秘密？为什么看都不能看？看了会怎么样？"

司马灰说："你们别猜了，在真正看到拜蛇人石碑之前，任何推测都没意义，试想这天底下有哪一个秘密，是看也不能看，甚至说也不能说？据我所知，那就只有'绿色坟墓'的脸了。"

胜香邻问道："拜蛇人石碑埋在地下好几千年了，它会刻着绿色坟墓的脸？"

司马灰说："那倒未必，我看赵老憋好像知道'绿色坟墓'是谁，他可能无意中看到过那个人的脸，但因恐惧而不敢吐露。就像拜蛇人石碑上的秘密，几千年来都没人敢看，也没人敢说，所以这两者之间一定有着不同寻常的联系。"

高思扬对司马灰说："既然赵老憋知道'绿色坟墓'是谁，你当时为什么不继续问下去？现在这个人已经掉在洞里摔死了，只怕今后永远没有这么好的机会了。"

司马灰认为，赵老憋根本不敢如实说出，就算此人上嘴皮子一碰下嘴皮子说出来，谁敢相信？不过他心中隐约觉得，赵老憋暗示考古队看过"绿色坟墓"的脸，还另有深意，仔细想想那句话，真让人不寒而栗。

此时，橡皮艇穿过规模庞大的水晶丛林，进入了另一个穹隆形的洞窟，这里布满了凝固火山灰，留有无法磨灭的地质印记。洞底开裂处都有蒸汽和灼热的淤泥，无法再向前深入，众人被迫舍弃橡皮艇，攀爬横倒斜卧的水晶，试图沿着岩壁寻找出路。

一行人使用火把照明，在黑暗中走出很远，所见都是单调重复的地形，越向深处走越是不见生机，这一个接一个的巨大洞窟，皆是亿万年前熔岩喷涌形成，内部异常光滑平整。

有些地方的洞壁上，几千年前的古老岩画残存至今，似乎是拜蛇人留下的原始图腾，考古队便以此作为标记前进，走到没有岩画的洞穴就掉头折返，重新寻觅路径。连续在地槽缝隙间绕行了不知多少里数，所幸有日记本中的拜蛇人资料可以参照，寻着断断续续的岩画，行至深谷一侧山脉的腹地，那里是座发生过垮塌的山体废墟。

众人在附近突然遇到热流，被迫逃到山墟里，意外看到岩壁上呈现出羽蛇神的面容轮廓。在拜蛇人的神话体系中，阴间之神是一种背生鸟羽，拥有头面手足的人首怪蛇，古代印加玛雅遗迹中同样存在类似的羽蛇，但形态更接近于龙，意义也不一样。

司马灰在黑暗中只能仰望浮雕底部，可见规模之巨大骇人，而羽蛇人面之口洞开，里面有石门深陷，可以通往内部。

崩坏的山体下无路可走，众人寻思面前是埋着拜蛇人石碑的"神庙"，于是把烈性炸药都取出来，用导火索引燃爆破，轰然巨响中石门被炸出了一道缝隙。

司马灰打亮矿灯，冒着刺鼻的烟尘，率先钻进去察看，发现里面是个穹隆形的大空洞，似乎已置身于地底山脉内部，地面铺有巨砖，干燥枯热，世界至此，好像已是尽头。

其余几人陆续从后跟进，没想到考古队从羽蛇神的嘴里钻进来不久，身后的洞口就发生了二次坍塌，乱石混合着大量火山灰，把洞口堵了个严丝合缝，也将热流阻隔在外。不过众人心中所想都是神庙里的无数谜团，被堵在其中并未惊慌，很快定下神来，检查了一遍枪支弹药，随即点燃火把照明，准备继续深入。

胜香邻却发觉事情有些不对，羽蛇神口部的大洞像是城门，而看里面的情形，也与日记本中描述的"神庙"不同，这里可能是拜蛇人留在地底的"死城"。

地底世界

第二卷

地下死城

第一章　羽蛇神

众人穿过羽蛇神的大嘴，进入山腹之内，只见洞道宽阔，奇深难测，地面和墙壁都是平整的巨型石砖，雕刻的尽是神头鬼脸，粗略望去，内容多以人死之后坠入黄泉的题材为主。

司马灰等人满以为这就是放置拜蛇人石碑的神庙了，却听胜香邻说到什么死城，都不由自主地放缓了脚步。

高思扬举着火把照视墙上浮雕图案，所见尽是各种神祇鬼怪，问道："死城是给死人住的？"

司马灰说："可能是没有出口的古城，神庙是不是就在这座死城里？"

胜香邻说："古代拜蛇人属于始祖文明，发展程度与古埃及相当，拥有独特的生死观。拜蛇人笃信轮回转生之事，认为只要死后魂魄不坠虚无，仍可转生轮回。然而如何才能不坠入虚无？那就必须死在这座造在羽蛇神腹中的古城里。拜蛇人在还活着的时候就进来等死，倘若死在古城之外，就有今生没来世了，把尸体运进来也没有意义。因此上至神王下至庶民，按身份尊卑不同，都在这座死城中各有位置。"

众人均想，原来死城真是给死人住的，恐怕城中枯骨僵尸成千累万，不知往深处走会遇上什么危险。

司马灰吩咐二学生，尽快修复那部"高温火焰喷灯"，有了这东西壮胆，心里可就踏实多了。

二学生一路上都没闲着，却始终没能鼓捣好，看来结构复杂的先进装备，在如此恶劣的环境下，远不如落后的步枪可靠，短时间内指望不上它能发挥作用。

司马灰心有不祥之感，只怕这座死城里有些东西，是凭温彻斯特连发枪对付不了的。

只听胜香邻继续说道："日记中还提到古代拜蛇人穴地太深，最终引发了大洪荒，使无数人口葬身鱼腹，世间禽兽鬼怪横行，夜叉恶鬼也下山攫人而食。残存的城池损毁严重，再也阻挡不住洪水猛兽，剩余的人们只好躲入死城，捕地鼠为食，与祖先的累累枯骨相伴，到最后人越来越少，这就是拜蛇文明消亡的主要原因。"

罗大舌头说："咱就别管拜蛇人怎么没死绝的了，我最关心的问题是怎样才能找到神庙里的石碑。"

胜香邻摇头说："没人知道神庙的具体位置，如今只能在这座死城中寻找线索了。"

司马灰问胜香邻："日记本里有没有死城的地图？这地方深邃漆黑，没有地图可走不出去。"

胜香邻没在日记本中找到地图，但地底山脉被视为羽蛇神的化身，参照羽蛇神的图腾，也不难辨别古城的方位走势。

一行人边说边走，经过空旷的通道，但见山腹深处高墙屹立，外围十几米高的巨像随处可见，或人或兽，墙壁不再平整，而是疙里疙瘩、起伏凹凸，分布着许多鼠穴般的孔窍，枯苔斑驳，角落里都是一丛丛奇形怪状的低矮蘑菇，最大的也只相当于常人一握。

众人忍不住心中打鼓："想这死城为积尸之地，纵然年代深远，也许没有僵尸了，但枯骨遗骸总该剩下几块才对，怎么一点儿痕迹都没留下，城中的死人都跑到什么地方去了？”

司马灰看胜香邻所持的日记本，见那羽蛇图案腹部中空，嵌着一个暗示生死轮回的圆盘，判断这座陷进山腹的死城，应当也是圆形，站在洞门处看不到里面有尸骸，内部情况完全不明。

二学生嘀咕道：“这里应该是尸骨重叠的死城啊！可为何不见半具遗骸？”

高思扬说：“没准死人都在古城深处……”这时，有成群结队的地鼠，皆大如小猫，数量何止千百，瞪着血红的眼睛从众人脚边蹿过。高思扬最怕鼠类，急忙挥动火把驱赶。

罗大舌头说：“这地方饿鼠真多，古城里的死人肯定都让老鼠啃没了，你们听没听过，凡是吃了死人眼珠的耗子，就能变成鼠王，那也是一路仙家！”

高思扬脸上变色：“罗大舌头你怎么又在危言耸听，哪里会有这种事？”

司马灰说：“老鼠在民间被尊为灰八爷，相传此物擅能预测吉凶，你如果住到有老鼠的宅子里，夜深人静之时，竖起耳朵就能听到老鼠出巢觅食前，会事先在洞里叽叽咕咕说话，那是它们在掐算出洞之后会不会遇上猫，俗谓之‘鼠求签’，也有说鼠咬人头发主吉，啃脚或鞋袜则主凶……”

二学生见司马灰言之凿凿，不免心里发慌，惊道：“不好，刚才那些老鼠好像咬到我的鞋了，我是不是要倒霉了？”

高思扬道：“也只有你才会信他们的鬼话，没准这古城里还有更多的巨鼠，趁早绕开为妙。”

司马灰道：“我可不是胡言乱语，‘鼠求签’虽属虚妄，但鼠类与人至近，专等人静而后动，所以怪异也多。这玩意儿最是机警不过，懂得趋吉避凶。”他说罢用火把四处照看，紧紧盯着死城外的群鼠动向。

高思扬见司马灰全神贯注，也不知他在看些什么，低声问胜香邻：“这家伙脑子跟普通人不太一样，他总不会认为古城里的死人都变成老鼠了？”

胜香邻说："他可能是看到死城中的蘑菇颇为古怪，鼠辈虽众，但遇到这些蘑菇却避而不食，必是含有剧毒，大伙儿千万不要触碰。"

司马灰点了点头："这只是其一，另外你们做好心理准备，仔细瞧瞧长有蘑菇的石壁。"

众人不解其意，借着火把的光芒望向石壁，端详了好一阵子，却没瞧出什么端倪。

司马灰摆手说："你们退开几步再看，不管眼中有何所见，切记勿惊勿怪，胆小的趁早别看。"

其余几人越听他这么说，越想看个明白，各自退开几步，按住矿灯照向墙壁，等到定睛望去，无不骇异，身上冷汗直冒。就见壁上凹凸起伏的大小孔窍，赫然都是一张张的死人脸，重重叠压，不计其数。那些窟窿就是头颅上的诸窍，近处看以为是墙壁上的鼠洞，退开数步才能分辨出五官轮廓。想是年代深远，枯骨与岩壁化为了一体，半石半骨，无从区分，而那些奇形怪状的蘑菇，全都是从古尸张开的嘴里生长而出。

众人面前的洞道两侧，长满了红黑斑斓的低矮蘑菇丛，一眼看去不见尽头，各自吃惊不小。城中堆积了无数拜蛇人的尸骸，如今层层枯骨都已变成了化石，奇怪的是蘑菇怎么会从枯骨嘴中长出？

罗大舌头故作明白，他声称自己曾去过兴安岭长白山一带，各种奇形怪状的蘑菇都见过，好像有种蘑菇叫作"尸口菌"，据说都是长在死人嘴里。听挖参的把头们讲，那都是死者生前吃过老参，死后真气不散，郁结而成。这东西很是贵重，活人吃了能够延年益寿。若在毁棺改葬或挖坟掘墓的过程中，偶然发现这么一枚，见者便会争相抢夺，但此物入手麻木，顷刻间化为黑水，真正是好挖不好存。

司马灰懂得相物之道，清楚罗大舌头又在胡吹法螺，人死之后哪里还有气息？这些蘑菇无非是死气在地洞中凝结形成，最毒不过，要是取下来泡在清水碗中，就会变成数以千万计的红头黑嘴之虫。现在虽然都石化了，但鼠群仍不敢接近，说明毒性尚存。

此时，山腹裂缝中涌出的硕鼠越来越多，皆是黑皮无毛，同时拥出一只巨鼠，大逾同类数倍，斑毛遍体，白如滚雪，它沿途遗溺，一滴既成一鼠。

众人看得两股战栗，胜香邻低声道："这是鼠王出来了！"

高思扬吓得脸色煞白，举起温彻斯特步枪对准那只巨鼠，立时就想扣下扳机。

司马灰按住高思扬的手臂："别浪费弹药，这些东西一旦围上来，火把也挡不住它们，转瞬间就能把活人啃没了，而且死鼠的血腥气息会引来更多同类，鼠群畏惧死城中的毒蘑菇，大伙儿快往里走。"

众人当即以火把驱退逼近的群鼠，稳住阵脚，逐步退进洞道，那些饿鼠虽不舍生人气息，但被有毒的蘑菇阻挡在外面，也不敢冒死逾越。

罗大舌头打开矿灯在前开路，越往深处走，洞道里的枯骨越多，将石壁上的浮雕和神像都遮住了，地势虽然宽阔，但空气不畅，使人呼吸困难，光照所及，也仅达十步开外，此刻耳朵里除了怦怦心跳和沉重的呼吸，完全听不到任何多余的声响。众人吊心悬胆，互相紧紧跟随，唯恐掉队。

死城外壁呈圆形，从羽蛇神腹中的图腾轮廓来推断，古城有很多条岩石隧道，众人经过的通道是其中之一。半路上发现一个很大的洞窟，壁上全是刻有繁复图案的浮雕，里面不见半具枯骨。司马灰停下脚步，就近抚去苍苔观瞧，看壁上大多是头戴黄金饰物的王者，被有意塑造为半神半人的化身，显得地位仅比羽蛇神稍低。

二学生强撑着才没掉队，到此忙扔下沉重的背包和探照灯，利用这难得的机会坐地喘歇。

罗大舌头嘟嘟囔囔地对司马灰说："我看这夯货又要拖咱的后腿了，你想让鸭子跟着燕子飞，它也得是那个鸟啊！"

司马灰说："别发牢骚了，有这个力气等会儿你背着他走，我可还指望他能把探照灯修好了应急。"

高思扬担心饿鼠追进古城，就说："这里没有拜蛇人石碑，不宜停留太久，应该继续往深处走。"

司马灰同样是不想耽搁，拽起坐在地上的二学生，就要动身前行。

胜香邻却望着壁上的浮雕说道："等一等，我知道拜蛇人石碑上的秘密为什么不能看也不能说了。"

第二章　枯骨

司马灰听胜香邻说有所发现，此刻即便有天大的事也要先放下了。他接过火把照过去，只见前面的浮雕上，果然有一处与探险队日记本中的石碑图案相同，但死城中的浮雕场面更为浩大，看场景拜蛇人石碑位于一个很大的地底洞穴之中，其下有个近似参天老树般的图案。不过此处被故意凿掉了一片，分辨不出原本是些什么，古碑前积尸如山，周围是象征着死后的虚无之海，海面上则有条背生鸟羽的人首怪蛇，载着几位头戴黄金饰物的王者。

司马灰看得似懂非懂，这片浮雕里描绘的情形，似乎并未明确指出拜蛇人石碑上究竟记载着哪些惊天之谜，石碑上的东西为什么看也看不得，说也说不得。

胜香邻知道司马灰等人没耐心逐一细看，直言说："这里浮雕众多，大都记载着石碑的事迹，它应该被埋在重泉绝深之处，古代拜蛇人似乎相信——任何看到石碑的人，都会立刻吓死在碑前。"

司马灰说："这我可就摸不着头脑了，据咱们所知，拜蛇人石碑只是沉在重泉深渊的一块巨岩，与地下寻常的岩盘没有分别。如果人们看到石碑就会立刻死亡，那么死因一定来自刻在石碑上的秘密，难道那个秘密能把人活活吓死？这事我不相信，毕竟十个手指头伸出来也不是一般长短，同样生而为人，胆量粗细那也是千差万别。好比罗大舌头这号反应迟钝的，脸皮又厚，什么东西能把他直接吓死？"

罗大舌头赶紧说："倒不是反应迟钝，而是我经过考验。咱爷们儿什么吓人的场面没见过？"

高思扬和二学生也纷纷称是，倘若石碑上刻了面目狰狞的鬼怪，在黑暗中冷不丁瞧见，没准能把人吓得够呛，甚至吓得腿肚子转筋瘫倒在地，那还是有可能的。但要说任何人都会在石碑前活活吓死，可就未免太过难以置信了，况且石碑上所刻内容，是近似夏朝龙印的象形古字，并非神头鬼面。

胜香邻回答不了众人提出的疑问，她只是如实解释浮雕呈现出的内容。拜蛇人石碑是那几位头戴黄金饰物的王者所留，这些拜蛇人的统治者地位极高，分别掌握着石碑的秘密，但是谁也不知道全部内容，更不能相互吐露，所以这些人都没有舌头。他们世代如此，严守着羽蛇神设置的古老禁忌，这满壁浮雕的洞窟只是其中一个人的埋骨之所，类似的地方在死城里应该还有几处。

司马灰凝神思索，觉得浮雕内容虽然离奇怪诞，但最初分布在淮河流域的拜蛇人后裔，一直试图在地底挖出石碑，妄想借此摆脱夏王朝的奴役，这与其祖先留下的记载吻合。可那石碑上的东西看一眼就能把人当场吓死，找到它之后谁敢看？

罗大舌头说："凡事小心点儿准没错，到时候可以让二学生先去看看拜蛇人石碑上刻着什么，他要是没被吓死，咱们再看不迟。"

司马灰没理会罗大舌头出的馊主意，心中反复在想："绿色坟墓"为何要找拜蛇人石碑？这个谜团在找到石碑之前，终究难以解开，他此时不免多出几分顾虑，自己这伙人九死一生走到这一步，可千万别当了"绿色坟墓"的替死鬼。

"谁去看拜蛇人石碑上的秘密，谁就要承担立刻死亡的后果"，司马灰虽然胆大不信邪，可经过这么多事以后，觉得有时候不信邪还真是不行，心里不免笼罩了一层不祥的阴影。可思前想后，仍觉得应该继续寻找拜蛇人石碑，因为这是唯一能够揭开"绿色坟墓"之谜的机会。至于在地底找到石碑之后如何理会，并不是现在所要考虑的问题，眼下首先要做的是辨明位置，找到途径接近石碑。

胜香邻从石窟里的浮雕推测，拜蛇人习惯用各种神祇象征山脉地形，首尾则代指方向，死城下面可能有条漫长的岩石隧道，蜿蜒穿过地下山脉，一路通往沉着石碑的神庙，行程距离无法预计，环境可能也比菊石山谷和水晶丛林艰险得多。等她将这些图案在本子上做了简单标记，众人立刻动身探寻路径。

死城洞道里的地势时而狭窄，时而开阔，有些地方无法容人通过，只好绕路前进，黑暗中深一脚浅一脚跋涉艰难，枯燥的地形更容易使人疲惫，上下眼皮子不由自主地开始打架，等行至通道的尽头，众人身前出现了一个走势直上直下的凹形坑，这个直径接近百米的深坑犹如内城，也是处于中心位置的大殿，里面异常宽阔，四周矗立着一尊尊高耸的古老神像，形态凝重肃穆，壁上则是各条通道的洞口。

司马灰等人立足于其中一个洞口边缘，借着火把和矿灯的光亮向下观望，只见下方地面凹凸起伏，像是一张仰面朝天的怪脸，由于面积实在太大，在高处也看不清究竟什么样子。

这死城里的枯骨众多，形态古怪恐怖，到处弥漫着一种难以形容的诡异气息，火把的光芒越来越暗，众人都感到压抑不安，觉得附近有种看不见、摸不着的东西存在，而它正在不知不觉中逼近过来，所以谁也不想在此久留，于是陆续攀至洞底，移步寻找道路。

二学生累得两条腿都没知觉了，只顾跟着司马灰往前走，眼神又不好，没看清脚底下，一不留神就被绊了个狗啃泥。地面上枯骨堆积，长满了毒蘑菇，他脸部正扑在蘑菇丛中，撞得满嘴都是，惊恐之余，慌忙吐掉嘴里的东西，吓得连话也说不出了。

众人都是心下一沉，这蘑菇是死气郁结而成，用手摸一下都要麻木好久，何况吃到嘴里？

高思扬虽带着急救箱，却对这种枯骨嘴中长出的蘑菇闻所未闻，不知道该采取什么措施，其余几人也是无可奈何。

众人都以为二学生必死无疑了，谁知过了一阵儿，他除了受惊不小之外，始终未出现反常征兆。

司马灰心知那些蘑菇若是含有剧毒，直接碰到嘴里的唾液，你都来不及做出任何反应，眨眼的工夫就会全身发黑而死，看来蘑菇和附近的枯骨一样，已经完全变成了化石，可那些饿红了眼的地鼠，为何不敢进入死城？它们到底在害怕什么东西？

罗大舌头对司马灰说："这地方是让人感到头皮子发麻，死人多了阴气就重，说实话我心里也有点儿发怵。"

司马灰心想："连罗大舌头都察觉到反常了，看来此处确实有些古怪。"他握着步枪环顾四周，只见遍地枯骨上的无数孔窍，在暗淡的火光映照下显得轮廓诡异，浮现出一张张死者扭曲的怪脸，仿佛鬼影重重。

罗大舌头见司马灰盯着附近的枯骨在看，就把双管猎熊枪的撞针扳开："是得留点儿神了，死城里没准有古代拜蛇人的僵尸。"

高思扬正和胜香邻将二学生扶起来，说道："你别专拣些吓唬人的话说，沿途所见全是枯骨，哪有什么僵尸？"

罗大舌头说："真不是吓唬你们，成了气候的枯骨能变石僵，一身铜皮铁骨，刀枪不入、水火难侵，比那有皮有肉的僵尸更难对付。"

二学生身上一阵阵发冷，胆战心惊地转头去看，但黑暗之中什么动静都没有，他紧张兮兮说道："我觉得这里有些看不见、摸不着，却非常可怕的东西……"

罗大舌头说："娶媳妇打幡——纯属添乱。你直接说有鬼行不行，至于绕这么大圈子吗？"

高思扬责怪二学生："你亲眼看见过鬼？怎么也跟着他们胡扯？"

二学生赌咒发誓，这种肌肤起栗的感觉很真切，若是添乱胡说定遭天打雷劈。

司马灰说："别他娘的废话了，这年头该遭雷劈的人忒多，累死老天爷也劈不过来，不过这里的确有些邪性，能早一刻离开就少一分危险。"

此时众人都有不安之感，可谁也说不清有什么地方不对劲儿，只盼尽快找到通往拜蛇人石碑的途径，离开此地。于是按照浮雕上的提示，在深坑般的石殿中摸索搜寻。石殿底下是仰面朝天的神像头部，体积异常庞大，脸形犹如凸起的小山，嘴唇紧紧闭合，但它处在地下的年代古老得难以追溯，表面都是龟裂，还有几尊原本矗立在周围的大石人，年深日久从壁上倒塌下来，砸垮了地面，其下露出深不见底的岩洞，用矿灯向深处探照，黑乎乎的难测其际。

司马灰见状，估摸着脚下就是那条岩石隧道，巨像闭合的嘴部则是洞口，拜蛇人几千年前就把洞门封闭了，若非地面垮塌，想进入隧道还真不容易，穿过最后这条漫长的岩石隧道，便能见到那块藏有最终谜底的石碑。

胜香邻告诉司马灰："这条岩石隧道里的情况一切不明，不可掉以轻心。"

司马灰点头说："此地不可久留，总之咱们先进隧道，至少离开安放拜蛇人枯骨的死城，才能停下来歇气……"说着半截，就觉得有人拽自己胳膊，转身一看是面如死灰的二学生。

司马灰奇道："你这是要撞丧游魂去？脸色怎么如此难看？"

二学生指着司马灰，颤声说道："其实……其实你的脸……也快变得和那些枯骨一样了！"

第三章　变鬼

　　司马灰察觉到征兆不祥，不过一直找不到源于何处，等到有所发现却为时已晚，他虽然看不到自己的脸色如何，但在火把照耀下见到其余几人的面容，不免心惊肉跳，只见每个人都是眼窝塌陷，脸颊上泛着僵尸般阴郁的暗青，料想自己也是如此。

　　众人相互打量了几眼，心中同样悚栗，身上汗毛齐刷刷竖了起来。先前只顾着注意周围的情况，身边之人怎么全都不知不觉地变成了这个模样？他们无不清楚，长期处在不见天日的黑暗世界中，脸色会逐渐转为苍白，但绝不至于变成这样。

　　此时唯一可以肯定的是，这种变化是在进入死城之后才开始出现，若不尽快逃离，恐怕都将变为地下枯骨。

　　众人脑中的念头一致，立即放下绳索从地面开裂处往下去，下行二十多米就到底了，并没有预想中的那么深，脚下仍是平滑齐整的巨砖，四周空旷漆黑，每隔几步，就矗立着一根粗可合抱的人形石柱。

　　司马灰等人仅知道大致方位，悬着心走出一程，边际处却没有出口，看置身之处的地形，似乎也是一座大殿，矿灯和火把的照明范围又减弱了许多，他们求生心切，惶急之际找不到路径，心里愈加疑惧不安，口唇干裂，呼吸一阵比一阵困难，感觉携带的背包和枪支沉重不堪，身体逐渐冰冷麻木，只想躺在地上就此不动。

众人心里清楚，稍一停留就永远都别想再起来了，奈何找不到离开死城的隧道，估计原路回去也是来不及了，可能走不到一半便会倒毙在途中，只能不断喝水补充体力，勉力支撑而行，不消片刻水壶就见底了。

高思扬突然发现手中火把变成了一团暗淡的鬼火，照在身上非但不热，反而有阵阴森迫人的鬼气，她吃了一惊，急忙撒手抛落。

司马灰不等火把落地就伸手接住，称奇道："火把怎么会变成这样？"

二学生骇然道："这地方好像有种不可理解的恐怖力量，它能够悄无声息地吞噬一切生命……"

罗大舌头说道："我看你小子是夜壶嘴镶金边儿——值钱就值钱在这张嘴上了。这不就是老坟里的鬼火吗？"

胜香邻却认为二学生说得有些道理，死城中根本没有形成化石的条件，拜蛇人留在地下的枯骨多已石化，这里一定存在某些东西可以吸收活气，能在短时间内将尸骸变成化石，甚至连火把的热量都快被它吸光了。

司马灰心想不错，看面前这团鬼火的情形，吞噬活人气息的东西离此不会太远，如果能将它找出来毁掉，或许还有一线生机。

众人如同和死神赛跑，半秒钟也不敢耽搁，立即晃动火把，在漆黑的大殿中摸索搜寻，行至一处角落，就见凹洞中有若干头戴金饰的古尸，皆是俯首向下，皮肉枯槁近似树皮，面容已不可分辨，张开的大嘴里不时渗出黄水，当中环抱一株大菌，殷红如血，状如伞盖，尸口流涎，都落在顶部，根下则与这些僵尸化为了一体。

司马灰等人离得越近，越是感到窒息麻木，觉得双眼都睁不开了，看什么东西都模模糊糊。他知道这是名副其实的"尸口菌"，看其周围雾气氤氲，其实全是红头黑嘴的小虫，只有拿清水化开才能用肉眼观察到，它们像尸雾一样，由这里向四处散布，把死城中存在的活气都吸尽了。那些拜蛇人枯骨嘴里长出的蘑菇，全是由于体内吸进尸雾郁结而成，凭众人现在的装备，完全无法防范。

司马灰记得相物典籍中有段记载，据传隋唐时期，有猎户到山里狩猎，追逐羚羊误坠地洞，遇到一株成形的活芝生于洞穴之中。他识得此乃异物，摘下来就要吞吃，不料洞中有山鬼来夺，猎户拼死搏斗，终于将山鬼驱退。那时候所说的山鬼，可能就是猿猴、山魈之类有些灵性的东西，想等那活芝长成之后吃掉，谁知最后被猎户误打误撞抢到了手中。猎户赶走山鬼，急不可耐地将活芝全部吞下，身体就此暴长，只有脑袋能钻出地洞，再也动弹不得，结果活活困死在了洞中。

此事虽近乎荒诞，但也说明世上奇异之物，莫过于菌芝之属，大概这些头戴金饰的拜蛇人古尸，生前吞食过深渊里的某种罕见活芝，死后竟能从口中滴涎，使这株毒菌随灭随生，数千年不枯。

司马灰深为后怕，还好发现及时，要不然难免做了地下枯骨。他心念动得极快，示意其余几人遮住口鼻不要上前，又让罗大舌头用猎枪将那株硕大的"尸口菌"齐根轰断，其根茎伞顶落地即化为黑水，气味臭不可闻。

众人看四周薄雾未散，但火把已重新发出光热，身上麻木的感觉也缓缓平复，这才稍微放心下来，不过气血大伤，非是一时三刻所能复原，刚想坐在地上喘口气，却见那几具古尸向下沉去，原来枯菌下压着一个洞口。

司马灰用矿灯往内照去，里面似乎没有尸雾，看来雾气只能够向上移动，那些古尸是拜蛇人中地位很高的首领，死前封闭了这处洞口，往下才是山脉底部的主体隧道，估计这条地底山脉里的隧道和各个空洞，全是亿万年前熔岩运动留下的地质痕迹，规模之大，形势之奇，皆非人所能及，不能说古代拜蛇人是隧道的创造者，至多只是继承者而已。

大殿中的尸雾难以散尽，众人被迫咬紧牙关，继续下行。司马灰见二学生身单体虚，如今是爬也爬不动了，就上前拖着他走。

其余三人也在旁边相助，唯独罗大舌头向来是好事做尽，坏话说绝，眼下有气无力，也忍不住要对司马灰说："这小样儿的顶不住了，干脆扔下他别管了，我就不信邪，没了他这臭鸡蛋，咱还不做槽子糕了？"

在罗大舌头的话语声中，众人踏着斜倒的石柱往下走，到了底部但见有许多残墙断壁，地面都是细碎的岩屑，积尘厚达数寸，先前掉到洞底的那几具拜蛇人僵尸，则是踪迹全无。

洞窟底下是座万户城郭，虽是塌毁不堪，但在尘土覆盖之下，各条甬道和屋舍起伏的轮廓，还都隐约可以辨认，仿佛到处都掩埋着拜蛇人古老的秘密，它们已经随着时间的缓慢流逝，一步步走到命运的尽头，即将湮灭在不见天日的地下。

司马灰举着火把照向四周，见这半空里没遮没拦，为什么那几具拜蛇人僵尸掉下来就突然消失不见了？他暗觉情况不妙，立即将温彻斯特1887杠杆式连发枪的枪弹推上了膛。

其余几人心中也同样恐惧不安、神情紧张，加上此刻口干唇裂，脑中似有无数小虫乱咬，五感变得非常迟钝，疲惫干渴得近乎虚脱。奈何水壶全都空了，死城里又非常干燥，一时半会儿找不到水源，就想先在隧道里找个安全的地方，喘口气歇上一阵儿，等到气血稍微恢复，然后再找水源。可情况出乎意料，深入到下层才发现仍未走出死城，想不出这鬼地方究竟有多深。

高思扬发觉身边断墙上凹凸有物，抚去表面覆盖的尘土，石壁上赫然露出许多赤膊的鬼怪浮雕，多是张牙舞爪，举止诡异，脸部都朝着一个方向，与之前见到的全然不同。她对胜香邻说："你看看这些图案是什么意思？"

胜香邻上下打量了几眼，很快看出一些端倪。拜蛇人相信人死之后，除了得以在羽蛇神腹中转生轮回，其余皆在死后变鬼，其尸骸朽灭，幽潜重泉，终将坠入虚无，这才是真正意义上的死亡。死城最深处的洞窟，正是用来掩埋那些不得转生的尸骸，山脉底部的岩石隧道，很可能由此贯穿而过，而放置拜蛇人石碑的地点，即是这个充斥着虚无的黑洞。

司马灰见行进的方向没错，心里稍感庆幸，但众人现在的脸色难看至极，一个个嗓子眼儿都干得快冒烟了。至于隧道里有没有水还很难说，如果不能及时补充水分，不出一天就会活活渴死。他心想：这附近也该有无数拜蛇人的尸骨，可目光所及，看不到半具遗骸，断壁残垣间尽是土屑碎石，处处透着古怪，不知曾经发生过什么变故。刚才掉进来的几具僵尸，全都莫名其妙地失踪了，那些头戴金饰的拜蛇人王者，多半在生前服食过稀有的地下肉芝，数千年来尸身僵而不朽，指甲毛发仍在持续生长，弯曲的指甲像是怪物爪子，几乎能绕到它们的后背，嘴里流出的涎液，居然郁结为一株巨大的毒蘑菇，遮住了通向古城底部的暗道，着实罕见罕闻，没准会发生尸变。如今众人气枯力虚，停下来只怕是凶多吉少。

　　这念头刚在脑中闪过，司马灰忽然感到有水珠落在脚边，以为是地下岩层向下渗水，但同时嗅到一阵尸臭，急忙高举火把抬头往上看，就见黑暗中浮现出一张拜蛇人古尸的脸孔。它从高处自上向下倒垂，两眼犹如死鱼般向外凸出，面部皮肤近似枯树躯干，恶臭的黄水正从口中淌落。

第四章　怪梦

　　众人毛发森竖，发声喊抬枪向上射击，耳听洞顶上窸窸窣窣一阵响动，碎石泥尘扑面落下，那僵尸倏然缩退在黑暗中，就此不见了踪影。

　　司马灰等人哪敢再看，拖拽着半死不活的二学生，踉踉跄跄地向城墟深处逃窜。勉强逃出几十步，只见那断壁残墙之间，陷着一个黑沉沉的大铁球，似乎是地脉中天然生成的矿石，表面坑洼粗砺，直径在十米开外。这庞然大物从天而降般落在古城甬道当中，将地面砸得向下塌陷，就像古人留下的一个巨大问号，使人感到难以理解。

　　司马灰虽是见多识广，在地下古城中遇到这大铁球，也不免倒吸一口寒气，心想：这玩意儿是从哪儿掉下来的？

　　众人暗觉心惊，但一步不着，步步不着，跑到这里实在是支撑不住了，每个人身上都像灌满了铅。眼看铁球旁的墙壁被压得裂开缝子，里面则是一个狭窄的石窟，可以容人躲在其中，索性将心一横，便互相打个手势，从裂缝中爬进墙内，齐头并肩坐倒在地，倚着背包堵住洞口，只觉精疲力竭，连手指都不想动上一动。此刻即便有僵尸爬进来，也只能听之任之了，好歹把这口气缓上来再说，而外面则是一片死寂，没有半点儿动静。

司马灰心里想着，待到气息恢复，就得立刻出发寻找水源，否则渴也把人渴死了，但他好几天没合过眼，脑袋里虽然明白不能睡着，却又哪里管得住自己，不知不觉中陷入了沉睡，而且做了一个十分恐怖的怪梦。

司马灰在恍惚中回到了缅甸，那时缅共"人民军"已在滚弄战役中被打散了，也不知道阿脆、罗大舌头等战友是阵亡还是被俘，反正只剩下他孤身一人，心里又是焦急又是绝望，逃进了遮天蔽日的原始丛林。莽莽撞撞地在山里走了许久，途中看到一座破败不堪的古寺，他想不明白这没有道路人迹难至的丛林深处，怎么会有一处寺庙？心里嘀咕着可别撞见妖邪之物。但他杀的人多，根本不惧鬼神，打算先在古寺中躲上一夜，于是拎着冲锋枪逾墙而入。

寺里有个年轻的僧人，裹着黄袍，对方见司马灰进寺并不惊慌，口诵佛号上前询问来意。司马灰穿着缅共军装，没办法遮掩身份，只好如实相告，他也问那僧人丛林里有没有小路可走，僧人却不答话，将司马灰引到寺后一口井前。他说这是一口血井，里面深不见底，每有将死之人来到古寺，井中的水就会变成鲜血，古井存世千年，涌血之兆从未错过，说着就用长绳放下一个木桶，吊上一桶井水，果然都是猩红的鲜血。

司马灰见状问道："井中现在涌出血水，难道也是有人死亡的征兆？"

僧人道："看来你的路……已经走到尽头了。"

司马灰摇头不信："眼下这座古寺里至少有你我两人，怎么知道谁死谁活？"

僧人道："我常年在这古寺里侍奉佛爷，向来与世无争，而你是做什么事的人，恐怕你自己心里最清楚不过，我佛慈悲，于情于理都应该让你死。"

司马灰道："好一位侍奉佛爷的高僧，好一个我佛慈悲，你说你常年住在这座古寺里，为什么佛殿中塌灰能有一指头深，也不见半分香火痕迹？"

僧人被问住了，支支吾吾答不上来，气急败坏地指着司马灰叫道："这口井让你死你就得死！"

司马灰本来就压着火，此刻被对方惹恼，不由得动了杀机，当场用冲锋枪把这僧人射成了马蜂窝，又抬脚把尸体踹落古井，随后转头就走，却听身后"咯咯"一阵狞笑。司马灰急忙转身察看，就见那僧人的脖子抻得极长，竟然顶着血淋淋的脑袋从井底探到了外边，脸上神情怪异，忽然张嘴露齿咬将过来。司马灰心里又惊又急，奈何手脚都不听使唤了，挡也挡不住，躲也躲不开，让那僧人咬在肩膀上，身不由己地被拖向井口，最后翻着跟头栽进血井。

司马灰猛然一惊，从梦中醒转过来，暗想这血井之梦古怪得紧，而且真实得吓人，估计是在死城里找不到隧道，也没有水源，自身前途命运未卜，心里焦急不安，所以才做了这么一个怪梦，好在不是真事。

此时罗大舌头等人也先后醒转，一个个都显得神色惶恐，彼此出言询问，才知道每个人都做了一场噩梦，梦中情形各不相同，但无一例外地惊心动魄，到最后都被自己的梦吓醒了，想起来兀自心有余悸。

胜香邻有些后怕地说："刚才太大意了，怎么能在这么危险的地方睡觉……"

司马灰看二学生也能行动了，说道："我也觉得这古城里透着一股子邪气，好在没出差错，既然都恢复了气力，就必须抓紧时间离开，但愿能在隧道里找到水源。"

罗大舌头道："是够邪性的，你说那些拜蛇人的僵尸掉进城中，怎么就突然能动了？大伙又都做了场噩梦？"

高思扬说："还有古城里的大铁球，那究竟是个什么东西？为什么会出现在地底？"

胜香邻说："死了几千年的人怎么可能复活？我看死城壁画浮雕上的记载，这附近也应该埋有很多拜蛇人的尸骨，即使没变成化石，在如此干燥的地区多少也会留下一些残骸，但附近没有半具遗骸，而古城中倒塌的断壁残墙间，分布着很多大窟窿，满地岩屑碎石，绝不是地震造成的痕迹，我估计地底有某种食腐的动物，它们已将整座城中的尸骨都吃光了，那些头戴金饰的拜蛇人僵尸，就是被这些东西拖去了。"

众人均知胜香邻所说的情况不是没有可能，可是什么东西能把墙壁撞出这么大的窟窿，又能拖着僵尸在洞顶移动？但古城中那个直径十余米的铁球，则是让人想破了脑袋，也完全想不出个所以然。

司马灰当机立断："按计划是穿过死城进入地底隧道，前去寻找拜蛇人石碑，不可节外生枝，免得夜长梦多，趁着能走就赶紧走。"说罢让各人带好背包和步枪，从墙缝里钻出去。刚要继续前行，他突然发现，自己并没有从怪梦中醒来。

罗大舌头等人从后跟出来，看到眼前的情形，同样目瞪口呆。这墙壁中的狭窄裂缝，纵深原本不过数米，出去就是古城废墟中的街巷甬道，可摸着石壁往前走出几十步，狭长的地形却一直不见尽头，再掉头折返探路，也是没有尽头。

司马灰寻思墙壁的裂痕哪有这么深，这简直是噩梦中才会遇到的事，他在自己胳膊上掐了一把，浑浑噩噩毫无知觉，除了心中的惶恐不安，没有其余的任何感觉，就像是在梦中沉睡未醒，但心里却十分明白。

其余几人均有同样感受，此时除了意识清醒，其余的一切物理现象似乎都消失了，梦可以分为很多种，有时受到潜意识作用，在经历恐怖离奇梦境的同时，心中会保持清醒，很像现在的情况。

司马灰稍觉放心，他对其余几人说道："我先前梦到缅甸血井里有个妖僧，一下子惊醒过来，谁知却是个古怪至极的梦中之梦，现在大概还没从第二层梦中醒来，不过好在这只是场有惊无险的噩梦。"

罗大舌头抱怨道："咱这辈子每天睁开俩眼就玩命，钻天入地吃大苦受大累不说，连做梦都只做倒霉的梦，你说这是为什么呢？"

司马灰道："看来投胎的事还真个技术活儿，说实话这种日子我也过腻了，要是能活着从地底下出去，我就找个庙出家为僧，伺候伺候佛爷，争取下辈子托生成地主。"

罗大舌头说："你这样的搁到庙里，也是个贼心不死的花和尚，趁早别去给佛爷添乱。"

司马灰话赶话还想接着往下说，可他忽然意识到，这是在自己的梦中，面前这个罗大舌头并非本人，何必多费口舌？另外这个怪梦做得实在太久了，为什么还不醒转？

其实不止司马灰，其余几人也是这么想，但众人很快就发现此梦非同一般，五个人好像正在经历着同一个怪梦，而且谁都无法从梦中醒转。这条前后不见尽头的通道，只是噩梦里的空间，由于是潜意识里的想象，所以没有任何物理和逻辑规律，即便以头撞墙也醒不过来，因为这些动作在现实中根本不曾发生。

司马灰知道枯骨嘴里长出的蘑菇，只会使人逐渐气血枯竭，但不会产生别的影响，怪梦没准是与出现在地下古城里的铁球有关，那个黑沉沉的庞然大物，一看便让人感到十分不祥，很可能就是怪梦的源头。

初时众人只是凭空猜测，不过罗大舌头听到此处，立刻深信不疑了，因为他对自己还算了解，他自己做梦也绝对想不出这种道理，看来司马灰的判断没错——众人都被困在了同一个怪梦中。先别考虑怪梦是怎么出现的，得想法子赶紧从梦中醒转过来，如果在这拜蛇人埋骨的死城里沉睡下去，谁知道会是个什么结果？

其实不必罗大舌头提醒，司马灰等人心里也都有数，倘若一直困在怪梦中醒不过来，那就离死不远了，而且梦中经过的时间，应该比真实时间流逝得更快，他们此刻正在接近死亡的终点。

第五章　重叠

　　司马灰等人置身于狭窄的墙壁裂隙里，不知不觉中昏睡过去，结果都被困在了一个漫长的怪梦中，任凭他们想尽了一切办法，却始终摆脱不掉梦魇，估计若非有外力介入，根本不可能凭自己的意识醒转，但这地下古城里除了遍地枯骨，连个鬼影都见不到，看来想什么办法都是白费力气，唯有在煎熬与恐惧中等待着死亡阴影的降临。

　　罗大舌头急中生智："先前几具僵尸掉进古城就莫名其妙地消失无踪，又突然在洞顶出现，指定是被什么东西拖去了。那些东西多半是地下的食腐动物，竟能把墙壁撞出窟窿，要是运气好的话，它没准能寻着气味钻到这墙缝里，一旦触碰到咱们的身体，不就能立刻醒过来了吗？"

　　司马灰摇头道："你这是撒完尿打哆嗦——假机灵。你好好想想，如果是栖息在地底下的食尸鬼钻到墙隙中，还他妈能有咱的好吗？也许等你醒过来一看，自己的脑袋已被它啃掉一半了。"

　　胜香邻说："别指望会发生这种情况，当时为了安全起见，墙壁的裂口都用背包堵住了，外面什么东西也钻不进来。"

　　高思扬焦虑地对司马灰说："你平时那么多鬼主意，怎么一到关键时刻就没招儿了？"

司马灰也不甘心等死："途中那么多艰难险阻都撑了过来，眼看就找到拜蛇人石碑了，总不成横尸在此？不过现在惊慌失措毫无意义，不如先把情况搞清楚，看能否找出破解这个怪梦的办法……"想到这里，他问其余几人先前做了什么噩梦，梦中情形如何。

众人下到死城底部，躲进墙体裂隙中避险，身体疲惫，干渴难耐，从那时开始进入昏睡状态，每个人都经历了一场恐怖离奇的梦境。

二学生的噩梦发生在大神农架，他在猴子石林区干活儿，为了多赚工分，夜里就跟山民陈大胆去看守苞谷地。陈大胆是典型的贫农，家里子女很多，终年操劳过度，才刚三十出头，模样看着就像四五十岁的人。林场山地开荒，开出了几亩地，种了些苞谷，到夏天夜晚就得找人蹲棚看守，免得被野兽啃了，或是遭人偷盗。但那里地处深山，远离人烟，难免有些鬼狐精怪之类的传说，平时没人敢去守夜，所以林场会给愿意去的人记双倍工分。

陈大胆从来不信邪，越穷胆越大，这种差事当然抢着去做。这天轮到他和二学生守夜，两人带了防备大兽的土炮进山，白天下套逮了只野兔，先洗剥干净了，等天黑后在木棚子里拿瓦罐煨熟，二人你一口我一口大快朵颐。兔子肉在瓦罐里越焖越香，陈大胆不免感叹，说他家里孩子太多了，一个个都像饿死鬼投胎，平时打到野兔野獾，也要先紧着孩子们吃，等轮到他这当爹的动筷子，往往连骨头都剩不下。还是出来守夜自在，可以恣意饱食，说着就拣最大的一块兔肉要往嘴里放。二学生肚子里没油水，同样是馋肉馋得厉害，却不敢跟陈大胆争抢，眼巴巴地看着对方要把兔肉放进嘴里了，突然茅棚壁上"轰隆"一声响，破了一个大窟窿，从外伸进来一条黑毛蒙茸的巨掌，大若蒲扇，张着手到处乱摸，像是在找热气腾腾的野兔肉。

二人知道这是遇上神农架的野人了，吓得毛发俱悚，陈大胆虽然胆大，也吓得差点儿尿了裤子，忙把那瓦罐里的兔肉放在地上，任凭长满黑毛的巨掌摸去吃了。谁知那野人吃尽了瓦罐里的肉，还不肯走，仍把胳膊伸进茅棚继续索要。二学生和陈大胆只好撞破后壁爬到外面，拖着土炮返身逃窜，却听身后脚步声迅疾沉重。他们转头看了一眼，险些把魂都吓掉了，就见不远处有个两脚走路的人样怪物，遍体长毛，披头散发，身材巨大无比，高若浮屠，但在月色微茫之际，也看不清面目如何。

陈大胆急燃土炮向后轰击，混乱中似乎打瞎了那个野人的一只眼，野人抱着头停步不追。两人落荒而逃，跑到一处山沟里，连惊带吓再也跑不动了。直到天色微明，估计平安无事了，陈大胆松了口气，夸夸其谈地对二学生说："那家伙根本不像野人，野人怎有如此高大？说不定咱碰上的是山魈树怪之类的东西，这也就是我陈大胆，如若换了旁人，谁敢放土炮去打？"

他口讲指画，正叨叨着，突然怪声陡作，一只毛茸茸的巨足踩到山沟里，可怜陈大胆被踩成了血肉模糊的一团肉饼，生满黑毛的大腿随即抬起来，又从高处向二学生踩下。二学生吓得两眼发直，神魂飞荡，惊觉是梦，奇怪的是这竟是个梦中之梦，而怪梦的第二层至今未醒。

现实中这一事件的确发生过，只是与梦中经历有所不同，那天本该是二学生跟陈大胆同去守夜，但他有克山症，当时由于身体不适临时留在林场，陈大胆一个人带了土炮看守苞谷地。结果转天起来有人前去换班，就发现陈大胆失踪了，茅棚里还有打碎的瓦罐，壁上漏了好几个大窟窿。最后，有人在一处山沟里发现了惨死的陈大胆，竟像是被巨人用脚活活踩死的，情状惨不忍睹，土炮就扔在一旁。林场认为是野人所为，调集了一连民兵，带着猎枪到猴子石一带的大山里搜寻了半个月，到头来连根野人毛都没能找到，事情只好不了了之，从此再也没人敢去苞谷地守夜了。二学生亲眼看到陈大胆惨死的样子，心里留下好大阴影，想不到在地下发了场噩梦，梦中受潜意识作用，直接经历了陈大胆被野人踩死的事件。

其余几人所发的噩梦，也都与个人经历有关，各有各的离奇怪异之处，说出来均是历历如绘。

司马灰清楚自己能梦到缅甸丛林里的血井，但不太可能梦到遭遇神农架野人的事，即使梦到了，细节也不会如此生动，这足以说明众人此时重叠经历着一个相同的怪梦。解梦、看风水、算命皆属金点之道，所以司马灰多少懂得一些。他记起古人曾详解梦境，世上除了活尸，没有不做梦的人，如果醒来觉得自己没有做梦，那是因为完全忘了。但常说梦有深浅之分。第一层梦最浅，称为"身镜"，其源在身，大多与身边环境影响有关，比如身上缠了条带子，梦中就会有蛇出现，若是房顶漏雨，可能就会梦见自己落水，也可以说是"日有所感，夜有所梦"。第二层梦较深，称为"灵烛"，其根在心，主要受潜意识作用，平时想不到的事，会突然在梦中出现。第三层梦最深，称为"魂魇"，既是指生魂离壳，万一碰上这种情况，也就只能等着别人把你唤醒了。

司马灰又想起相物古籍中，记载着昆仑山里有某种玄铁，能使人困在噩梦中难以醒转，据说汉武帝曾有一块。那个陷在古城中的黑色大铁球，多半也是此类异物，众人一时大意，在墙壁裂隙中昏睡过去，先是各发噩梦，猛然惊醒后陷入了更深的一层梦境，而且所有人的潜意识都重叠在了一处，道理或许是这么个道理，但各种各样的办法都想遍了，却找不出任何破解之道。

这时，罗大舌头声称想出一条秘策，可以逃出这个古怪的梦中空间，平时做噩梦，到头来大多是突然悬空下落，一旦受到惊吓也就醒了……

胜香邻不等罗大舌头说完，就已经知道了他的意思，忙说："绝不可行，这场怪梦非同寻常，此前各自所做的噩梦，都已恐怖到了极点，却也没能使人从沉睡中彻底惊醒，反而被拖进了更深的梦境。"

司马灰心想：这个怪梦实在太漫长了，但也并非有始无终，估计到最后众人会一个接一个地消失，因为身体一旦死亡，意识也将不复存在。眼下为了寻求生存，有什么办法都得尽力一试，罗大舌头出的馊主意是否可行？正当他苦苦思索之际，恍惚发现高思扬身后躲着个人，那人影缩在高思扬身后，蹲在角落中纹丝不动，看身形颇为眼熟，一时想不起在哪儿见过。

司马灰心里一惊，这座死城里除了考古队之外，还有第六个活人？据说梦是快速动眼睡眠及深层潜意识所致，因此每个人都会做梦，甚至连牛羊猫狗在内，皆是各有所梦。按迷信的说法，梦中的自己就是"生魂"，梦则处在阴阳相交的混浊之间，活人的生魂能做梦，死人的阴魂也同样能够进到梦中，所以也常有死者托梦之事发生。这个人是几千年前死在古城里的阴魂入梦？还是隐匿在考古队中的"绿色坟墓"？莫非"绿色坟墓"的魂魄也被困在这怪梦之中了？

脑中这个念头一动，司马灰早已抢身上前，伸手将那人揪住，只见那人把头垂得极低，被揪住之后缓缓仰起脸来对着司马灰，那张脸上却是光溜溜的没有面目，简直像是糊了一层厚厚的白纸。司马灰胆气再硬，心里也不自觉地发怵，他明白是有阴魂入梦，但这个没有脸的阴魂是谁？

第六章　死城余生

　　司马灰在梦中见到一个没有脸的鬼，心下大骇，这时不知道被谁推了一把，不由得吓出一身冷汗，立刻从梦中醒来。眼前一片漆黑，身旁石壁阴冷，只觉口干唇裂、身体僵硬、四肢乏力，脑袋里像有无数蚂蚁在乱糟糟地爬动。他用力摇了摇头，伸手打开安装在"Pith Helmet"上的矿灯，发现罗大舌头等人都在旁边，刚才却是胜香邻把自己推醒了。

　　司马灰心神恍惚不定，寻思莫非受到惊吓，此刻又陷进了更深一层的噩梦之中？但身上的感觉为什么已经恢复了？

　　原来二学生在林场里患上了克山症，山区里凡是得了这类重症的乡民，几年后都会口吐黄水而死，前期则存在关节扩大和抽筋的情况，夜里睡觉常会抽筋，此时僵卧在地时间太久，腿部肌肉痉挛抽起了筋，这是身体自发反应，不受主观意识支配，所以立刻醒了过来。其余几人挨得很近，互相一撞也都随之醒转。

　　罗大舌头深觉侥幸，对二学生说："天也苍苍，地也茫茫，世界虽大，却不会有人告诉咱们活路在哪儿。有句旧话说'条条大路通罗马'，当然也是个古老的真理，可这条真理同样包括了路上无数的悬崖峭壁和陷阱深坑，一步走错，掉下去就不免摔成粉身碎骨。眼下就是个深刻的教训，我通过这件事一琢磨，多亏半路上没把你扔下，从大神农架瞭望塔开始，再到阴峪海地下史前森林、楚幽王祭祀坑洞，又穿过北纬30度茫茫水体和阴山岛屿，直到进入重泉深渊中的拜蛇人埋骨之地，这一路上也没见你发挥多大作用，想不到在这场怪梦中，竟是因为你腿肚子突然转了筋才使大伙儿得以脱困。要不是你小子有这么个特长，咱们全得不明不白地屈死在此了。真想不到你黄鼠狼子扒窗户——还有机会露一小脸儿。就凭这一点，今后等我罗大舌头混成了领导，无论如何也得把你提拔进考古队，可只会抽筋也不成，看来我还得再传你个一技之长。毕竟这世上营生甚多，你无论学会什么，只要有艺业在身，小则养家糊口，大则安邦定国，若是没有一技之长混不上饭吃，怨天怨地说找不着出路，那可是白说，饿死也没人可怜……"

二学生听得不住发蒙，根本听不懂这是在夸自己还是在骂自己，但他也不得不佩服罗大舌头不是一般人物，在缺水缺得嘴唇都裂开血口子的情况下，居然还能滔滔不绝说个没完。

高思扬和胜香邻也是心惊胆战，困在那个怪梦中实是无法可想，差一点儿就再也醒不过来了。她们协助二学生活动开抽筋的腿，拿起枪支背包，收拾齐整了，准备动身寻找岩石隧道离开死城。

罗大舌头见司马灰神色恍惚、行动迟疑，就问道："你现在这是怎么了？我记得以前你可不是这样，想当初……"

司马灰知道罗大舌头说起当初，没半个小时也停不下来，赶紧说道："别提当初，早知道尿炕，当初就睡筛子了。"随后他把先前所见，对其余几人简单说了一遍，但他发现那没有脸的鬼怪的出现，以及众人从噩梦中惊醒，几乎发生在同一时间，各种可能性都有，因此他只能提醒众人不要疏忽大意，提防队伍附近有鬼。

此时没人知道自己在地底沉睡了多久，但觉身上僵硬麻木之感逐渐消失，气力稍有所恢复，不过身体脱水的状况更加严重，身上燥热难当，只盼着能尽早找到水源，于是借助矿灯照明，陆续钻到墙隙外边。

众人手脚并用爬出了墙隙，那陷在地下半截的大铁球触手可及，黑沉沉的压迫感格外强烈。这片古城处在地下山脉的最底部，直径十余米的铁球不可能从天而降，看这庞然大物砸塌了许多房屋墙壁，显然是先有古城，而后有此球，可它是如何落在这地下洞窟之中？又是从哪儿掉下来的？

司马灰等人苦思不解。他曾在极渊沙海中见过屹立至今的大铁人，那些拜蛇人留在地底导航的坐标，似也不及这古城中的黑色铁球来历神秘，离近了站在铁球下方，就觉脑中隐隐生疼。他心想：这玩意儿果真属于"昆仑玄铁"之类，能使生魂困在噩梦中直至死亡，也别管它究竟是从哪儿来的了，还是远远逃开为妙。

司马灰连打手势，招呼罗大舌头等人绕过去快往前行，这时只觉似有巨物正从铁球上爬过，众人抬头用矿灯向上照视，惊见有个僵尸的脑袋从黑暗中浮出。那古尸头戴金饰，脸部枯槁如同干树皮，面目模糊难辨，脖子像条大蛇般伸出很长，就似噩梦中从血井里探出头来的妖僧。

司马灰微微一怔，那颗僵尸头颅已探到了众人面前。在几道矿灯光束照射下，就见那古尸的脖子黑漆漆、滑腻腻，戴有一圈一圈的红环。它将那具枯骨吞入腹中，却被古尸头戴的树形金饰卡在了嘴中，吞也吞不下，吐也吐不出，只好把古尸脑袋衔在口中，猛然看到就似人首蛇身的怪物一样，伏在黑暗深处，蜿蜒不知几许。

司马灰和罗大舌头当年在缅甸跟个老军到处捕蛇，听说地下有种"葬人蛇"，这东西像蛇却不是蛇，而是一种近似蚯蚓的长虫，除了吞噬活物不吐骨头，也吃死而不化的僵尸。但是吞了之后半衔于口，要找阴冷的洞穴把僵尸吐在其中，随即在僵尸体内产卵，以此法繁衍后代。不知道它底细的人，看这举动会以为是找坟窟窿埋葬无主尸骸，所以讹传为"葬人蛇"。

司马灰见那衔着僵尸脑袋的怪蛇疾速下行，来势汹汹，心想是遇到"葬人蛇"了。古城底下的尸骨早被这些东西吃光了，急忙抽出火把，想以火光将它驱退。可是随着火光亮起，周围的废墟轮廓都从黑暗中浮现出来，陷在古城中的大铁球也显出了真容，看得众人愕然呆立。但见那大铁球侧面，斜倒着大如小山的神像头颅，损毁得非常严重，无头的高大神像则在一旁巍巍如故，积满了石屑尘土。那头颅一侧眼部深陷成了凹洞，原来这直径十余米的圆形玄铁，正是嵌入这尊巨像的眼球，想见古城中耸立的造梦神像高如巨塔，神首在千百年前就已倒塌崩坏断裂，嵌在眼窝里的铁球也因此滚落下来，陷在甬道当中。拜蛇人埋骨的死城里为什么会有这种神像？

众人被形态恐怖的神像震慑，都有魂不附体之感，不觉停下脚步。而那条"葬人蛇"先前已被枪弹击中，腹破流红，此时从洞顶岩缝中蜿蜒而下，见了火光并不躲避，仍自奋力向前，转瞬间已近在咫尺。

司马灰见过禹王鼎山海图中描绘的巴蛇，据说巴蛇生性最贪，能吞下野象，三年后才吐出骨头，不知古时是否真有如此大蛇。而在近处观看，这"葬人蛇"虽已伤得合不上嘴，却仍欲吃人，悍恶贪婪似乎不逊巴蛇。四周岩洞地穴里窸窸窣窣之声大作，估计是它身上散发的血腥之气，引来了更多同类。

司马灰心知一旦被它绊住，就再也别想脱身，立刻将火把投出，趁着那"葬人蛇"向后缩退，随即招呼其余几人转身疾奔，沿着古城街巷间的甬道一路前冲，黑暗中听到哪个方向有动静传出，就用步枪射击压制。所幸废墟的布局分明，还保留着古城的基本轮廓，漆黑一团中不至于迷失方向。甬道尽头是个砖石堆砌堵死的大洞，高可数十米，古城中那尊倒掉的神像原本是正对着洞口，众人推测通往神庙的隧道就在其内，把矿灯往上照去，砖墙上有几处崩塌剥落暴露出的缺口，遂手足并用攀上石壁。踩踏的碎石像冰雹一样掉落，待从狭窄裂口处穿过，又搬动周围的碎砖挡住缝隙，以防古城中的"葬人蛇"从后追来。

众人吸入了古城里的尸气，途中又疲于奔命，一条命剩不到一半，支撑着逃到此处，都已是强弩之末，喘不上气说不出话，眼中生火口内冒烟，浑身每一根骨骼都仿佛生满了铁锈，关节里则像淤积着泥沙，动起来嘎嘎作响。

但没有找到水源，停下来就再也别想起身，只好互相拉扯着又向前行。就见置身之处是条宽阔的岩石隧道，岩壁表面光滑平整，地形就像横倒的漏斗，一层接着一层向黑暗中无尽延伸。高低起伏的拱形岩洞里，有重重石幔倒悬下垂，地热为岩壁涂上了珐琅质，上面覆盖着云母石粉末，所以矿灯照到的地方都泛出异样的光辉。

　　这支地下考古探险队，一步一蹭地走出约两公里远，地势变得陡然宽阔，洞顶似乎拔高了数百米，如同一处锥形深井，水雾从上面的山口降到洞底，水气袭下，凄神寒骨，使得岩壁上布满了晶莹透彻的水珠，也让众人绝处逢生。他们在洞窟中将渗水滤净饮用，死人般的脸色才慢慢恢复，找了块稍微干燥的岩石，坐在上面吃些饼干和罐头充饥。当眼睛适应了岩洞里的环境之后，他们惊奇地发现，隧道深处有一大片暗绿色的光点。

第七章　荧光沼泽

地下山脉里洞内套洞，底层有岩石隧道相连，构成了漫长曲折的洞穴长廊。这个渗水洞窟只是当中一段，地形幽深开阔，空气通透，能远远望见远处有片微光。

司马灰等人暗暗称奇，逐个用望远镜观察了许久，却瞧不出是什么物体在远处发光，也无从得知山腹中的隧道究竟有多深。但经过岩石隧道一直走下去，就能找到放置拜蛇人石碑的神庙，众人即将在那里目睹到所有的谜底。不过死城浮雕上那些恐怖诡异的图案，显示任何人看到刻在石碑上的秘密，都会被当场吓死，胜香邻说这不像是寻常的恫吓或诅咒，不可不做防备。

罗大舌头告诉一旁的二学生："到时候就看你的了，你要提前做好思想准备。"

二学生登时紧张起来，这可不是开玩笑的事，赶忙问罗大舌头："让我准备什么？"

罗大舌头说："你别用这种表情行不行，跟个受了多大委屈的小丫头似的，咱之前不都商量好了吗？忠不忠，看行动。"

司马灰说："罗大舌头你是敢光屁股上吊的主儿——一不要脸、二不要命，旁人哪有你的胆识？所以你就别吓唬他了，赶紧把行军水壶都灌满了，咱们等会儿还得接着走。"

罗大舌头还是忍不住发坏，接着对二学生说道："可别把司马灰当成吃斋念佛的善主儿，他是说过要去庙里伺候佛爷，我告诉你这话连鬼都不信，你知道他做过多少杀人放火的勾当？如今一点儿思想准备都不让你做，到时候肯定是不容分说让你直接去当炮灰，我认为这样很不人道。"说罢就拎着水壶到附近取水。

二学生则目瞪口呆地坐在地上发愣，此时也不知道谁的话有准了，只好又去鼓捣那部"高温火焰喷灯"，显得自己除了当炮灰，至少还有些别的价值。

众人轮番休息了一阵儿，待到灌满了行军水壶，清点了剩余的弹药和电池，便举步走向湿黑的隧道深处。随着距离那片微光越来越近，光点也越来越密，原来隧道低陷处，是大片矿物形成的荧光沼泽，淤积着大量荧光粉。头顶和周围全是带有荧光的飞虫，有的形似螟蛉，有的拖着灯笼形长尾，都带有微弱的绿色荧光，飘动中忽明忽暗。矿泽里生长着无数罕见的植形动物，多是奇形怪状，大部分看起来像是草本植物，实际上是以化合物质为食的昆虫。一行人走到里面，宛若走进了晴朗夜空间的银河，满天繁星闪闪烁烁。

众人索性将矿灯关掉，借着璀璨的荧光在沼泽中穿行，都惊叹大自然造化之神奇，想不到漆黑无边的地底深渊里，也会有这等景象。

胜香邻说："荧光沼泽下面可能有个很大的硫酸湖，所以环境非常脆弱，一旦硫酸湖因震动外溢，这里的一切都会消失。"她又提醒众人，吸入过多荧光粉容易使人形成矽肺，很可能致命，应当用围巾将口鼻遮住，抄近路穿过荧光沼泽。

司马灰等人依言将围巾蒙在脸上，但没有近路可走，只好探寻能落脚的地方迂回向前。

这片荧光沼泽在隧道中延伸十余公里，所见尽是各种闻所未闻的植形发光生物，其中有一种拇指大小的有翅昆虫，不时往人身上冲撞。

司马灰和罗大舌头看到这种昆虫，还以为是洞穴里的地蜂，着实有些心惊，他们以前跟夏铁东在云南参加劳动改造，每天都要到亚热带山林中干活儿，主要内容是到山上用铲子挖土种橡胶。由于气候环境所限，橡胶只生长于赤道南北纬 20 度范围之内，当时中国是名副其实的贫胶国，除了海南岛能种植一些，其余主要依赖进口，而依赖进口就等于被帝国主义和敌对势力掐住了脖子。为了打破经济封锁，云南的各个生产兵团和农场发扬"自力更生，人定胜天"的信念，在北纬 25 度以南广泛种植橡胶，胶苗全部来自于遥远的亚马孙运河巴西流域，但种十棵也活不了一棵。那些胶苗是死了种，种了死，就这么日复一日不断重复这种简单枯燥的劳动，成活率不足百分之一，赶上热带暴雨或狂风袭击则全部玩儿完。

　　司马灰他们劳改农场的任务是在山里开荒砍树以及挖坑，所到之处皆是人迹罕至的地方，头一次进山，就看到密林中有个大土堆，像是坟包子，有个人不明情况，一铲子挖下去，地上顿时陷出一个大洞，里面密密麻麻都是身长十厘米左右的野蜂，数量成千上万。谁也想不到地下会有蜂巢，蜂体又如此硕大，拿铲子挖地的那个人也是劳累过度，加上心里发慌，竟然从洞口跌进了洞中，转瞬间就让受惊的大批蜂群咬死了，其余那些人也被蜇得抱头乱跑，死伤了好几十人。

　　后来据知情者透露，五十年代曾有两位美国科学家深入非洲丛林，探险过程中发现了一种体型巨大的野蜂，超过普通的同类数倍，通常在地下筑巢，有利齿能够咬人，甚至可以蜇死重达千斤的野牛，当地土著人称其为"杀人蜂"。其实这种蜂在云南偏远的边疆也有，而且很早就有人发现了，不过在云南称其为地蜂，那个像坟冢一样的土堆，就是地蜂挖洞时掏出来的碎土堆积而成。

　　司马灰和罗大舌头当时都被地蜂咬过，别看平时出生入死什么都不在乎，想起此事却不免胆寒，见有飞虫撞到身上，都不假思索地跳将起来，把其余三人也吓得不轻。过了好半天才发现，这些发光的地蜂有头没嘴，只会像幽幽的鬼火在黑暗中飘来飘去，似乎是某种从未见过的"洞穴大萤火虫"。

司马灰见胜香邻等人神色诧异，就摆手示意无妨，又指了指那些洞穴萤火虫，表示这是从未见过的昆虫。他随后在途中留意观察，只见沼泽植物中有很多黏性细网，洞顶石幔也挂满了发光的垂丝，上面布满了洞穴萤火虫的幼虫。这类发光昆虫的生命周期很短，幼虫变作带翅成虫之后就没有了嘴，再也无法进食，只能在空中盘旋，最后力尽掉落在沼泽植丛中，躯壳失去生命仍可持续发光，但尸体很快就会成为幼虫的食物，幼虫进食之后随即变作成虫并产卵。

司马灰头一次看到如此奇异的昆虫，相物古籍中也不曾有所记载，姑且将其称为洞穴萤火虫。之所以用"奇异"二字来形容，是它们繁衍生死的过程实在匪夷所思，残酷而可悲，不过身为洞穴萤火虫，由于生命极其短暂，大概与阴峪海史前森林里的原始蜉蝣一样，永远也洞悉不了自己经历的命运，唯有站在旁观者的角度才能看清。

众人眼中有所见，心中有所感："我们又何尝不像这些地底洞穴萤火虫，根本看不透自身的命运。"奈何蒙着面无法交谈，也不敢停留太久，只好把这番念头埋下匆匆前行。

这条地下山腹的隧道里，拱形石门般的宏伟洞窟一处连着一处，每隔几公里便有一片或深或浅的荧光沼泽，其间存在充满了瘴气的植丛，也有淤积着硫黄泥浆的湖泊，犹如千奇百怪的巨大迷宫。

一行人在恶劣的地下环境中徒步跋涉，摸索着走走停停，接连行进数日，从"柯洛玛尔探险家号热气球"上找到的干粮也快吃完了，可是漫长的隧道依然无休无止地向前延伸。

司马灰虽然有些心理准备，但是隧道的深度还是远远超出了预期，希望变得如同大海寻针一样渺茫。

凭着积累下来的经验，司马灰带队尽量避开有可能遇到的种种危险与障碍，一路穿过荧光沼泽，由于电石消耗殆尽，就在途中捉了几只洞穴萤火虫，剥下发光器装到空罐头盒子里，以备在接近封闭地区时探测空气质量。为了将矿灯和火把留待关键时刻使用，被迫收集尚未彻底化成煤炭的黑燃木，作为照明替代品。

如此在地下洞穴长廊中不停前进，直到前路被一面厚重的砖石墙壁阻住，墙体每一块巨砖都紧密相连，休想找到缝隙，砖上雕刻着各种各样的神怪，形态古老而又恐怖，由于覆盖着很厚的地苔，很多只能看出大致轮廓，在阴郁漆黑的地下，使人感觉到处都有阴险的眼睛在窥视。

司马灰一时不敢断定这是什么所在，先用矿灯发射出的电光照向高处，黑茫茫望不到边际，又摸着石壁往侧面探寻，只见一条开阔的洞道深入进去，两侧绘有多处拜蛇人石碑的图案，他心中一阵狂跳："这就是神庙了？"

众人由大神农架阴峪海到此，经历了无数残酷考验，皆已是面目全非、精疲力竭，都盼此事尽快有个结果。可真到了放置拜蛇人石碑的神庙前，除了心神激荡，更多的却是紧张与不安。

"绿色坟墓"那张不敢被任何人看到的脸，以及凿刻在拜蛇人石碑上既不能看也不能说的天大秘密，究竟有着怎样的联系？看到拜蛇人石碑是否会立刻死亡？"绿色坟墓"的真实身份到底是什么？如果推测准确，真相就在面前这座古老的神庙中。但这一脚踏进去就永远不能回头，等待众人的将是与未知的遭遇。

第八章　神庙

众人置身于重泉之下，北纬 30 度下的磁山已被破坏，天地互蚀的异象不复再现，要想从深渊返回地面难于登天，因此没人考虑后路，打定了主意，先是捉了两只活的洞穴萤火虫放在罐子里，扎了些窟窿透气透光，随后径直走进神庙的通道。

古代拜蛇人的神庙高大宏伟，四面都有巨像耸立对峙，内部通道开阔，地势倾斜向下，似乎整座神庙只是个洞口，里面的壁画和石像彩痕犹存，题材多是各类珍禽异兽和天神鬼怪。

司马灰见众人累得歪歪倒倒，步履踉跄，而神殿宽旷深邃，就让大伙儿先到角落里歇口气，顺便想想如何去看那块拜蛇人石碑。他让胜香邻和高思扬清点食物弹药，自己则同另外两人找出仅剩的一小块肥皂，切成三份，各自用猎刀刮了刮脸，接下来生死难卜，要是满脸胡子拉碴地死掉实在不像样子。相比这三个人，胜香邻和高思扬毕竟生活在城里，都受过文明教育，从生理到心理上排斥一切不卫生、不文明、不清洁的习惯和行为，在不见天日的地下走了这么多天，也曾因干渴而晕厥，或由于疲惫而虚脱，更有被毒虫蜇伤叮咬的经历，虽然同样是衣衫褴褛、形容憔悴，却远比司马灰等人整齐得多。

众人将剩余的物品清点过数，没用的东西一律抛掉不要，把剩余的电池、弹药、火把重新分配，背包里的东西减到最轻。干粮和电池虽不太多，再维持三五天还不成问题，"温彻斯特1887型杠杆式连发步枪"和"加拿大猎熊枪"的弹药，却是打一发少一发。

司马灰见胜香邻为弹药不足感到发愁，想起刚在新疆三十四团屯垦农场见面的情形，由于在"罗布泊望远镜"里经历了太多生死变故，不知道从何时开始，就再也没见胜香邻笑过，好像连睡梦中也面带忧容，这是承受的压力太大负担太重所致，也实在是难为她了，便让大伙儿在通道里休息五个小时养精蓄锐。

司马灰轮值第一班，抱着步枪点了支烟，倚在墙壁旁坐下，黑暗中借着萤火虫的微光，神庙壁画上的人兽显得分外诡异。他对拜蛇人的神秘崇拜所知有限，总觉得那些古怪的传说和记载过于诡秘，不如直接去看拜蛇人石碑来得简单。但望着壁画注目观看，发现内容还算直观，古代拜蛇人的神系属于史前神系，跟炎黄两大神系完全不同。拜蛇人崇拜的神祇图腾更为原始古老，都是诸如蟒蛇和古树之类，眼前这片壁画，好像描绘了拜蛇人石碑上秘密的来源。最初说出秘密的人是个人首蛇身的女子，它盘伏在一处地洞中，似是在张口低语，拜蛇人中的几位王者站在旁边，逐个上前倾听。

司马灰正看得出神，忽听高思扬低声问道："人首蛇身的妖怪……怎么会说话？"原来高思扬心事重重，难以成眠，也坐起身来观看神庙墙上的壁画。

司马灰说："大概古代有这么一种人首蛇，半人半蛇，口中能吐人言，后来灭绝了亦未可知。"

罗大舌头心宽睡得踏实，二学生则是累脱了力，眼皮粘在一处睁也睁不开了，此时胜香邻却没有入睡，她说："这个女子应该不是怪物，而是蛇人。"

司马灰经胜香邻一提，登时醒悟过来，相传夏、商、周时代曾有"蛇人"之事，也有种说法是"蛇女"，大约在春秋战国之后就绝迹了。其实蛇女也是人，并且只限于女子，从来没有蛇男，蛇女刚生下来的时候也和正常人一样，可随着发育，周身骨骼开始渐渐退化，最后只剩下脊椎和颅骨，从此这女子只能像蛇一样在地上爬行，四肢皮囊还在，但是脑子没了，不会哭也不会笑，更不会说话，大概属于一种罕见的怪病，跟蛇也没什么关系，只是古人迷信甚深，往往以为这是人化为蛇的妖异征兆。

神庙壁画里那个人首蛇身的女子，很可能正是对"蛇女"的神秘渲染，柯洛玛尔探险家的日记本中也有类似资料。但蛇女近似无知无识的"活尸"，怎能说出什么惊天动地的秘密？

司马灰先把"蛇女"之事告之高思扬，又将自己的疑问对胜香邻说了。

胜香邻拿起装有萤火虫的罐头盒子，举到高处，上半幅壁画浮现出来，原来"蛇女"和那几位王者头顶，是身处雾海中的羽蛇神。

司马灰心下恍然："莫非拜蛇人信仰的古神，在通过蛇女来传递信息？鬼神之事终属虚无，羽蛇神也只是一种古老的图腾，这幅壁画似乎表明，行尸走肉般的蛇女成了现实与虚无沟通的媒介，它说出了一个非常惊人的秘密，秘密分别被五个拜蛇人的王者听到，每个人只听了一部分。"他又看附近的壁画，其内容大致是这个秘密传到后世，又分由九位王者掌握，最后全部刻在了神庙的石碑上，刻字的时候也是挡住其余部分分头凿刻。因为这个秘密说也说不得，看也看不得，任何窥探者都会被活活吓死。这些就与古城里的壁画内容相同了。神庙里似乎没有供奉其他神祇，它的唯一作用仅是放置拜蛇人石碑，壁画也证实了赵老憨所言属实，石碑里记载的秘密只有几个字，但被反复刻了很多遍。

胜香邻心想：神庙里的壁画很多，眼前所见仅是其中的一小部分，但也能看出拜蛇人对石碑上的秘密，好像又敬又怕。可是为何会将石碑沉在地下神庙里？莫非这神庙有什么特殊？而"绿色坟墓"付出如此大的代价，要找出深埋地下的拜蛇人石碑，必定有深远图谋，不是人所能测。这块石碑上的秘密与"绿色坟墓"有关，难道那个秘密就是"绿色坟墓"的身份？不过按理推想，这种可能性几乎没有，因为拜蛇人石碑已经湮灭在时间的长河中了，要不是"绿色坟墓"的一系列行动，谁又会想到地底有这么一件古物？"绿色坟墓"似乎对拜蛇人石碑了如指掌，甚至比这古宫壁画上的记载还要详细，此人既然知道了刻在石碑上的秘密，也该知道看过即死的诅咒，可为什么还要冒死到地底来寻找石碑？毕竟这古碑本身只是一块巨石，刻在上面的几个字才是关键。其实只要窥破石碑上的秘密，这些错综复杂的谜团不解自开，问题是看到那个秘密就会立刻死亡，却该如何是好？

高思扬则想着通信组三个人到大神农架瞭望塔，维修无线电台，结果被意外卷入"绿色坟墓"事件，如今处在距离地表上万米的深渊中，只怕永无生还之望。她出身于军人家庭，向来以身上的军装为荣，表面从不胆怯退缩，但内心深处一直克制不了恐惧和绝望。她知道每年总会有几个因为种种原因甚至没有原因，无缘无故失踪在大神农架莽莽林海中的人员，他们好像一阵被风吹散的轻烟，永远消失在了无边无际的原始森林中。没有谁会重视这种事，在深山老林里也根本无法搜寻，活泼的生命最后落在年度统计报表上，只是两个冷酷僵硬的方块铅字"失踪"。高思扬对此已有心理准备，也对司马灰等人非常信任，不过这座神庙，却让她有种难以言喻的不祥预感，令人战栗的血雨腥风似乎即将袭来，她思潮起伏，一时无法入睡，于是先替司马灰值了第一班岗，在微光下望着神庙壁画怔怔出神。

司马灰同样睡不安稳，跟众人轮番休息了几个钟头，眼看准备就绪，便经通道继续向下。

二学生担心自己被逼着先去看拜蛇人石碑，告诉司马灰高温火焰喷灯的故障很快就能排除，再需要一点儿时间即可。

司马灰如何看不出二学生的意思，但此时没有炸药，如果要破坏拜蛇人石碑，还必须依靠高温火焰喷灯。

罗大舌头看不上二学生贪生怕死的模样，就问道："万一司马灰逼着你去看拜蛇人石碑，你会怎么样？"

二学生想了半天无言以对，胆战心惊地反问罗大舌头："我……我……应该怎么……怎么办？"

罗大舌头说："你瞧还没让你上呢，就给吓成这德行了，话也说不利索了，我估计你到时候不需要任何语言了，直接泪飞顿作倾盆雨了，毕竟哭本身也是一种无言的控诉，是痛苦的最高表现形式……"

这时，司马灰用矿灯照着前边到了尽头，通道好像被石墙挡住了，不知是不是那块拜蛇人石碑，就挥手让罗大舌头别再胡言乱语。

众人不敢贸然接近，停步在远处观察，只见宽阔的通道内，堆积着几块黑黢黢的巨岩，堵塞了去路。黑岩厚重坚固，但形状并不规则，各个边角存在缝隙，地上还有残留的黑沙。

高思扬说："神庙通道里填了这么多岩石，一定是不想让外人进去。"

司马灰却认为未必如此，这些黑岩显然是未经修凿，要是不想让人出入，就不该留下这么大的缺口，应该不是用来防备人的，更像是用于阻挡神庙里面的东西逃出来。也许这家伙的个头很大，看来神庙里不只有拜蛇人石碑，最深处还有什么别的东西。他壮着胆子，当先从存在缝隙的边缘钻进去，通道继续向斜下方伸展，行出十几步，前路又被几大块黑岩挡住了，再往前行，仍有数块黑岩阻路。这一来众人心里都发毛了，神庙下面到底有多深？通道里的巨岩想挡住什么东西？

第九章　石碑

神庙像是个洞口，里面的通道被重重巨岩阻挡，一行人由间隙处穿过几层岩墙，进入了一座石殿，通道在石殿对面继续向下延伸。

众人头顶的矿灯照在壁上，所见皆是形态诡异的拜蛇人浮雕，浮雕里无数的人形都列成队伍，呈侧身前行之态，脸部朝向与通道的走势一致。地面则堆积着很多陶土罐，覆盖着黑色的岩砂，那些陶土罐子一触既破，暴露出坐在其中的干尸，还有大量金玉器皿，表面多带有鸟龟蝉鱼一类的古朴纹饰。

罗大舌头说道："这些东西可有年头了，那个谁不是说过吗？抢死人的东西不算抢，我带两件回去给老刘……"说罢就想伸手去捡。

胜香邻见状说道："玉上有血沁，最好别碰，当心惹上麻烦。"

司马灰蹲下观察，发现古玉沁色鲜红，不像尸血，出土之玉的常见沁色，分别有白色雾状的水沁、黄色的土沁、黑色的水银沁、绿色的铜沁、黑紫色的尸沁。盖因玉中有无数微孔，如果常年埋在地下或老坟中，受附近环境影响，就会产生沁色，尤其是尸体身上携带的玉件，在死者腐烂过程中，被尸液浸染而出现深紫色的斑痕，俗谓之"尸沁"。玉器上有红沁，说明陶土罐子里的干尸，是被绑在土罐中，又活活用凶刃戳死，流出的鲜血才浸入玉器，成了名副其实的血沁。看来这座石殿中的大量陶土罐子，多半都是神庙里的祭品。

高思扬疑惑地问道："神庙里似乎没有神像，这些祭品是献给拜蛇人石碑的？另外神庙里的通道怎么这么深？难道是个无底洞？"

司马灰说："你这么一问，我倒想起在极渊沙海里的赵老憋，曾说过这地方是个无底洞，但那时的赵老憋也不知详情，只不过外界流传的一种说法，未知是真是假。"

二学生告诉司马灰等人，世上确实存在无底洞，他在图书馆看过一份资料，希腊有个临海的大山洞，里面深不见底，每天涨潮的时候，汹涌的海水都会以排山倒海之势灌入洞中。经人推测，每天流进洞窟的海水可达 3 万到 4 万吨，可奇怪的是，这么多海水涌进洞中，却从来没有把岩洞灌满，也不见有海水溢出。人们猜测这个大洞深处，是石灰岩形成的喀斯特地貌，地形近似漏斗、竖井、落水洞，不管有多少海水都无法将它灌满，不过喀斯特地貌中的水系也一定存在出口，大量海水涌进洞窟之后究竟流到哪儿去了？为了解开这个疑问，有勘测者制造了几万个带有特殊记号的橡皮浮标，成批投放到海中，使它们被潮水带进洞窟，只要有一个从别的地方冒出来，也就发现无底洞的出口了。可那数以万计的浮标好像都被无底洞吞噬了，时至今日都没能找到半个。

司马灰说："地层的结构非常复杂，即使喀斯特地貌也存在没有出口的盲谷，那些浮标指不定漂到什么地方去了，这并不能证明世界上存在无底洞。我觉得北纬 30 度地下之海是个没有出口的无底洞，可也不是真正意义上的没有底，考古队现在所处的位置，已在重泉之下，往下不会再有地下水和岩层，而是灼热气体形成的汪洋大海，能将一切炽为飞灰，所以神庙肯定不是无底洞，估计再往下走几步就该到头了。"

高思扬说："既然如此，拜蛇人石碑也在这条通道的尽头了，这么多装殓在陶土罐里的枯骨，都是为了祭祀那块石碑吗？"

胜香邻说："或许神庙里还有别的东西存在，只有这样，才能解释为何用巨岩阻住通道，毕竟拜蛇人石碑不可能自己长出腿来跑掉。"

高思扬听得有些心惊，神庙深处有什么东西？难道是壁画上描绘的"蛇女"？

司马灰对高思扬说："'蛇女'的事很难说是否真有，况且古代拜蛇人的神庙已经存在多少年头了？拜蛇人衰落自禹王涂山铸鼎之前，距今至少过了四千七百余载，漫说'蛇女'了，什么精怪也活不了这么久。"

司马灰并不担心在神庙里遇到什么危险，从野人山大裂谷的逃亡开始，不寻常的日子早已成为寻常。只是自打在地底遇到赵老憋真身之后，行动进展出乎意料的顺利。先是在失事的热气球上，补充了另一支探险队的物资，接下来穿过水晶丛林交错生长的迷宫，有惊无险地由拜蛇人埋骨的死城里脱身而出，进入了位于山脉底部的隧道，一路找到神庙，虽也受了不少苦，受过许多惊吓，但相较之前的经历，还是顺利多了。然而一切正常即最大的反常，考古队此刻在神庙中的行动，是否正中"绿色坟墓"下怀？因为"墨菲定律"的作用无法预测，事情往往是越怕什么越来什么，人生中永远不会错过的只有"倒霉"两个字。

罗大舌头说："这话就不对了，咱是人穷志不短，马瘦毛不长，不反对人民不反对党，从不做没天理的勾当，这辈子凭什么挂着枴棍下矿——净剩下'捣煤'了？老天爷还饿不死瞎家雀儿呢！谁规定咱不能有时来运转的一天？依我看咱们趁着时运到了，不可再犹豫迟疑，赶紧进去把石碑毁了，免得夜长梦多。"

司马灰见罗大舌头端着枪就往前赶，立即伸手拽住："你他娘的赶着去挨头刀？一会儿我不发话，谁也不准去动拜蛇人石碑。"

司马灰明白刻在拜蛇人石碑上的秘密，是破解众多谜团的唯一线索，但实在想象不出其中有着怎样诡秘古怪的逻辑，如今也只有走一步看一步了。他当先穿过石殿走进通道，深处又是一座与先前类似的大殿，再经通道下行百步，攀过几块挡路的黑岩，进入了神庙入口下的第三层大殿。地势垂直下陷，是山腹中最深的空岩浆室，里面装得下足球场，当中一道百余米长的石梁可以通过，尽头平整巨大的岩盘屹立在壁上，呈竖置的长方形，宽高都在数十米左右，石面苍郁，古纹斑驳，布满了深浅不一的龟裂，周围刻有异兽，正是能把活人吓死的拜蛇人石碑。

司马灰等人看到石碑果然放在神庙深处，那个古老的秘密近在眼前，都不由得感到手指发抖，此刻也说不清是激动还是紧张了。他们以矿灯光束落在拜蛇人石碑上，却以看不清字迹的距离为界，不敢再上前半步，停下察看石碑的轮廓和位置。

拜蛇人石碑是一块刻满了龙篆的巨大石板，每个字都有米斗大小，行似虫鱼之迹，也不同于后世由赑屃所驮的石碑，只是利用地底平整的巨石刻成。周围虽然饰以兽面浮雕，但岩板整体的原始形状未做修整，显得浑厚古拙。由于碑文刻得极深，远看犹如密密麻麻的凹洞，时间和尘土也没将它们消磨遮盖，在漆黑的石殿中看来，有种令人窒息的压迫感。

罗大舌头见拜蛇人石碑没什么异状，就顶着矿灯向石梁下张望，发现漆黑的洞底骸骨堆积如山，吓得他倒吸一口寒气，看来之前的推测没错，这拜蛇人石碑真是个带着诅咒的东西。

司马灰也往下看了看，他想不通石碑上的秘密怎么会要人性命。记得在缅甸作战的时候，听一位在云南矿区插过队的战友周子材说，云南边疆有条地貌古怪的"拖木沟"，在当地土语里是指不长草的山沟，后来在那山沟里面开了矿井。由于下井挖矿石的工人待遇很好，一年发两套工作服，每月有一袋白糖、半斤猪肉做补贴，相对来说工作也不算累，所以农场和兵团里的人都争着去。但这里的活儿跟挖煤不同，挖煤你在矿井底下拿眼就能看见煤层，而在拖木沟的矿里，却需要用一种漆黑四方的仪表盒子到处测量，听盒子在哪儿发出"呜呜"的警报声，就在哪儿抡锄头开挖。时间久了经常有人出现头晕恶心的现象，还往下掉头发，一抓就掉一把。当时提倡一不怕苦、二不怕死的精神，农村妇女生孩子都不去医院，掉头发还算病？幸亏拖木沟矿上还有个下放劳改人员，曾是北京地院的老师，他跟周子材关系不错，总受周子材的照顾，情同师生，有一天地院老师把周子材拽到没人的地方，悄悄说："这地方不能待，你要是能走就赶紧走。"

周子材早已感觉出有些情况不对，但始终没琢磨透，就问老师到底是怎么回事。地院的老师说："咱这是个铀矿，井里的辐射太厉害了，所以地表寸草不生，平时探测的仪表叫'伽马仪'，伽马射线超过50对人就构成威胁了，别提矿井里面有多高，睡觉的床底下都是200多，继续留在矿上命就没了。"

地院的老师五十来岁，既来之则安之，也不想逃了，因此只把这个秘密透露给周子材，觉得这小子还年轻，将来应该还有前途。周子材闻讯后就跑到缅甸参加"人民军游击队"，此后再也没见过那位好心的地院老师。

司马灰想到此事，就对众人提起："拜蛇人石碑会不会属于拖木沟地下那种矿层，而且辐射更为剧烈，能迅速让人死亡，可惜考古队没有伽马仪用来探测。"

胜香邻说："你不必担心，拜蛇人石碑底部生有苔痕，不是含有辐射的岩盘，这一点我不会看错。"

司马灰闻言点了点头，心下暗想：那么带来死亡诅咒的东西，也只有刻在石碑上的秘密了，如果看到它的人都会被立刻吓死，我们又该如何去窥探这个秘密？

地底世界

第三卷

世界上最大的秘密

第一章　秘密

　　司马灰等人见神庙深处没有动静，就关掉矿灯，借着罐头盒子里的萤火虫微光走过石梁，来到高耸的拜蛇人石碑底下，背对着石碑停下来，心头都是怦怦直跳，谁也不敢回头去看那上面刻了什么。

　　罗大舌头问司马灰："这条路总算是走到头了，你赶紧拿个主意，到底看不看拜蛇人石碑上的字？"

　　司马灰说："看是肯定要看，不过我得想想是怎么个看法。"他说着话，伸手摸了摸身后冰冷厚重的拜蛇人石碑，指尖接触到凹陷的刻痕，不知出于什么缘故，脑瓜皮子竟有种发麻的感觉。

　　这时，罗大舌头说："这事我怎么想怎么觉得邪性，拜蛇人石碑真能把人当场吓死？"

　　胜香邻说："拜蛇人石碑非常古怪，咱们到此更需谨慎，一步走错，乾坤难回。"

　　司马灰说："此言不错，现在能做的选择十分有限，无非两条路，第一是不去观看刻在拜蛇人石碑上的秘密，直接想办法将碑文刮去，众人将就此失去洞悉真相的机会，也想象不出这样做会带来什么后果。第二是选出一名成员，冒死窥探拜蛇人石碑，如果死亡的诅咒真的存在，这个人就会立刻死亡，其余没看石碑的人，仍是不知道那个比天还大的秘密究竟是什么。可见这两种选择都非万全之策。"

司马灰遇事一向果敢决绝，此时也不免进退维谷，他正寻思对策，站在身边的二学生忽然哆嗦成了一团，颤声哀求司马灰说："石碑上的东西不能看，我……我死也不回头……"

高思扬闻声立时想起罗大舌头曾说过，司马灰根本不拿人命当回事儿，以为他正在逼着二学生去看拜蛇人石碑，不觉柳眉竖起，盯着司马灰说："你还真是个灭绝人性的法西斯分子！"

司马灰自己也是莫名其妙，他见罗大舌头和胜香邻也投来诧异的目光，就问二学生刚才那番话什么意思，是不是脑袋里哪根筋搭错了。

原来二学生站在司马灰身旁，同样背对着拜蛇人石碑，无时无刻不在担心自己会让人用大枪顶住脑袋，被迫转头去看那些能把人生生吓死的东西，突然感觉身后有只大手在动，黑暗中他以为是司马灰故意吓唬他，要引他转头看向身后，吓得二学生两股战栗，故此哀求司马灰手下留情。

罗大舌头听明白了情况，对司马灰说道："你也真是的，都这种时候了还敢做要，你拿出点儿正经模样行不行？要知道人吓人也能吓死人啊！你说你总拿二学生开什么涮？你涮羊肉片还能蘸芝麻酱吃，涮他顶什么用？"

司马灰暗觉奇怪，骂道："鸡屁股拴绳子——净他妈的扯淡，我何曾动过他一个手指头？"他说着话，猛然闪过一个念头，难道是拜蛇人石碑上有什么东西在动？

此刻二学生借着微弱的萤光，已看到司马灰两手握着"温彻斯特1887杠杆式连发步枪"，不可能绕到自己身后，如今背后只有拜蛇人石碑，而那冷冰冰的怪手分明还在后肩，他心中恐惧至极，慌忙打开矿灯转头向后看去，脖子却像僵住了一般，再也不能动了。

司马灰背对拜蛇人石碑，见二学生突然转头往后看，急忙出声喝止。二学生却站在那儿瞪着眼一动不动，脸上凝固着因惊骇而扭曲的表情。司马灰心知要出事了，在旁用手一推，二学生扑通一下栽倒于地，嘴中一声不吭，脖子仍然向后扭着。

众人吃了一惊，上前要将二学生扶起来，这才发现呼吸心跳都已没了，竟在拜蛇人石碑前瞪目而亡。

司马灰等人从神农架原始森林来到地底重泉之下，除了在神农顶双胆式军炮库里民兵虎子身亡之外，一路上所遇凶险虽多，却没有遭受人员损失，不料刚接触到拜蛇人石碑，就意外折掉一人，想起途中同生共死的经历，一个活人眨眼间就变成了冰冷的死尸，众人皆是神色惨然。

高思扬一时难以接受这个事实，还想采取急救措施，可用手一按二学生的胸口，黑血就从他嘴里咕咚咕咚往外冒，高思扬又是焦急又是难过，不由得流下泪来。当初她和民兵虎子、二学生一起进山，现在通信组只剩下了她一人，瞬时感到一丝绝望。

众人见此情状，都感到一阵恶寒直透胸腔："看样子像是胆被吓破了，难道是被拜蛇人石碑活活吓死了？"

罗大舌头叹道："好良言难劝该死的鬼，早知道这石碑上的东西不能看，你小子还敢回头，这不是死催的吗？"

胜香邻说："二学生好奇心虽然很重，但是胆量有限，多半不会擅自去看拜蛇人石碑，可他刚才为什么要突然转头，这是撞了哪门子邪？"

司马灰先前察觉到拜蛇人石碑上有些异动，此刻他屏住呼吸听了一阵儿，然而身后静悄悄的毫无动静。

这时，高思扬用衣袖擦去泪痕说道："二学生最容易疑神疑鬼，要不是司马灰和罗大舌头总吓唬他，他也不至于有些风吹草动，就去看身后的石碑。"

胜香邻劝高思扬道："这两人的嘴是损了些，不过心肠不坏，有些事说得出来，却未必会做。"

高思扬只是不信，她说："拜蛇人石碑上的秘密能将人活活吓死，谁也无法确认此事是否属实，只有直接看过才知究竟。既然必须探明真相，那就一定有人要被牺牲，这些事未必说得出口，但为了解开拜蛇人石碑的谜团，却一定会做得出来。"

司马灰说："我最开始和你的念头相同，如果不看拜蛇人石碑，永远也不可能知道拜蛇人留下了什么秘密，可是看了就会被当场吓死。拜蛇人石碑上记载的秘密，就像一个解也解不开、绕也绕不过去的死结，只有死掉的人，才知道拜蛇人石碑上究竟有什么。我实在想象不出世上有什么东西，看一眼就能把人吓死。但天下之大，无怪不有，万一看上一眼便会让这石碑坏了性命，那揭开全部谜底又能有什么意义？不过我觉得咱们之所以会把思路陷进死结里，是因为没有理解这个秘密的规则，或者说是死亡的规则。"

众人没有听懂司马灰的言下之意："拜蛇人石碑上的秘密……还有什么规则？"

司马灰为了让其余几人理解自己的想法，说起在重泉之下发现的诸多线索，已使诡秘古老的拜蛇人石碑轮廓逐渐浮现。矗立在地底的古碑本身于人无损，只是一块格外巨大的岩石，当时有一个人首蛇身的怪物，那应该是个变异的"蛇女"，它本身是具无知无识的行尸，从其口中吐露了一个比天都大的秘密，秘密的源头无从知晓，仅能说是从虚无中而来。因为拜蛇人相信是古神通过"蛇女"之口传达秘密，这个场面在壁画上有生动描绘。若是用直观的比喻来形容，人首蛇身的怪物就像一部"电台"，接收到了从虚无中传递出来的信号。

司马灰以为，那行尸般的"蛇女"口吐人言，很可能是喉咙里有异响发出，不见得就是羽蛇神附体。古代拜蛇人虽然敬畏鬼神，但真正的鬼神是什么样子，恐怕没人亲眼看见过。至于这个现象到底是怎么回事，今时今日已无从查证。总之，"蛇女"口中说出的内容，成了一个能把活人吓死的秘密，凡是知道这个秘密全部内容的人，都会立刻死亡，所以古代拜蛇人是用分别保存的方法，分由九位王者，每人只掌握其中一部分，最后不知道出于什么原因，又将完整的秘密刻在了神庙石碑上，并留下恐怖的诅咒——谁胆敢窥觑石碑的秘密，谁就会立即死亡。

司马灰把这些线索串联起来，发现拜蛇人石碑，存在一个"规则"，这个秘密大约有八九个字，没有任何人能够从头到尾全盘知晓，一旦掌握了整个秘密，就会当场死亡。因此是看也看不得，说也说不得，甚至不能在脑中去想。可是只看其中一部分，则不会出现任何危险。古代拜蛇人正是用这种办法，才使秘密传承保存了很多年。

此外众人只顾着猜测"什么秘密能把人直接吓死"，却始终忽略了另一件事，那就是拜蛇人石碑所刻皆是夏朝龙印。这些蚯蚓纹般的古篆，早已失传了数千年，司马灰等人也只能根据罗布泊考察队留下的记录，逐个对照辨识，连最后能不能正确解读出来都没把握。而拜蛇文的刻痕线条再如何古怪，也不至于把人吓死，所以即使站在石碑前去看古篆，也不会有什么危险。

这些念头一直在司马灰脑中盘旋，只是没能彻底想通，因此之前告诉众人先不要急于去看拜蛇人石碑，应该等到有了对策再采取行动。

高思扬听罢，知道错怪司马灰了，心里深感愧疚，但这话说回来了，二学生根本不认识拜蛇人石碑上所刻的夏朝龙印，为什么会突然暴毙在石碑之下？

司马灰等人认为二学生体格单薄，从大神农架原始森林跋涉至此，难免损耗气血，实已到了油尽灯枯的地步，加之长期处在压抑无光的地下环境中，精神过度紧张，意外猝死并不为怪。司马灰心知此刻大事当前，不是替同伴惨死感到痛惜的时候，便和其余三人一同动手，摘下二学生所戴的像章和钢笔放在衣袋内，又把那部高温火焰喷灯取下，交给罗大舌头背了，然后用火油焚烧了尸体，将遗骸推到石梁下，默视片刻，随后转过身去，看向矗立在地脉尽头的拜蛇人石碑。

第二章　对面

　　司马灰根据死城壁画中描绘的情形，推测拜蛇人石碑有个规则，在仅知道一部分秘密的情况下，处境会相对安全。况且那石碑上阴刻的拜蛇古篆，众人是一字不识，无法直接辨识，因此离近了看不存在什么危险。不过他对此也没有十足把握，毕竟二学生死得突然，事情似乎在向着不可预测的方向发展，他也是胆大包天，事到临头敢于铤而走险，示意罗大舌头等人先不要妄动，自己则转过身仰起头来，定睛去看拜蛇人石碑。

　　山墙般的大石碑上，布满了或深或浅的龟裂，在地下经历了无数岁月的打磨，岩盘的纹理斑驳不堪，生出了厚厚的枯苔，刻在岩壁上的拜蛇古篆凿得极深，每个都有米斗般大，阅年虽久，漫漶得却并不严重。

　　司马灰将矿灯光束投在拜蛇人石碑上，光圈最多照到一个古字，强烈的逼仄感扑面而来，他深吸了一口气，又用矿灯向周围照视，只见一行行都是形状相似的拜蛇古篆，果然是同一句话被反复凿刻了许多遍，只要接近拜蛇人石碑，从任何一个角度睁开眼，都能看到这行古字。

　　古代拜蛇人的象形文字，是夏朝龙印的前身，比殷商时期产生的甲骨文更早，司马灰在缅甸黄金蜘蛛城、罗布泊极渊沙海等地多次见过。在罗布泊望远镜遇难的中苏联合考察队中，有位精通谜文的考古专家，死前留下一本用对照法破解夏朝龙印的笔记，司马灰等人虽是详细看过其中的记载，但远没熟悉到一看就知道是什么意思的程度，必须逐个辨别才知究竟。

司马灰悬着心望向拜蛇人石碑，过了一会儿，没察觉到有什么异常之处，看来所料不错，便让另外那三个人也转头来看。

众人站在拜蛇人石碑前看了许久，心头的疑问越来越大，石碑上记载的秘密会是什么？就如罗大舌头先前所说，用这么几个字说一句话也未必说得清楚，能有什么把活人吓死的秘密？又为什么要在石碑上重复刻这么多遍？关键是这个秘密，与"绿色坟墓"之间究竟有着怎样的关系？

罗大舌头对司马灰道："我说咱要看就看得彻底了，这些个鬼画符究竟是什么意思？"

司马灰说："看过全部的秘密就要死人，咱们对此不得不防，不过只看秘密的一部分，应该没有问题，我觉得所谓的'一部分'，至少是一个字，最多可能是四五个字，反正拜蛇人石碑上的秘密总共才九个字，只要破解出两三个字，就等于有了线索可以推测，纵然是管中窥豹，可见一斑，也强似现在这样两眼一抹黑。"

司马灰手里虽有破解夏朝龙印的笔记，但让他一字字地比对辨认，也是难于登天，于是问胜香邻能否解出一两个古篆来。

胜香邻在罗布泊望远镜以及拜蛇人死城中，看到过很多象形古篆的符号，并尝试着破解了不少，因此有八成把握，她取出笔记对照石碑凝神察看，很快就解开了其中一个古篆。

司马灰等人见胜香邻神色惊诧，半晌也不说话，不知道是难以确定，还是情况出乎意料，心头均被紧紧揪了起来，忍不住问道："这个字怎么解？"

记载在拜蛇人石碑上的秘密，事关众人生死进退，因此胜香邻不敢大意，她通过笔记解出其中一个字，反复对比确认了几遍，料定不会有误，就告诉司马灰等人说："石碑上的第一个字是零。"

司马灰等人不明所以，纷纷问道："'零'是什么意思？"

胜香邻道："在夏朝龙印中这是个象征虚无的符号，可以用阿拉伯数字里的'0'来表示。"

司马灰双眉紧锁，他此时嘴上不说，心下思量，从古城壁画上描绘的事迹追溯，这个秘密是古神借蛇女之口说出，那些神怪之事终属荒诞，只能认为事有凑巧物有偶然，反正就是没根没由，从蛇女口里断断续续说出了一句话，共计九字，也不知说破了什么海底，竟被古代拜蛇人分别记录保存了很多年，直至将秘密凿在这块千钧之重的大石碑上，深埋于重泉之下。这个秘密最奇怪也最令人不解的地方，是一旦知道全部内容就会被当场吓死，因此没人敢窥其全貌，唯有先解开其中几个字，再设法推测其余的内容。可没想到解出的第一个字毫无意义，只好让胜香邻继续破解其余的文字，看能否找到什么有用的线索。

胜香邻用矿灯照向大石碑，依次寻到下一字，再与笔记中的内容对照，发现那是个记数的符号"9"。

罗大舌头见状焦躁起来，摘掉帽子使劲儿抓了抓脑袋，骂道："这些古代拜蛇人想搞什么鬼，为什么在石碑上刻了许多数字？"

高思扬对胜香邻说："石碑上除了数字之外，一定还有些别的内容，否则拜蛇人也没必要将它埋在这比地狱还深的地方，你再多解几个字看看。"

胜香邻的目光随着矿灯光束，在布满枯苔和裂痕的石碑上缓缓扫过，神色迷茫地说道："不用再解了，拜蛇人石碑上的秘密是一组数字。"

高思扬不住摇头，试想一串数字怎么能把活人吓死？这组数字里能包藏着多大祸端，古代拜蛇人为何会对它又惧又怕？况且胜香邻解出前两个字用了不少时间，其余七个字仅是粗略看了一下，片刻间怎能确认石碑上刻的都是数字？

胜香邻说："夏朝龙印里记数的符号结构相近，掌握了其中规律一看便知，我虽然不知道这组数字的具体情况，但从碑文形制上判断，皆是象征数字的符号无疑。"

罗大舌头咬牙瞪眼："从缅甸丛林找到地底重泉，一路上死了多少人受了多少罪，辗转非止万里，死也死过几回了，好不容易找到拜蛇人石碑，怎么这上面的秘密就是几个数字？哪有这么耍弄人的？我看咱们跟'绿色坟墓'都上了拜蛇人的当了，谁见过一组数字将人活活吓死的事……"说着话怒从心头起，捡起岩块便要上前去砸拜蛇人石碑。

司马灰头脑还算冷静，抬臂挡住罗大舌头："且慢动手，若是我所料不错，石碑上这组数字就是一切的谜底了，只不过谜底本身也是个谜。"

胜香邻望着那座石碑凝然独立，若有所思地想了想，觉得司马灰的话果然不错，于是按照笔记逐个破解碑文："0……9……1……0……"

司马灰眼看胜香邻将要通读碑文，立刻把笔记遮住说道："拜蛇人石碑上的秘密还是不看为妙！"

罗大舌头不解地说道："既然到了这个地步，就别疑神疑鬼自己吓唬自己了，好歹先看明白石碑上刻的符号都是些什么。"

司马灰告诉罗大舌头等人："如今知道拜蛇人石碑上的秘密是一组数字，已经足够了，如果把这组数字全部解开，谁也无法预料之后会发生什么事。死城壁画中对石碑之事的记载，虽然近乎荒诞，但此时看来也并非凭空捏造，那人头蛇身的怪物若真是个蛇女，我寻思由这行尸走肉般的女子嘴中，必定说不出什么太复杂的言语，因此古人从蛇女之口中断断续续听到几个数字，还算符合情理。你们想没想过，拜蛇人为什么会对这组数字敬如鬼神，更将其刻在一座大石碑上沉埋于重泉极深之处，还反复告诫后代，这石碑上的字既不能看也不能念，甚至想都不能想，一旦破了这个禁忌就会立刻惨死？"

罗大舌头道："古人迷信最深，专会装神弄鬼，你不会傻到也相信这种事？"

司马灰说："赵老憨和'绿色坟墓'、罗布泊望远镜考察队的成员，乃至乘热气球进入地底的探险队，都或多或少知道些拜蛇人的秘密。可见石碑埋在地底的年代虽久，这个秘密却未必保守得滴水不漏，毕竟拜蛇人后裔还延续存在了上千年才逐渐消亡。只是自古圣贤历来不破此关，如果拜蛇人石碑的秘密确实只是一串数字，那么这组数字中一定隐藏着某些不得了的东西。"

罗大舌头对司马灰说："太可恨了，这里外两面的话又都让你说全了，咱要不看全了拜蛇人碑文，又怎么能知那其中有什么不得了的东西？"

司马灰说："石碑上的秘密没法推测，我看只凭咱几个人的脑袋，恐怕都想破了，也解不开碑文之谜。另外通读碑文会引发什么后果？死城壁画描绘的恐怖事件会不会成真？皆是殊难预料。这一路上所经所历变怪甚多，没准就撞上什么妖言鬼咒了，不到事不得已，不可轻易涉险。"

胜香邻点头同意，她问司马灰："依你之见，咱们应当如何行事？"

司马灰说："我见过的拜蛇人各处遗迹中，有大量关于石碑的记载，这座石碑上的秘密自然是不能正面提及，但不知拜蛇人有意或无意，还始终隐瞒了另一件事——为什么要将秘密放在这个被称为神庙的地洞里？"

罗大舌头奇道："莫非这地洞有什么反常？"

司马灰心里正是这个计较，一时三刻解不开碑文之谜，只得先从别的方向寻找线索，当下一边同其余两人低声商量，一边借助矿灯观察附近的地形，却瞥见高思扬握着步枪，直勾勾注视着拜蛇人石碑，就问："你瞧见什么了？"连问了两次，高思扬才回过神来，她脸上全是恐惧与难以置信的神情，指着拜蛇人石碑裂痕颤声道："我看到刚刚死掉的那个人……在对面……在石碑对面！"

第三章　裂隙

　　司马灰看高思扬脸上的神色古怪，心想：刚死不久的人？除了来自林场的知青二学生还能有谁？

　　以往绿林中人结伙到边僻之地行事，若有不幸遇难身亡的人，同伙常会将死尸就地焚烧，而不是入土掩埋，只因深山穷谷，虫蛇野兽最多，没有棺木埋到地下，过不久便会被野兽拖出来吃掉，抑或荒漠里气息干燥，死尸数百年间僵而不化，变得形状狰狞，莫说阴魂有知，纵是活人也不忍见，所以总是选择烧化死尸。此前二学生毙命在石碑前，正是司马灰亲手将其尸体烧化，过火后的残骸，也已被推到了洞底深坑里，怎么可能突然出现在石碑另一端？

　　毕竟耳闻不如亲见，司马灰悬着个心，看高思扬所指之处是刚才二学生站立的地方。这座厚重巨大的古碑，在地脉尽头倾斜着矗立了几千年，由于受力不均，到处都是深浅交错的龟裂，不过整体仍极稳固，若非发生强烈地震，可能还会保持现状，年复一年地继续矗立在地洞中。碑底有道横向裂痕，外宽内窄，司马灰站在裂痕前，稍稍猫腰即可看到对面。

　　原来这裂痕颇深，摘下头顶的矿灯照进去，能透过狭窄的缝隙看到石碑另一端，黑茫茫的似乎有个去处。这时光照有限，角度又受缝隙阻挡，很难看清深处的情况，然而就在一片漆黑之中，矿灯照出一个黑黢黢的人形轮廓，模模糊糊是个背影，那人似乎察觉到有灯光照进来，缓缓转过头来看，因惊恐而扭曲的脸与司马灰隔着石碑裂缝相对，只见那张脸忽然向后一缩，就此隐没不见。

司马灰心里吃了一惊，睁大了眼向石碑对面窥探，眼前却只剩下一团漆黑，等罗大舌头和胜香邻再接近石碑察看，却什么也看不到了。

高思扬仍不敢相信自己眼中所见，她问司马灰："你看清楚没有？那究竟是人是鬼？"

司马灰将自己所见情形告诉其余三人，他心知出现在石碑对面的人，就是先前死掉的二学生，这倒不会看错，不过人死如灯灭，二学生的尸骨都被烧成灰了，又不是赵老憨那路通晓妖术的异人，怎能死后现形？

胜香邻猜测说："这条地脉里存在带有磁性的黑雾，也许所见只是雾中的虚像，以前在大神农架阴峪海古楚祭祀洞中，不是也有过类似的遭遇吗？"

司马灰却觉得并非如此，只有接触过黑雾，才有可能在雾中留下一个虚像，但拜蛇人石碑周围并没有那么浓的雾，况且石碑裂缝狭窄，根本容不得常人穿过，二学生死前也从没到过石碑另一端。

罗大舌头说："那一定是看见鬼了，听闻横死之人，生前这口怨气吐不出来，往往使得阴魂不散……"

司马灰说："我看石碑对面的二学生分明是个活人，至少转过脸来的时候还活着，但很快这股生气就消失了，与他先前被吓死的情形一模一样。"

罗大舌头脑袋发蒙："既不是人也不是鬼，'燕宝蝠'插鸡毛——它到底算是什么鸟啊？"

高思扬胆战心惊地说："是不是在石碑这边发生过的事，此刻在石碑另一端又重新发生了一次？"

虽然这是高思扬的无心之语，但司马灰等人听在耳中，均不免悚然动容——已经发生过的事件，会在石碑另一端重复发生，难道这就是拜蛇人石碑的秘密？石碑另一端究竟有些什么东西？

胜香邻说："拜蛇人认为世界分为'虚'、'实'两个部分，它们相对存在。咱们所知的万事万物都在'实'中，对'虚'里面的东西则一无所知，石碑对面会不会就是'虚'？"

司马灰说："以前听老宋讲过阴阳鱼太极图，在一个圆形图案之中，黑白两色各占其半，黑中有一白点，白中有一黑点，当中用一条 S 形曲线相分，象征阴阳黑白虚实混沌。那条 S 形曲线好像叫什么什么线，而这拜蛇人石碑就是虚与实之间的界限。"

胜香邻说："应该是太极周流共和曲线，如果这条线真的存在，石碑对面就是'虚'了。"

罗大舌头愕然道："咱们所站之处已是深得不能再深，再往下便是能将人煮熟的火海热泉了，可怪不得石碑裂隙后仍似是深不可测，还有些阴冷的寒气，原来通着是什么……虚……"

司马灰没有说话，他还无法确认这座石碑有何古怪，便再次通过裂隙向对面窥探，仍是黑茫茫的看不到什么。那深处有阵充斥着绝望的死亡气息，使人有不寒而栗之感，不觉疑心更盛。按照这种推测，石碑似乎是为了挡住某些从"虚"中而来的东西，可拜蛇人石碑只是一块巨岩，埋在重泉之下数千年，早已是千疮百孔裂痕遍布，石碑上虽然刻了许多行重复相同的数字，却哪里挡得住什么？况且这种推测与各种拜蛇人石碑的传说都不相符，石碑的关键是这一组既不能看也不能想的数字，这个秘密与"绿色坟墓"从不敢见人的脸一定有关。各种一厢情愿的猜想只会使思维陷入死路，现在究竟该从哪里寻找线索？看来唯有冒险到石碑对面，才有机会探明真相。

司马灰想到这里，当先背了步枪，攀着石碑上的裂痕和碑文向高处爬去，利用矿灯在高处搜寻，发现石碑深嵌在地脉中，顶部与岩层塌落处构成了又深又窄的缝隙，高的地方将近一米，半蹲着身子穿过去，就可以抵达另一端。厚达数米的石碑顶端，也刻满了那些古怪的记数符号，勾画苍劲古朴，由于刻得太深，虽被砂土苍苔埋住，也能隐约看出碑文的痕迹。他从高处向石碑底部张望，矿灯的光束就像被黑暗吞噬了，能见度近乎为零，鼻端嗅到一股尸臭，但觉阴风凛冽，如临绝壁俯窥深渊。

这时，罗大舌头等人也手脚并用爬到顶部，望着深处黑漆漆的大洞，众人虽是胆大，至此也不禁心惊肉跳。

罗大舌头端着猎熊枪向下看了几眼，眼前越是看不清楚心里越是发毛。他对司马灰说："这地方怎么有股死人味儿？我看别管底下有些什么，必定是个有去无回的所在，不如想个法子把'绿色坟墓'想找的数字刮掉，然后逃得越远越好，死也别死在这鬼都到不了的地方。"

司马灰摇头说："现在还不知道'绿色坟墓'为什么要找石碑，在确认这组数字的意义之前，谁也不能触动拜蛇人石碑。"

司马灰说着便准备火把照明，要下到石碑对面的黑洞中一探究竟。

胜香邻想得较为周全，她提醒司马灰，正因为猜测不出"绿色坟墓"的意图，所以在拜蛇人石碑前的每一步举动，都有可能造成无可挽回的结果，也许"绿色坟墓"的目的就是想让进入重泉之下的幸存者揭开谜底。

司马灰听罢，心中顿时一凛，以"绿色坟墓"行事之诡谲，料事之精准，这种可能性绝非没有。拜蛇人石碑上的秘密为什么不能看也不能说？这组数字背后隐藏着怎样惊人的东西？为何很多探险家和考古学家，都认为它是世界上最大的秘密？是密码、信号、暗语、咒言还是某种电波频率？不管谜底是什么，怎么可能将人活活吓死？石碑另一端的黑洞里是不是"虚"？"绿色坟墓"那张从不敢见人的脸，又与这些谜团有着什么联系？现在众人心理上的死角，正是这些绕不过解不开的谜，并且执意找出真相，可这么做之后会发生什么事？

司马灰虽然机变百出，但在与"绿色坟墓"的接触中，却始终难占上风，只因做不到知己知彼。那个有三条命的赵老憋、神农架林场采药的怪人佘山子、乘坐热气球进入深渊的柯洛玛尔探险队，以及司马灰这几个人，好像都是"绿色坟墓"手掌中的棋子。这些人始终在同一个洞悉一切因果的力量周旋，无论怎么挣扎都无法改变命运。不过此时此刻还有最后选择的余地，那就是放弃揭开谜底的机会，纵然无法活着离开地底，也该立刻逃离拜蛇人石碑。

为了解开"绿色坟墓"和拜蛇人石碑之谜，司马灰等人已经付出了太多代价。从一开始稀里糊涂地被卷进来，跟着玉飞燕进入野人山大裂谷，在"黄金蜘蛛城"的密室里找到了幽灵电波，又下到罗布泊望远镜，在一万米的地下经历了时间匣子的轮回，找到了禹王神鼎，逃出生天后，再经过大神农架阴峪海找到了阴山，现在潜到重泉之下，一路上看着同伴一个个死去，玉飞燕、阿脆、宋地球、通信班长刘江河等人的面孔不时出现在司马灰的脑海里。也正是因为这些人的牺牲，司马灰要给他们一个交代，揭开所有的谜底，也为他们报仇。况且自己早就被地震弹里的化学落叶剂灼伤，能活多久都说不好，至此也早已不抱生还之望，眼看就差最后一步了，再要改变主意突然折返，这份决心实在不容易下。

正当众人踌躇之际，忽听石梁下的深坑中有声音发出，众人知道必有古怪，相互打个手势，原路从拜蛇人石碑下来，持枪走到石梁处向下察看。但见枯骨累累，堆积犹如山埠，将火把投下去也仅能照亮一隅，只听矿灯光束照不到的角落里，断断续续传出阴沉的低语声，在司马灰等人听来并不陌生，正是那个鬼魅般的"绿色坟墓"。奈何对方躲在死角中，不在步枪射界之内。

罗大舌头火撞顶梁门，打算跳下去循着声音将"绿色坟墓"揪出来。

司马灰暗想"绿色坟墓"早不现身晚不现身，偏在我们起了疑心，犹豫是否要离开石碑的时候出现，说明胜香邻的推测没错，看来拜蛇人石碑上的秘密果然不能揭示，此刻无论采取什么行动，都有可能正中对方下怀，于是示意罗大舌头不要离开石梁。

"绿色坟墓"在枯骨堆后干笑了几声，说："司马灰你们几个猴崽子当真精明透顶，居然能在最后关头有所察觉，我确实是想让你将石碑上的秘密抹掉，咱索性挑开天窗说亮话，倘若我告诉你为什么说这组数字是'世界上最大的秘密'，恐怕你也不会让它继续留在世上。"

第四章　111 号矿坑

　　"绿色坟墓"声称自己的意图正是想让司马灰揭开谜底，此刻见众人已经起了疑心想要逃开，只得现身吐露石碑的秘密。

　　司马灰等人明知"绿色坟墓"口中没有一句真话，即便受形势所迫吐露一些实言，其背后也必定是个无底之坑，因此不敢听信，伏在石梁上观察地形，寻思这次无论如何都不容对方再次脱身。

　　不过"绿色坟墓"要说的秘密，却是司马灰几个人最想知道的事情，他们暗自计较，拜蛇人石碑怎么会将人当场吓死？这个秘密为什么不能看也不能说？诸多谜团中存在的古怪逻辑，让人无法从任何角度加以猜测，不知"绿色坟墓"如何说破海底眼，忍不住想要听个究竟。

　　"绿色坟墓"躲在坑底黑暗处说道："以前不能说出这些内情，是由于时机未到，此刻既然到了拜蛇人石碑近前，也没有必要再继续遮掩下去。我如今这番言语，绝无半句虚妄，你们听后自然明白。拜蛇人石碑上的一组数字，来自几千年前的蛇女口中，不管是谁，只要是知道全部内容，立时会被当场吓死，连我也不敢窥觑，故此只能告诉你们这个秘密的本质，比如它为什么能把人吓死，又为什么一定要将其毁掉？相信你们一旦了解到拜蛇人石碑的来龙去脉，不用我再多说，你们也一定会设法将石碑的秘密彻底抹消。因为这个天底下最大的秘密，绝非人类心智所能承受，人们真正理解这个古老秘密的真相，还是始于中国新疆的'111号矿坑'。"

司马灰和罗大舌头、高思扬三人，都没听说过新疆还有个"111号矿坑"，莫非是指"罗布泊望远镜"？

胜香邻在测绘分队则有所耳闻，知道"111号矿坑"位于北疆阿尔泰山脉额尔齐斯河流域，据说早在沙俄时代，就由俄国人在新疆北部发现了珍稀矿脉，其蕴藏着大量稀有元素和各种罕见的宝石，数十条截然不同的矿脉在地层内呈螺旋状分布，曾遭沙俄侵占掠夺了很多年，直到新中国成立，才正式被国家收回，易名为"3号矿坑"，与"罗布泊望远镜"没什么关联。

中苏交恶时期，新中国背负了巨额外债，又值三年自然灾害，举国上下勒紧裤腰带过日子，才还上六成外债。而当时仅由此处矿坑里开采出的珍贵矿石，就还清了另外的部分，更为国防建设做出过巨大贡献，可见"3号矿坑"蕴藏量之丰富。那里也是全世界最大的矿坑，矿坑作为国家绝对机密，外界很少有人知晓。宋选农曾在"3号矿坑"工作过一段时间，因此胜香邻知道一二，至于详细情况，比如"3号矿坑"的具体位置和矿脉分布，她就完全不知情了，但也就此得知"绿色坟墓"所说的地点确实存在。只不过既然以沙俄时期命名的"111号矿坑"相称，而不说近代通用的"3号矿坑"，这表明"绿色坟墓"所指的年代，至少是在1949年以前，甚至能追溯到俄国爆发十月革命之前。

"绿色坟墓"果然说沙皇俄国历来野心庞大，其统治地域虽广，却仍对领土贪得无厌，自彼得一世大帝在位时期，就将征服中亚侵占新疆的方略定为国策，先后武装了大批由失业者和罪犯组成的军队，越过阿尔泰山经额尔齐斯河不断向北疆腹地深入，并以考察和探险为借口，在各处进行地图测绘，开采金矿。

虽然沙俄侵占新疆很多年，但俄国人发现"111号矿坑"，却是在沙皇统治末期。此时的沙皇俄国已经是风雨飘摇，刚经历过日俄战争的惨败，又遭受了资产阶级革命带来的沉重打击，可谓内忧外患，国事日非。

当时有个没落的沙俄贵族军官，名为莱斯普廷，此人才高而志广，通晓天文地理，奈何在家族斗争中受到打压，报国无门，只好跟了一支寻找金矿的马队前往新疆阿尔泰山，想碰碰运气发笔大财。

马队沿着额尔齐斯河流域的高山密林，一连寻找了几个月，都没有任何发现。眼看天气一天冷过一天，只要一下雪，漫长的严寒就将到来，到时大雪封山，更别指望发现金矿了。这晚在一处山坳里扎营歇息，众人垂头丧气之余，被迫决定明天一早就往山外走。

莱斯普廷为自己渺茫的前途发愁，裹着毯子在营火前喝酒取暖，借着明暗不定的火光，他忽然看见对面凹陷的岩壁间似乎有某种图案，好像是一片原始的岩画。在好奇心的驱使下，他起身察看，发现那图案是一个从来没见过的怪物，拥有鹿的身躯和鸟的头，怪物昂首抬足，仿佛正被一道光芒摄住，悬于半空。然而世上从未发现存在鸟首鹿身的动物，原始岩画里描绘的东西，难道有史之前存在于这片深山密林之中？他想要是能猎到活的做成标本，抑或挖掘到骨骸化石，也不枉跋山涉水走这一趟。

莱斯普廷连忙找来马队的向导询问，那向导久在当地放牧，多曾见过山里内容诡异的岩画。据这向导说，此山颇多古怪，好几次有人在极端恶劣的天气里，瞧见乌云中雷电翻滚，山谷里有鸟首鹿身的怪物飞上半空，等天晴之后过去寻找，也许会看到地上有无头的死鹿或死马，多半都是让那天上的妖怪吃了，前些年还有人目睹过。这岩画的具体年代却没人说得清，可见从古已有。

莱斯普廷听了这些传闻，感到十分惊奇，他想起曾听智者说过"天猎"一事。山区有目击者看到许多动物被垂直的光亮吸到空中，随后又抛下来摔死，这种大量动物被神秘猎杀的事件称为"天猎"。鸟首鹿身的怪物形象，很可能是鹿被吸到天上的时候，头部被高压气流拉长变成了鸟嘴状，从远处望到岂不就像鸟首鹿身？古代先民看在眼里，难免会误认为是天上有妖怪，将鹿攫到空中吃掉了脑袋，实际上这属于一种自然现象。出现如此强烈的气流，说明地下有磁场，于是让那向导带路，要到发生过"天猎"的山谷中去探寻究竟。

转天一早，在莱斯普廷的极力主张之下，马队改道进入山谷。莱斯普廷相信凡有奇光异雾出现的地区，其下一定蕴藏着水晶或金脉。众人不辞艰苦，顶着逐渐加剧的寒气，搜寻了整整六天，发现了一座寸草不生的土坡，周围却是林木茂密，他们随即打下探钎进行挖掘，取出岩层样本加以鉴别，发现这山里果然有举世罕见的异色宝石，至于那个倒霉的向导，很快就被俄国人杀掉灭口了。

自此除却寒冷的冬季，莱斯普廷都会带队进山开采矿石，他对矿脉进行了初步勘测，并将该区域命名为"111号矿坑"。某次额尔齐斯河发了洪水，矿坑附近的山体发生大规模滑坡，暴露出一个很深的洞穴，其中有几块平整的石板，上面刻有蝌蚪般奇形怪状的符号，拼接起来像是一座残破的古代石碑。

莱斯普廷觉得石碑是古人埋在洞中，很可能记载着山里更多的宝藏，他也是贪心不足，想尽一切办法加以破解。其实这是另一块已被毁掉的拜蛇人石碑，勉强能辨认的碑文不过四五个。那时还有极少数散布在阿尔泰山的土人，其祖先大概接触过拜蛇人，所以至今保留着几千年前的原始语系和象形文字，这些人能根据碑文念出古篆，但是谁也解不出其中含义。

莱斯普廷鬼迷心窍，对这谜一般的拜蛇人石碑念念不忘，把发现石碑和探索其中谜团的经过详细记录。他正准备进一步寻找答案，俄国国内却爆发了大革命，在攻打冬宫的隆隆炮声中，腐朽没落的沙皇统治终于土崩瓦解，莱斯普廷只得毁掉残存的石碑，率手下返回俄国，临走时通过爆破方式掩埋了"111号矿坑"。随后的许多年之内，都没人知道北疆存在这么一处矿坑。直到1935年苏联勘探局意外发现莱斯普廷留下的文件，才再次找到新疆的

"111 号矿坑"，并加以大规模开采。由于矿工太多，当地渐渐形成了一处人口稠密的矿镇。

"111 号矿坑"最初的发现者是沙俄军官莱斯普廷，其本人发了一大笔财，却没命消受，起先被迫归国参战，失败之后逃往欧洲，虽然身为腰缠万贯之资的巨富，流亡异乡也不必为生计发愁，但拜蛇人石碑上记载的秘密，却像一个摆脱不掉的噩梦，始终缠着他不放。

司马灰等人暗中察觉不妙，"绿色坟墓"将这个秘密的前因后果说得如此详尽，似乎是有意拖延时间，在等待什么事情发生，不过他们根本抑制不住心中好奇，均想听个结果出来，毕竟只有此人掌握着拜蛇人石碑的秘密，若是错过眼前的机会，只怕永远都无法知道答案，如果不了解谜底，也就别想对付"绿色坟墓"。

这时只听"绿色坟墓"那生硬冰冷的声音继续说道："沙俄军官莱斯普廷为了寻找地下更大的矿脉，千方百计找阿尔泰山土人解读碑文，一直未能得到任何有价值的线索。但实际上他已经在无意间解开了拜蛇人石碑的秘密，而解开秘密的代价就是死亡。"

第五章　一组数字

　　司马灰伏在石梁上一声不响，心中暗自思量：那个沙俄军官在"111号矿坑"发现残碑，一来碑文古奥，二来内容残缺不全，而且他毁掉残碑之后流亡欧洲，又过了好几年才死，与看过拜蛇人石碑就会被当场吓死的记载不同，难道"绿色坟墓"所言并非实情？

　　"绿色坟墓"也知司马灰等人起疑，就说："你们不必多心，接着听下去自然会有分晓。沙俄旧贵族莱斯普廷逃到欧洲，还惦记着新疆'111号矿坑'那座巨大的地下宝藏，他当初毁掉残碑，也是为了不让矿藏之事泄露。"

　　莱斯普廷每到夜里，便会躲在房中翻阅自己的笔记，妄图解开碑文之谜。奈何这几个古怪诡秘的象形文字，他只知道一些似是而非的读音，就连先后顺序都搞不清楚，颠过来倒过去不知看过多少遍了，甚至连睡梦中都在破解碑文，可一直也没有任何发现，又加之思念故土，致使心情郁闷，终日借酒浇愁。

　　某个星期天的晚上，他到住所附近的一个餐馆吃晚饭，那餐馆里有位左撇子钢琴师，正在为客人们弹奏乐曲。莱斯普廷是沙俄旧贵族出身，受过良好的教育，不仅懂得欣赏音律，也擅长弹奏钢琴，尤其是柴可夫斯基的作品，甚至能够自己作曲，一听之下，就发觉那个左撇子琴技平庸，缺少天赋，于是让侍应请开琴师，自行上前弹奏。怎料琴为心声，脑海中不知不觉想到了残碑上的碑文，使一段十分怪异的旋律融入到了乐曲中。

餐馆里本来坐满了人，莱斯普廷一曲既终，却静得鸦雀无声。他黑着个脸离开了餐馆，回到家中立即引火自焚，整幢宅邸连同他的财产，全在烈焰中付之一炬。没人知道他为什么会突然用如此残酷的方式，来结束自己的生命，事先竟没有半点儿征兆。

然而更可怕的事还在后边，当时餐馆里听过这首钢琴曲的人，在接下来的三天之内，全部莫名其妙地走上了绝路，有跳楼的，也有上吊割腕的，纷纷寻了短见。由于这些人除了在同一家餐馆吃过饭，彼此之间毫无联系，所以并未引起足够重视。

只有那左撇子琴师当天幸免于难，他因被莱斯普廷抢了风头，心里颇为不快，恨恨地离开了餐馆，半路发现外衣忘带了，无奈返回来取，在这过程中，他只听到了莱斯普廷的一段琴曲。但那个古怪的旋律就像印在了脑中，再也抹不掉了，霎时间觉得天地一片漆黑，绝望和恐惧充斥在眼前，左撇子琴师心惊之余，匆匆走出餐馆。

此后这个左撇子自己谱了一首钢琴曲，命名为《黑色星期天》。当天弹奏给他的女友听，女友只听了一半就已面无人色，立即与左撇子分手，仅过了几个月便自杀身亡。前后至少数百听过这首钢琴曲的人自杀，消息传遍了街头巷尾，人们一时间谈虎色变，就连调查这件事的警方，都有人因此丧命。那个左撇子钢琴师自然也逃不掉坠楼而死的噩运。

由于造成无数人莫名其妙地死亡，《黑色星期天》不免被看作带着某种诅咒。实际上这只是左撇子钢琴师，根据他在餐馆里听到的一小段曲子改编而成，可以说是拜蛇人石碑的衍生物。俄国军官莱斯普廷对石碑秘密的了解本就不多，只是无意中读通了一半，《黑色星期天》又是从这一半秘密中间接衍生出来，早已失其本质，但依然导致很多人送命，可想而知，那拜蛇人石碑上的秘密会有多么恐怖。

司马灰等人听到这里，此前纠结在心底的许多谜团都被一一解开，原来石碑上的那组数字，其谜底不是内容，而是"声音"。只有用原始语系解读碑文，才会致人死命。

"绿色坟墓"说古代拜蛇人得到这个秘密，是从一个行尸走肉般的蛇女口中，其脑干已枯，只能在口中作声癔语。拜蛇人听到蛇女出声，都附耳来听，这些人听了之后，顿时瞪裂双目，溶化的脑浆从鼻腔中流淌而出。拜蛇人见状无不大骇，以为这些人都是被神的秘密活活吓死的，只好采取每人听一段的方法，将这个本来不应该存在于世的秘密记下，并刻于石碑之上，又只有重泉之下的这块石碑，避过了诸多劫数，得以保留至今。

古代拜蛇人挖地挖得太深，引发了大洪荒，几遭灭顶之灾，幸有禹王凿开龙门，把俘获的大批拜蛇人充为奴役，在地底引洪水归入禹墟。这些奴隶不甘忍受夏王朝残酷统治，就想找回重泉绝深处的石碑，以此对付夏禹。但洪荒堵塞了原本的通道，一直到拜蛇人后裔彻底消亡，都未能如愿以偿，记载在拜蛇人石碑上的古老秘密，也逐渐被历史的尘埃埋没。

《黑色星期天》早在冷战初期就引起了苏联高层的关注，特务部门通过种种途径，获悉这组死亡信号的根源，出自新疆地下的古代石碑残片。虽然沙俄军官莱斯普廷的记录已被焚毁，拜蛇人石碑的残片也早就不存在了，但苏联人并不死心，先是与中方合作扩大挖掘可可托海"111号矿坑"，并开始实施"地球望远镜计划"。据苏方推测，人脑中存在超过一千亿个神经元，平时所用仅为其中一小部分，其余大部分从生到死都处于沉睡状态，只要懂得解读拜蛇文，不论是看还是念，甚至是在脑子里想到拜蛇人石碑的秘密，都会立即在脑中产生一个信号，使最深处的神经元细胞活动急剧加速，很快超出负荷，最后导致大脑在颅内溶化。

众人听得心惊肉跳，若只说这组死亡密码会使人脑化开，司马灰并不会信，他又哪里懂得什么神经元，但听闻古时认为人身之中伏有"三尸九虫"，道门里的人若想求个长生不死，必须先斩三尸，后除九虫。上尸名叫彭倨，居于人脑，寻常蛰伏不动，偶尔会让梦境错乱心智失常，一旦作祟便会吞噬脑髓，使人速死，而这拜蛇人石碑上的秘密，就像一个呼唤上尸虫的信号。

司马灰对三尸并不陌生，据闻"三尸"形如肉丝，尤以"上尸"最恶。宋朝的时候，有个寻真练气的禁军指挥史赵明阳，从古籍中得知了三尸神藏于人身，限人寿数，于是暗中服食药物，逐渐将尸神拿住。此后带兵在外征战，入夜盘膝独坐于帐中吐纳，忽觉胸臆间一道清气上升，不由自主地做声长啸，中夜听来，宛若龙吟大泽，满营兵将闻之尽皆战栗。待到军卒们进帐察看，那赵明阳早已脱形羽化。很早以前有很多类似的传闻，大都是说某个异士斩了三尸，得以摆脱生死束缚，最终肉身成圣。这种事往往是虚多实少，但他从这个角度，倒也不难理解拜蛇人石碑的秘密。总之石碑上刻着的内容，是一组绝不可能由正常人嘴里发出的声音，这声音仿佛是来自死亡深渊的信号，出现在任何有意识的人脑中，都会立刻使深处脑内的上尸作祟，致人死命。

司马灰相信这就是拜蛇人石碑真正的谜底了，果然是个说也不能说看也不能看，甚至想都不能想的秘密。"绿色坟墓"的话应属实情，毕竟只有这么解释才符合逻辑，若非对方直接说破，以司马灰等人的所见所识，根本不可能找到答案。众人心惊之余，均是做声不得。

"绿色坟墓"见这四人沉默不语，"嘿"了一声说道："你们如今终于知道了拜蛇人石碑上的秘密有多么危险，连我也仅仅了解石碑秘密的来历，却不清楚它的内容，否则哪里还有命在？我毕生所愿，就是将这个从来不应该存在的秘密毁掉，因为拜蛇人石碑一旦被外界发现，世上的人至少要有一半因此丧生，其中厉害不言自明，所以先前不敢向你们吐露半个字。自古成大事者不拘小节，劝诸位不要记挂昔日旧怨，咱们之间的事今后再说不迟，正所谓'君子报仇，十年不晚，小人报仇只在今朝'，等到除去拜蛇人石碑这天大的祸端，我保证会给你们一个满意的交代。现在机会难得，你们身边是不是还有炸药？快抓紧时间把拜蛇人石碑炸掉，这是件积下阴功的举动，说不定还有机会能从地底逃出生天。"

司马灰胆大包天向来是不怕死的，但在得知拜蛇人石碑的秘密之后，却不免觉得脖子后面飕飕发冷，倒不是出于对石碑的恐惧，而是随着石碑的谜底逐步揭晓，"绿色坟墓"身上的谜团变得更可怕了。此时"绿色坟墓"开口吐露真相，竟是想让众人炸毁石碑，把这个死亡信号彻底从世界上抹掉，看来对方并不想将这天大的秘密据为己有。可是以"绿色坟墓"行事之阴险歹毒、心机之叵测，哪里会有丝毫善念？"绿色坟墓"的真实面目到底是什么？何以能够洞悉一切前因后果？难道果如赵老憨所言，会是探险队以前曾经见过的某个人？

司马灰虽看不透"绿色坟墓"的身份，但有一点他可以断定，这深处重泉之下的拜蛇人石碑，其背后一定隐藏着更深的谜，而"绿色坟墓"不敢窥觑碑文的内容，则说明此人通晓失传已久的古代语系。当世哪还有这等人物？说不定从不露脸的"绿色坟墓"，本身就是一个被石碑困住的鬼。之前在缅甸"黄金蜘蛛城"和北纬30度地底古岛中，已先后两回错失机会，无论对方究竟是人是鬼，这次都要看清它的真实面目。

第六章　无限接近

司马灰深知拜蛇人石碑事关重大，在没探明其后的洞窟中有什么古怪之前，绝不可以轻易触动，但也不甘心让"绿色坟墓"就此走脱。他在黑暗中凭声音辨别，下方的深坑距石梁有十余米深，估摸可以施展"蝎子倒爬城"从岩壁下去，直接将"绿色坟墓"从枯骨堆中揪出来，当即使个眼色，示意三个同伴准备动手。

罗大舌头早已等得不耐烦了，心想：不管"绿色坟墓"这厮是人是鬼，老子先干他一家伙再说。此刻看到司马灰发出信号，立刻按了按头顶的矿灯，将加拿大双管猎熊枪的撞针扳开。

高思扬则悄悄取出火把，以便随时点燃了抛向坑底，用来照明射界，这时所处的位置居高临下，只要能够看清地形，她有把握在"绿色坟墓"身上穿几个透明窟窿。

胜香邻的手枪也是子弹上膛，眼看司马灰等人就要发难，她突然有一种十分不祥的预感：众人本来无从推测石碑的谜底，但"绿色坟墓"主动将石碑的秘密吐露出来，才使众人直接认识到了石碑的危险。事到如今，谁都能看得出来，被拜蛇人石碑堵住的洞窟中，一定有某个比石碑更可怕的秘密存在，所以无论发生什么情况，都不能触动拜蛇人石碑，否则将会惹下一场难以挽回的塌天之祸。问题是以"绿色坟墓"心机之深、料事之准，几乎每一步都能做到滴水不漏，众人不会听其所言炸掉拜蛇人石碑的举动，也一定早在对方的预料之中，没人猜得透"绿色坟墓"的真实意图。胜香邻动念到此，忙做手势示意其余三人不可轻举妄动，现在的处境如临深渊、如履薄冰，哪怕走错了一步，都将万劫不复。

司马灰明白胜香邻为何心存畏惧，与"绿色坟墓"这场较量，恰似双方以性命作为赌注对弈，只不过一方在明另一方在暗，自己这几个人是两眼一抹黑，唯有走一步看一步，而"绿色坟墓"洞却悉前因后果，至少能提前看出三步。可有道是"风无常顺、兵无常胜"，"绿色坟墓"也并非占据绝对优势，此人身上存在的秘密，就是其最大的弱点，特别是他需要借助探险队才能破坏石碑，而拜蛇神庙处在深不可及的地脉尽头，得以进入重泉之下的幸存者，也仅剩下己方四人而已，凭借这几点有利因素，应当还有机会同对方周旋到底。

"绿色坟墓"见司马灰等人不答话也不行动，就阴恻恻地冷笑道："不出所料，各位想必是听出些端倪，不打算再接近拜蛇人石碑了，但我可以肯定……"

罗大舌头再也沉不住气了，骂道："你可以啃你娘的腚！"同时从石梁上探出身子，以大口径双管猎熊枪向下射击，这堆满残骨碎骸的深坑里漆黑一片，根本看不清"绿色坟墓"躲在哪里，仅能凭借声音判断出大致方位，罗大舌头两弹齐发，不想坑底地形格外拢音，枪声轰鸣震颤，听起来像是扩大了许多倍，回声又在石壁间犹如潮水般层层传导，良久不绝于耳。

司马灰看罗大舌头抢先下手，此刻时机虽不成熟，也只得打声呼哨，招呼胜香邻和高思扬一齐行动。

高思扬迅速抛下火把，一团火光将深坑中的漆黑撕破，模模糊糊照到"绿色坟墓"躲在一堆枯骨之后。

司马灰借着光亮看清地形，三两步蹿到石梁边上，攀壁而下，其去如风，疾如飞鸟，转瞬间到了坑底。

罗大舌头分外眼红，不及装填弹药，提着猎枪溜下岩壁，跟司马灰一前一后扑向"绿色坟墓"藏身之处。

这里遍地都是残骨，腐秽撞脑，踏上去更是"咔嚓、咔嚓"作响，离近了才看出来，堆积如山的乱骨人兽皆有，许多残骸兀自带着血肉，竟似被利齿啃过一样。

司马灰和罗大舌头暗觉吃惊，先前以为这是个很大、很深的祭祀坑，多半是古代拜蛇人用来杀殉的祭祀石碑，里面的枯骨已经存在好几千年了，即使没有腐朽为尘，也早该变成化石了。现在看来有不少骸骨大概是不久之前才被生吞活剥，随后又被抛落至此的，两人稍一分神，竟然失去了"绿色坟墓"的踪迹。罗大舌头只好捡起火把，掩护司马灰向那堆骸骨附近搜寻过去。只见坑底原来有许多甬道，都位于拜蛇人石碑远端，靠近神庙隧道一侧，洞口大多被乱骨遮挡，外边有塌毁的石门和神像，刻绘的飞蛇图腾还可依稀分辨，内部幽深曲折，也不知通到什么地方，看来"绿色坟墓"躲进了其中一处。

司马灰在地底跋涉万里找到拜蛇神庙，就是为了揭穿"绿色坟墓"的真实面目，怎肯善罢甘休，他见高思扬和胜香邻也下到了坑底，便让二人留在此处接应，自己则跟罗大舌头进入甬道搜索。

高思扬紧张地对司马灰说："坑底有这么多洞口，你怎么辨别'绿色坟墓'躲到哪里去了？另外我看他根本不像活人……"

司马灰知道高思扬想说"绿色坟墓"是鬼非人，或者说是个有形无质的"幽灵"。这件事他以前想过无数遍了，司马灰虽然看不穿"绿色坟墓"身上的秘密，但那气量狭窄的赵老憨所言所行，却都瞒不过他。赵老憨对"绿色坟墓"恐惧到了极点，并说司马灰曾见过此人的真实面目，只不过心里有个死角，根本想不到"绿色坟墓"的身份，这些话应该都是事实。可怪就怪在这里了，司马灰把自己这辈子照过面的人，不分是死是活，逐个在脑中排查，过筛子似的过了无数遍，也没有找出跟"绿色坟墓"身份吻合的人，可见此人藏得极深，更想不出对方不敢露出真面目的理由。

不过此时，司马灰心中已隐隐浮现出了"绿色坟墓"的身份轮廓，因为在对方说出石碑秘密的同时，也暴露出了最为关键的几个特征：第一是通晓古代语系，不敢直接窥觑碑文，但是了解拜蛇人石碑的一切；第二不敢以真面目示人，原因则是个谜；第三点，也是最重要的一点——司马灰和赵老憋都曾见过"绿色坟墓"的脸。试问世界上有几个人完全符合这些条件？所以范围已经缩至了最小。

司马灰仗着一时血勇，还要追进甬道，但冷静下来想了想，却越想越是骇异："莫非'绿色坟墓'就是那个人？"

罗大舌头听闻司马灰识破了"绿色坟墓"的身份，忙问："到底是哪个人啊？我见过没有？"

司马灰将自己推理出的几个条件，简单告知三个同伴："世上只有一个人符合这些条件。"

胜香邻和高思扬也深感吃惊，但她们并不知道司马灰曾见过哪些人，因此无从推测，都忍不住问道："这个人……是谁？"

其实司马灰自己也不相信这个答案，可除了那个死去千年，并被剥去脸皮的占婆国阿奴迦耶王，还能有谁？

这位拥有匹敌神佛面容的占婆王，被尊为"距离天国最近的人"，曾在裂谷深处发现过泥盆纪遗物地穷宫，那里曾是拜蛇人留下的遗迹。占婆王通过被其杀害的圣僧之口，解开了地宫密室中的夏朝龙印之谜，因此他能够知晓石碑的秘密，并且可以解读拜蛇人石碑上的碑文。占婆王死后葬入地下陵寝，几十年前王陵被土贼盗发，妄图开棺抠宝的贼人全部死得不明不白，所以棺椁始终封存未启。后来几经辗转，占婆王棺椁中的尸身在战火中下落不明。至于剥掉脸皮就能得到占婆王无敌的运气，全是"绿色坟墓"一面之词，如果此人本身就是"绿色坟墓"，那么说这番话自然是为了掩人耳目。而占婆王那张酷似神佛却显得阴森诡异的脸过于特殊,恐怕从古到今,天底下也没有几个生成这种相貌的人,关键是司马灰和赵老憋都见过这张脸。

司马灰不仅在古城里看过壁画绘像,更在"黄金蜘蛛城"地宫中近距离目睹真容,现在想起来仍觉得身上好一阵发冷。至于赵老憋什么时候见过占婆王,恐怕只有那老贼自己知道了,但毫无疑问,赵老憋必然见过这张怪脸,并且知道"绿色坟墓"就是早已死去千年的占婆王,否则也不会一提此人就像是吓破了胆。

问题是占婆王死了千年之久,怎么可能从棺椁里逃出来?它现在到底是阴魂不散的厉鬼,还是个死而复生的怪物?又为何要毁掉深埋地下的拜蛇人石碑?这些由结果衍生而出的谜团,使众人不约而同地感到一阵窒息。

罗大舌头想来后怕,骇然道:"怪不得'绿色坟墓'身上死气沉重,原来这家伙根本就不是活人,咱是遇上那有道行的僵尸了,它为什么要找'拜蛇人石碑'?"

胜香邻思索了片刻,对司马灰说道:"根据事态的发展来看,你设定的几个条件应该没错,但'绿色坟墓'未必会是占婆王,世上何曾有过人死复生之事?是不是还有另外某个人符合条件,却一直被你忽略了?"

此时此刻,司马灰认定"绿色坟墓"的身份,绝对不会偏离自己设下的三个条件,这一点他敢拿性命担保,但思来想去,却实在是想不到占婆王以外的人了,除了这个阴世之鬼,还能有谁呢?"绿色坟墓"谜一般的身份,就像一个能够无限接近,却又永远无法触及的存在。

第七章 灼热的呼吸

　　司马灰仍旧认为"绿色坟墓"十有八九是占婆王，因为自己和赵老憋都照过面的人，实在屈指可数。按理说占婆王酷似天上神佛降世的面容，在许多寺庙壁画和古迹中都有留存，当初在野人山裂谷搜寻蚊式特种运输机的领队玉飞燕就能一眼认出，想那赵老憋走南闯北，自然也能识得。另外考古队于极渊沙海的大铁人中，还曾对赵老憋讲过探险队在缅甸的经历，所以他才知道司马灰同样见过占婆王的脸。

　　高思扬以前听司马灰说过在缅甸野人山所遇之事，她虽然从没见过占婆王的脸，但想想也不免胆寒："刚才在坑底说话的那个……东西，究竟是僵尸还是恶鬼？"

　　罗大舌头添油加醋地说："这占婆王就是个有千年道行的尸魔。以往在东北有种说法，凡是人死之后装殓到棺材里，因为各种原因不能下葬，耽搁得年头久了，棺中死者又没腐朽，再遇着活人气息，就容易变成僵尸。由于各地水土环境不同，尸变种类也有不同，据说有，风僵、石僵、血僵、粉僵，等等。这里面最厉害的当属粉僵，粉僵多半都是女鬼，尤其以遍体血肉透明的古尸最厉，这种僵尸脸上都像抹了层石灰粉似的，所以才有这么个名目。

它们昼伏夜出，能腾空飞行，攫到活人就抱住了张口饮血，不把血吸干了绝不松手，你拿铁棍子撬都撬不开。更可怕的是这种僵尸有知有识，还能作人言说话，生前多半都有道行，死后可使阴魂附尸不散，出则为鬼，入则为僵，年头越多道行越大。我估计那占婆王就是这样的妖怪，先前在缅甸地宫密室中，占婆王尸身被爆燃的烈焰烧没了，所以再也不见头脸，咱们之后遇上的'绿色坟墓'，应该都是它变为了厉鬼在暗中作怪！"

司马灰摇头道："罗寨主你真是见多识广，原来往棺材里填死人跟种庄稼一样，变成僵尸还分品种？"

罗大舌头瞪起眼来道："说'绿色坟墓'就是占婆王可是你起的头，怎么转眼又不认账了？"

胜香邻道："你们先别争了，'绿色坟墓'不会是占婆王。占婆王虽然符合现在划定的三个条件，但前提条件是人死之后真会变鬼，且不说这种推断是否站得住脚，你们仔细想想，占婆王早已死去了千年之久，不论它是阴魂不散还是尸起为怪，终究是个死人，一个死人为什么不敢去看石碑？毕竟这'拜蛇人石碑'上的密码只是一组死亡符号，能将解读碑文的活人吓死，却不可能把一个已经死掉的人……再吓死一次。"

司马灰说："我也实在不敢相信占婆王死后还能从棺椁里跑出来。可天底下只有这个人才完全符合'绿色坟墓'的三个条件，其实更确切地说应该符合两个条件，因为占婆王以容貌匹敌神佛，即使在'黄金蜘蛛城'密室里被烧掉了形骸，它一个孤魂野鬼，也没有任何理由需要把真实面目隐藏起来。而'绿色坟墓'不敢露面，是由于真面目会暴露出它的弱点，至于原因，应该就在石碑对面。"

罗大舌头道："石碑对面简直像个无底洞，说句不该说的，我只往那里面看上一眼，都觉得险些把魂魄给吓落了，你真打算进去？"

胜香邻也担心"绿色坟墓"是想将众人引到石碑对面，此刻的处境实在是进退两难，按理说只要有些蛛丝马迹，早该寻根溯源找出"绿色坟墓"的身份了。现在空有这么多线索，推想起来却仍是迷雾重重，毫无头绪，这也是"绿色坟墓"最让人感觉毛骨悚然的地方。通过赵老憨的暗示推测，能解读碑文的人似乎只有占婆王了，就算罗布泊考察队那些成员在世，至多也只能做到辨形识意，如若不懂得古代语系的发声，看到石碑上的秘密也不会死亡，倘若是占婆王的千年亡魂作祟，又想不到隐藏真实面目的理由，在司马灰以往见过的那些人当中，究竟还有谁同占婆王一样符合这些条件？现在不是不敢猜，而是猜不动，再这么推想下去就等于钻进死胡同了，除非搞清楚拜蛇人石碑另一端的秘密，否则永远解不开这个死循环一样的诡异怪圈。不过"绿色坟墓"故意说出石碑的秘密，并妄图借他人之手毁掉拜蛇人石碑，这是可以看穿的一步，事情接下来的发展又到了岔路口，究竟是毁掉石碑，还是放弃找到真相的机会逃出神庙？可供选择的道路显而易见，众人自然不会听信"绿色坟墓"之言去轻易触动石碑，但以"绿色坟墓"布置之周密，又怎么会料不到这一步呢？

司马灰知道自己这伙人吃亏就吃亏在一直摸不清"绿色坟墓"的底，以至于处处被动受制，如同被人蒙上眼牵着走。刚才为了听对方说出石碑上的秘密，又不知不觉耽搁了很多时间，只怕这神庙里将要发生什么变故，所以再考虑是否接近石碑毫无意义，因为已经没有选择的余地了。

罗大舌头不信，望了望四周说道："能有什么变故？那家伙一定是躲进坑底暗道逃命去了，再不追可就跑得远了……"说着话便举起火把，探身向甬道内张望。

司马灰见坑底乱骨嶙峋，估计神庙里栖息着某种掠食生物，提醒罗大舌头小心安全。

罗大舌头仗着猎熊枪口径大、火力猛，并不将此节放在意下，但坑底都是窑洞般的甬道，仅在火把照明范围内就不下四个洞口，再加上岩层间宽阔的裂隙，根本不知道"绿色坟墓"躲进了哪里。他心里焦躁，不免觉得眼内冒火、喉间生烟，当即摘下腰间水壶，拧开盖子猛灌了几口，顷刻间就将半壶清水喝了个涓滴无存。

司马灰此刻也察觉到周围变得越来越热，而且温度升高得非常迅速，身上都被汗水湿透了，心说：这是怎么回事？刚有这个念头，忽见旁边甬道里蹿出许多黑影，形如半人半猴的山鬼，四肢着地爬行，倏然间已扑至面前。他急掣身形，拽着罗大舌头向后退避。

司马灰等人接连退后了数步，他们还以为甬道里钻出来的几个怪物，是跟"Z-615潜艇"一同落进深渊的阴山伏尸，但在火把晃动不定的光芒中看去，却见那些近似山魈土鬼的东西，脸皮都被剥去了，双目只剩两个窟窿，脸上只有满嘴利齿突露在外，纷纷攀着岩壁高处爬去。

众人皆是惊诧骇异，看情形这些半人半鬼之物，竟是拜蛇人留在神庙里的古代守护者。想不到这支余脉，在这么恶劣的环境中仍躲过了翻天覆地的劫数，得以存活延续至今。旧史中记载拜蛇人"穿黑水、居地穷、目光如炬、不识火性"，而留下来守着石碑的拜蛇人，显然是一生下来就将两眼抠掉了，这大概是不敢看到石碑的缘故。但此辈久居在重泉绝深之处的地洞里，与常世有天渊之隔，现在看来几乎与阴山地脉中退化了的行尸走肉没什么两样，估计早就看不懂拜蛇人石碑上的秘密了，甚至连阻止外来者接近石碑的祖命都彻底忘了。只是剜去双目的行为早已生根，石碑下的深坑，也许正是它们的世代埋骨之地。

司马灰听闻边疆上常有猎人目击到山鬼，传得非常邪乎，据说是老坟里的死人所变。近代观点认为山鬼即是一种生存在洞穴里的猴子或野人，不过始终没人抓过活的，偶尔找到类似的骸骨也未能保存下来。这次意外遭遇地下神庙中的拜蛇人，才明白田间地头会出现山鬼的消息和传说，还是有些真实原因的，但不知道这些山鬼般的怪物，为什么会突然从坑底甬道里蹿出来。好在对方看不见东西，否则一齐蜂拥而来，只凭手中步枪定然抵挡不住，当即打了个手势，示意其余三人不要发出响动。

司马灰正想告诉罗大舌头悄悄将火把熄灭，谁知近处几个形如山鬼的拜蛇人却转过脸来，忽然张开嘴扑上来便咬，来势迅猛凌厉，对方位远近的判断更是准得出奇。

罗大舌头眼疾手快，端起上了膛的双管猎熊枪迎头轰去，震耳欲聋的巨响中，大口径霰弹早将当先一个拜蛇人拦腰撕为两段，溅得满地都是鲜血碎肉，另外三人也在矿灯照明下分别举枪射击，同时借助坑底枯骨堆积的地形，不停向后退却。

司马灰发现胜香邻的左臂在混乱中受了伤，但情势危急，也根本顾不上裹扎伤口止血。他心里不禁暗暗焦急，然而此刻石碑下的深坑里更是酷热难当，面前就像有堵烧红的铁墙逐渐压迫过来，又如日轮将至，连头发眉毛都要被燎得焦煳了。

罗大舌头沙哑着嗓子叫道："大事不好，地底下的热泉冒出来了，再不走就要变成白煮鸡了！"

司马灰心想：此处位于重泉绝深之地，往下哪还有什么热泉。神庙底下应该是灼热气体聚集成的汪洋大海，这片亘古以来就存在的地下之海，并非永远静止不动，而是如同呼吸吐纳一样有潮汐涌动，每隔一段时间热流便会涌进神庙。这种温度绝非活人所能承受，发觉之后想逃也来不及了，"绿色坟墓"说出石碑的秘密拖延时间，就是为了等到热流升腾，把我们逼到石碑另一端躲避，此人竟然连地下之海涨落的具体时间都了如指掌！

第八章　石碑里侧

众人接触到热海潮汐形成的气流，身上便被灼出一片燎泡，而周围的山鬼则已四散逃窜，纷纷躲进了洞穴高处的裂缝，却没有一个敢接近拜蛇人石碑。

司马灰等人被逼无奈，只好扔下火把，扶起受伤的胜香邻，在枯骨堆中连滚带爬地向后撤退，又从原路攀上拜蛇人石碑顶端，发现石碑后面仍是阴森森的十分冰冷，可能是地形使灼热的气流向上涌动，无法波及此处。

四个人疲于奔命，爬到石碑上方之后几欲虚脱，呼呼喘着粗气，再也无法挪动半步。

司马灰挣扎着起身检视胜香邻的伤势，原来深坑中乱骨嶙峋，只不过被一根断骨划了道口子，失血很多，所幸伤得不深，他和罗大舌头这才放下心来，先请高思扬给胜香邻处置了伤口，然后将水壶里剩下的清水分开喝了，停在石碑上稍作喘息。

众人在边缘俯窥石碑后面的大洞，矿灯的照明距离仅达数米，下方黑乎乎的一无所见，但觉空寂广阔，深不可及，均有毛骨悚然之感，寻思这神庙之下即是热海铁水，怎么还会有这么深的去处？

司马灰最初见到拜蛇人石碑，就觉得这个古老的秘密不该被世人揭晓，所以当时便有意离开，如今退路已绝，唯有横下心来到石碑另一端看个究竟，但走这条路就不得不做最坏打算，毕竟所有的谜团都是由此而生，结果如何谁都无法预料，他打定主意，将当前形势对其余三人说了。

地下热海的温度高达 4000—6000 摄氏度，其潮汐虽然有固定的涨落规律，但具体时间不得而知。就算躲在石碑上等到潮汐退却，再从通道向外撤离，也未必会有先前那么走运。一旦受到袭击，以考古队剩余的枪支弹药绝难抵挡，自然逃不掉被生吞活剥的命运。现在只有进入石碑挡住的洞口，才能把握置之死地而后生的机会。而这块记录着死亡符号的拜蛇人石碑，就是眼下仅有的一线生机。所以等会儿无论遇到什么情况，都必须让石碑保持原状。

罗大舌头说："通道里填塞了许多巨石，尽头的这个洞口又用石碑堵住了，是不是要挡着什么不得了的东西？"

司马灰说："罗大舌头你平时遇事向来不走脑子，如今连你都看出问题所在了，可见有些蹊跷。这地方是有很重的阴气，不知道是不是古时杀殉太多所致，而祭祀的对象是石碑……还是另有什么别的东西？"

高思扬想起先前在石碑裂隙中看到的诡异情形，就感到不寒而栗。刚才分明见到瞪目而亡的"二学生"突然出现在了石碑另一端，难道是因为紧张过度而看错了？

司马灰刚才也目睹了石碑另一端出现的情况，是以知道高思扬没有看错。但有一点可以肯定，跟随考古队进入重泉之下的"二学生"确实已经死了，因此不论出现在拜蛇人石碑后面的东西跟他长得如何相似，也绝不是那个来自大神农架林场的人。

罗大舌头等人暗暗点头，眼见胜香邻形容憔悴，就决定在石碑顶端多停留半个小时。

众人皆被热流灼伤，停下来才感到周身上下都疼，此时忍着疼关掉矿灯，一面整理武器弹药，一面借着萤光低声讨论接下来的行动。司马灰估计拜蛇人石碑很可能是一条虚无和现实之间的分界线，延伸到洞口的壁画，大多描绘着人死变鬼，经此坠入虚无之海，所以石碑后面多半就是"虚"了。

罗大舌头不懂这是什么意思："死人都去的地方……岂不就等于阴间的黄泉吗？"

司马灰也是推测，只能告诉罗大舌头没这么简单，至于什么是虚，这还真不是一两句话就能说清楚的。

当年绿林里有段旧话，说是明朝末年，流寇窜至陕西作乱，朝廷起大兵堵剿。以前叫流寇，现在都叫农民起义军了。那时义军转战数省，持续与官兵激战，始终没有机会休整，部队死伤甚重，更要命的是军中缺粮缺饷，形势危如累卵，随时都有全军覆灭的可能。

当时朝纲败坏，民心思变，各地都有人暗中帮助义军，到处筹措军饷粮食。有一天，河南开封府来了个跑江湖卖艺的女子，容貌绝美，引得当地百姓争相来看。她在街上摆出一个古瓦罐，声称谁能用铜钱把这罐子装满，就甘愿以身相许。甭管什么朝什么代，也不管是什么动荡年月，天底下从来都不缺凑热闹的好事之徒，众人又看那罐子不过饭碗大小，能装得下多少铜钱？如能娶了这个娇滴滴的小娘子，当真是艳福不浅，于是纷纷挤上来，十枚八枚的往罐子里扔，也有拿整贯的铜钱往里倒的，不料古瓦罐就似无底之洞，投进多少铜钱也不见底，便似肉包子打狗一般有去无回。围观的民众无不称奇，都说这小娘子真是异人，想必通晓异术，因此谁也不敢再上去当这冤大头了。

恰好有个押解税银的军官，带了一队士卒，解着整车的银鞘途经此地，在旁看得十分稀奇。这位也是个不信邪的，最主要是垂涎美色，认为这古瓦罐无非是种障眼法，官府的库银都印了花押，纵然有搬运挪移之术也难盗取，当即推开人墙，拿银鞘往瓦罐里放，放一个没一个，放两个少一双。

那军官恼羞成怒，偏不信这么个不起眼儿的破瓦罐，能装得下整车税银，便把那辆装有税银的马车推进圈内，揭开捆缚银箱的绳索向地上倾倒，满以为这么多银子，埋也能把瓦罐埋住了，谁知地下就像有个陷坑，竟忽然往下一沉，连车马带银鞘，"呼噜"一下落进了瓦罐之中，再也不见踪影。

军官看傻了眼，愣在当场，过了半晌才醒过味儿来，忙喝令军卒将那女子捉住，凭空失了官银，少不得要捉住施术的妖人顶罪。那女子讨饶说："既然是朝廷税银，容我从罐中取出如数奉还，管教分毫不短。"随即走到瓦罐前，趁着官兵不备，将身形一缩，转眼间就钻进了古瓦罐里，那些押解银车的军官和兵卒，发声呐喊拥上前砸碎了瓦罐，却是空空如也，卖艺女子连同银车，好似泥牛入海、风筝断线，全都不知去向了。

罗大舌头同样听傻了眼，十分好奇地问道："真有这么回事？是不是黄大仙经常施展的障眼法？"

司马灰说："反正是几百年前的旧话了，现在讲来无非吊个古今。据闻这女子是义军里的奇人，使用搬运之术窃取官银充当军饷，她那个无底洞般的古瓦罐，就像赵老憋在喜马拉雅山下看到的壁画，一个女仙将整个城池吞到腹中。如果以前真有此类搬运之术，没准就是掌握了进出'虚'的方法，而'虚'里面的情况无人知晓，因为那是连能见到彻始彻终的佛眼都看不到的去处，所以很难猜想会遇上什么情况。"

罗大舌头心里着实有些嘀咕，嘴上硬充好汉："满天神佛都看不到也不要紧，我罗大舌头却有先见之明，就冲咱弟兄一贯倒霉的运气，要是做生意开棺材铺，城里八成都没死人了，下去之后自然是怕什么来什么，还能有什么意外？"

胜香邻歇了一阵儿，恢复了几分精神，她听司马灰和罗大舌头两个又在讲些耸人听闻的言语，就起身说："这座拜蛇人石碑陷在地底数千年，碑体早已是裂痕遍布，边缘与洞壁之间也存在着很多缝隙，虚实相交怎能仅有这一墙之隔？我们携带的水粮、弹药、电池均已所剩无几，要想探明石碑对面的秘密，就不能过多耽搁，必须尽快行动。"

司马灰见胜香邻脸色苍白，不知道还能支撑多久，心里隐隐担忧，奈何留在原地不是办法，只好嘱咐她紧跟在自己身后，寸步也不要离开，这样即使遇到什么凶险，至少能够随时照应。

胜香邻点头应允："石碑里侧的大洞深得古怪，一切情况不明，咱们所有人的行动范围，要尽量保持在能见距离之内。"

罗大舌头从背包里翻出剩余的几根雷管和导爆索，捆扎在一处当作简易炸药。从热气球物资中找到的烈性炸药，在爆破死城入口时已经用尽，但有这雷管充为爆炸物也足能壮胆，倘若遇上什么鬼怪，炸不死也能把它吓走。

司马灰说："石碑虽是厚重巨大，可陷在地下年头太多了，到处都有龟裂和缝隙，如果离得太近，这捆雷管造成的爆炸很可能使其崩塌，所以使用雷管的时候一定要谨慎。"

四个人准备就绪，小心翼翼下到石碑底部，发现里侧是又高又阔的无底之洞，估计洞道直径与石碑的宽度相似，洞中黑暗障目，能见度比外面低了数倍，矿灯只能照到五六步之内。不仅是光线，无边潮水般的黑暗，仿佛连稍远处的声音都给吞噬掉了。

众人不敢冒进，背靠着石碑环视周围，发现里侧刻着同样的碑文，洞壁两边还有拜蛇人遗留的壁绘纹刻，似乎记载着拜蛇人祖先在这个古洞中的遭遇，其中还有几个残存的古篆可以辨认。

司马灰等人见胜香邻在矿灯下对照记事本，逐个解读壁刻残文的内容，就先转身从石碑裂隙中向外张望，隐约能感到外面的热流，除此之外却没有任何异状，寻思之前可能是自己太多心了，于是问胜香邻洞壁上刻了些什么。

胜香邻说："洞壁被苍苔侵蚀消磨得很严重，能解读出来的内容非常有限，这一部分应该是'会看到……让你无法承受的……真实'。"

第九章　无法承受的真实

石碑里侧的壁刻残缺不全，胜香邻能辨认出来的仅有这几个字，其余部分多受苍苔侵蚀，早已模糊不清了。

司马灰有些迷惑，"看到无法承受的真实"是什么意思？这壁上所刻的图案与象形文字，远比石碑更为古老，其中记载的内容，很可能是拜蛇人祖先在洞中的遭遇，因此这句话并非指石碑上的死亡符号而言，而是暗示石碑里侧的洞穴。这地方黑茫茫的深不见底，哪里看得到什么东西？

胜香邻也是难解其意，她用矿灯照向洞壁，对司马灰等人说道："附近还有些奇怪的图案，好像是拜蛇人祖先在这洞中膜拜祭祀。"

司马灰往胜香邻矿灯所指之处看去，只见洞壁上雕刻着一排排站立的人形群像，皆是以手遮面，状甚惊恐。看似古朴单调的构图中，却隐约传达着一种怪诞诡异的神秘气息，以及今人无法破解的含义。

司马灰奇道："这里好像还有比石碑更让拜蛇人惧怕的东西。"

胜香邻说："据此看来，拜蛇人祖先曾发现这洞中存在某些很可怕的事物，起先因畏惧而加以祭祀膜拜，后来才用石碑堵住了洞口，可这个无底洞里……会有什么呢？"

众人无从推测，决定先到里面看个究竟，又见周围都是被苍苔覆盖的石壁，就由司马灰在前，罗大舌头断后，四人头顶的矿灯齐开，沿着洞壁向深处摸索。

司马灰身上一直还带着个空罐头盒子，外皮凿了许多筛孔，里面装了几只洞穴大萤火虫，临时充作宿营灯使用。但这种长尾大萤火虫，皆是有头无嘴，无法通过摄取养分维持生命，所以存活的时间十分短暂，不过寿命终究比朝生暮死的原始蜉蝣长了不少，约有 20 个小时。众人由萤光沼泽到石碑之下，历时已接近两天，在沼泽里捉来的几只长尾萤火虫，光芒逐渐转为暗淡，陆续开始死亡，至此只剩下两只活的，也皆是萤光微弱，无法再用来照明以及探测地底空气含量了。

司马灰觉得这罐头盒子是个累赘，就把那两只萤火虫掏出来放了，任其自生自灭，就见两虫展开鞘翅，拖着黄绿色的暗淡光尾在头顶掠过，盘旋了半圈，随即没入黑暗之中看不见了，剩下的空罐头盒子则随手抛落。

这时，胜香邻下意识地看了看手表，指针恰好指向了 11 点整，置身于隔绝天日的重泉之下，根本分不清是白昼还是黑夜，她只是想用时间作为参照，往里走的时候可以估算洞穴深度。

四个人摸着石壁缓步向前，罗大舌头走在最后，无意中踩到了司马灰刚才扔掉的空罐头盒子，脚下立足不稳，顿时扑倒在地，一头撞在高思扬身后的背包上，把其余三人都吓了一跳，同时转过来看发生了什么事。

罗大舌头爬起来抱怨司马灰："你扔个空罐头盒子还不往远处扔，这地方黑灯瞎火踩上去还不把人摔坏了，幸亏我练过……"

司马灰见是虚惊一场，也没理会罗大舌头，转过身正想再往前走，突然发现矿灯光束前浮现出了一个人的面孔。

洞道内漆黑异常，几步开外就没有任何光线和声音，所以司马灰离得如此之近才看到有人，面目虽然模糊，但那轮廓十分眼熟，分明是不久前死在石碑外侧的"二学生"。他也是胆大心硬，当下一声不发，伸手向前抓去，要将来人揪住看个清楚。

二学生似乎正在慌里慌张地往这边走，由于眼神不好，根本没看到前头有人。司马灰出手如风，此时二学生又哪里避让得过，当即被如鹰拿雀一般揪住衣领拎到近前，直吓得面如土色，抖成了一团。

其余三人发觉前边动静不对，用矿灯照过来的时候，才看到司马灰手中揪着个人，而这个人竟是二学生，不免头皮子一阵发麻，身上都起了层鸡皮栗子。

罗大舌头又惊又奇，上前盯着二学生看个不住，这情形就像在经历一场噩梦，可身上被热流烧灼的伤处兀自疼得难忍，不禁以口问心："这家伙是人是鬼？"此言一出，连他自己都觉得不对，那二学生体格本就单薄，加之一路上担惊受怕疲于奔命，坚持到石碑前已是油尽灯枯，故此猝死在石碑外侧，连尸首都被众人用火油烧化了，为的是让死者不至于遭受虫吃鼠啃，只留下二学生随身的钢笔、像章等几件遗物，若能从地下逃出，可以带回故土立个衣冠冢，就不算客死异乡了。这也是古时传下的一个葬法。自古说"人死如灯灭"，一个已被化骨扬灰的死人，怎么又从石碑里侧的无底洞里跑出来了？若不是妖怪所变，这也是死鬼显魂，想到这儿立刻端起加拿大双管猎熊枪，抵在二学生头上，准备扣下扳机将对方轰个万朵桃花开。

二学生惊得体如筛糠，腿一软跪倒在地求饶道："别……别别……别开枪，我……我我……"

高思扬见死人复生，心里骇异莫名，但她看此人容貌神态，加上言谈举止，都跟神农架林场的二学生一模一样。她记得司马灰曾说过区分人鬼之法，凡是"灯下有影，衣衫有缝"，那就是人非鬼了，如此看来，面前无疑是个活生生的人，想来其中必有缘故，于是急忙推开罗大舌头顶上膛的猎熊枪。

罗大舌头气急败坏："二学生不是身上埋着鳖宝的赵老憨，绝不可能死了一个又冒出来一个，依我看不是鬼也是怪，千万不能一时心软受其蒙蔽，趁早一枪崩了来得干净！"

胜香邻在旁观看，同样暗暗吃惊，这拜蛇人石碑毕竟古怪，难以常理度测，莫非死在外侧的人会出现在石碑里侧，反之也是如此？她又看这二学生身上带着钢笔和像章，都与众人先前带走的遗物毫无区别，就劝罗大舌头且慢动手，不如先问个明白。

　　司马灰一直不说话，把二学生揪到近前看了良久，并未瞧出有任何反常之处，但死掉的人又在石碑里侧出现，这件事本身就不正常，当即对罗大舌头使了个眼色："干掉这家伙。"

　　罗大舌头早有杀心，再次把双管猎熊枪的枪口对准二学生，瞪起眼来说道："别怪我们心黑手狠，你说你都吹灯拔蜡了，还能有什么放不下的事，非要回来挺尸？如今我罗大舌头只好再送你一程……"

　　二学生被黑洞洞的枪口顶在额头上，直吓得全身发僵，空张着大嘴，口中半个字也吐不出来。

　　高思扬挡住猎枪，对司马灰和罗大舌头说："你们怎么动不动就要杀人，好歹先问个清楚再说。"

　　胜香邻也道："此人来历不明，咱们应该先搞清楚这到底是怎么回事。"

　　司马灰暗想：从石碑里侧爬出来的东西非鬼即怪，哪里问得出什么实情，留下来隐患无穷。他担心双管猎熊枪的霰弹杀伤范围太大，就将二学生推向洞壁，以便给罗大舌头腾出射击的空间。

　　二学生重重撞在壁上，眼见这伙人要动真格的了，更是吓得挣扎不起，只得手脚并用，半滚半爬地向后逃命。

　　罗大舌头更不迟疑，端枪扣下扳机，"砰"的一声枪响，超大口径的 8 号霰弹正打在二学生后背。这种加拿大造的老式双筒猎熊枪，就连在洛基山脉出没的千斤棕熊，也能被近距离一枪放倒，打在人身上哪还有好？

　　二学生离着枪口不过几步远，身体像被狂风卷起的树叶，被凭空揭起，又碰在洞壁上，才重重地倒撞下来。

　　众人上前看时，只见二学生横倒在地，从后背到胸口被 8 号霰弹撕出好大一个窟窿，碎肉和内脏溅得满壁都是，瞪着绝望无神的双眼，嘴里"咕咚咕咚"吐着血沫子，手脚都在抽搐，一时尚未气绝。

高思扬看二学生分明有血有肉带着活气，哪里是什么鬼怪？不免责怪司马灰和罗大舌头不问青红皂白，直接就下死手，很可能犯下无法挽回的错误了。

胜香邻想要阻止却为时已晚，她觉得这情形惨不忍睹，不敢到近前去看，但死在石碑外面的人会在这里出现，必定事出有因，不知道接下来会有什么变故发生。

罗大舌头在缅甸战场上见惯了各种各样的死人，知道宰鸡的时候，鸡被砍掉了脑袋还能扑腾着翅膀满地跑，人死之后在一段时间内手脚仍然抽搐，也是常有的事，估计再过一会儿就不会动了。不过看这腹破肠流的样子，倒与常人毫无区别，难道当真错杀了无辜？

司马灰对罗大舌头说："不用多想，还是那句话，跟考古队从神农架原始森林来到重泉之下的二学生，确实已经死了。不管这个让石碑困住的东西与他多么相像，都不要信以为真，否则你有多少条性命也不够往这洞里填的。"

罗大舌头道："你要这么说我可就放心了，咱还接着往里走？"

高思扬见司马灰根本不把她的话当回事儿，皱眉道："要走你们走好了，我再也不跟你们这伙土匪一起行动了。"

这时，却见横尸就地的二学生手脚抽搐逐渐停止，残余的气息彻底断绝。然而与此同时，四个人头顶的矿灯忽然由明转暗，眼前立时陷入了一片无法穿越的漆黑。

地底世界

第四卷

无底洞

第一章　11点

　　司马灰见矿灯突然熄灭，不知道是接触不良还是电池耗尽，暗骂一声："真他娘的邪性！怎么全赶在这个时候出事？"

　　此时无边无际的黑暗，混合着充满绝望的死亡气息，犹如潮水般从四面八方汹涌而来，四人大骇，紧紧靠在一处，彼此呼吸相闻，谁也不敢擅动半步，心都提到了嗓子眼。

　　这一切只发生在转瞬之间，熄灭的矿灯很快重新亮起，再次恢复了照明。

　　胜香邻有些紧张地问司马灰："刚才是怎么回事？矿灯好端端的，为什么突然灭掉了？"

　　司马灰的心口也是怦怦直跳，摇了摇头表示不知道，低头看时才发现横尸在面前的二学生已不知去向，连迸溅在洞壁上的血肉都消失了。

　　高思扬惊出了一身冷汗，十分后悔刚才说出脱队行动的话来，好在司马灰并未计较此事。

　　司马灰是顾不上那些旁枝末节了，他觉得事情诡异，壮着胆子往前搜寻，刚要移步，忽觉脚下有个金属物体，捡起来一看竟是先前扔掉的空罐头盒子，上面用刀戳了许多孔洞，曾用来装探测空气质量的长尾萤火虫，虽是个毫不

148

起眼儿的物件，等闲却没有第二个与之一样的。

胜香邻奇道："你刚才不是把这个空罐头盒子扔了，又捡它回来做什么？"

司马灰拿着罐头盒子端详了半天，满心都是骇异，说："我明明记得沿着岩壁往深处走时，随手把空罐头盒子扔在地上，结果被跟在最后的罗大舌头一脚踩到，摔得扑倒在地，然后一行人又往深处走，就碰到了石碑里侧的二学生，整个过程一直是向前推进，其间从未退后半步，可见这空罐头盒子应该是落在后头，为什么此刻它又自己长腿跑到我脚下来了？"

罗大舌头说："这事没错，我当时还往后踢了一脚，绝不可能滚到前头去了，难道咱们摸着黑走麻答了，又转回到了原地不成？"

胜香邻思索着说："这条洞道幽深宽阔，只不过顺地势向里面走了十几步而已，不该这么容易迷失方向……"说着话看了一眼自己的手表，骇然道："不是人在绕圈子，是时间又回到11点了！"

司马灰有种非常不祥的预感，时间怎么可能逆向流逝？抛掉空罐头盒子往洞道深处走的时候，恰好是11点整，随后遇到二学生，再到罗大舌头用双筒猎枪将之击毙，随后矿灯莫名其妙地熄灭，整个过程至少是十分钟，但在矿灯恢复照明之后，不仅踩到了原本扔在身后的罐头盒子，时间也倒退回了11点，为什么会这样？

正当众人目瞪口呆之际，忽听洞道里有脚步声接近，司马灰按住矿灯照过去，就见二学生步履踉跄、慌里慌张地走了过来，由于这洞道吞噬光线和声音，所以听到脚步声的时候，就已经离得很近了。

司马灰更是骇异，脚下一勾先将来人绊倒在地，顺势用步枪的枪托向下砸去。

二学生后脑被枪托击中，哼也没哼一声就昏了过去，死狗般倒在地上一动不动。

罗大舌头跨步上前，把人事不省的二学生拽起来，用矿灯照在对方脸上，瞪着眼越看越奇："此人若真是鬼怪所变，刚才也该被大口径猎枪打死了，怎么又活了？"

司马灰感到事情不对，矿灯熄灭之后，洞道里的时间回到了 11 点，踩到罐头盒子，撞到二学生，这些事件又重复出现了一遍，倘若真是这样，考古队就相当于被困在一个只有 10 分钟的空间内，会一遍着接一遍，不断经历同样的事件，眼下只能描述，却无法解释原因。

高思扬道："好在距离拜蛇人石碑不远，先从洞道里退出去，然后再做计较。"

罗大舌头拎着二学生问道："这个死鬼怎么处置？"

司马灰吩咐罗大舌头将此人拖上，趁着现在能走赶紧走，有什么事等撤到石碑外侧再说。

四人当即前队变作后队，拖起昏死过去的二学生，摸着洞壁往回就走，但是一直行出数十米，仍未发现堵住洞口的拜蛇人石碑。

司马灰估摸着继续往前走也出不去了，举手示意众人停步，还得另想办法，石碑里侧的无底洞，比先前预想的更为恐怖，刚进来就被困住了。

罗大舌头自身背着高温火焰喷灯，还要拖着半死不活的二学生，走了一段也已是气喘吁吁，一边喘着粗气一边问胜香邻："从出发点走到现在，经过了多少时间？是不是矿灯又要灭掉了？"

胜香邻看了一下手表，指针已经超过了 12 分钟，时间并没有再次向后倒退。

高思扬稍觉放心，抹了抹额头上的冷汗说道："这就好了，但是咱们之前进来的洞口在哪儿？"

这时，被众人拖到此处的二学生，似乎已从昏迷中苏醒了过来，挣扎着想要爬起身来。

罗大舌头以为二学生想趁机逃脱，立即端起双筒猎熊枪顶住了对方的头部，喝声："你要是再敢给老子动一动……"

谁知他半句话还没说完，蓦地里一声巨响，猎熊枪意外走了火，那枪口正好抵在二学生前额上，超大口径的 8 号霰弹脱膛而出，就跟用土炮迎头轰过一般，把整个脑袋都打没了，碎肉脑浆飞溅，没了头颅的躯干晃了两晃，像个面口袋似的"扑通"一下栽倒于地。

罗大舌头望着脚下的尸体怔在当场："我可没想开枪，这……这……完全属于意外事故……"

另外那三个人离得虽近，也没料到会发生这种事，还不等做出反应，头上的矿灯突然暗了下来，视线转瞬间就被伸手不见五指的黑暗覆盖，不知所措之际，矿灯又重新恢复了照明，而眼前那具被打碎了脑壳的死尸，却是不知去向。

司马灰心神恍惚间，发觉脚尖碰到了一件硬物，按下矿灯低头察看，竟又是那个布满窟窿的空罐头盒子，纵然是他这等胆色，至此也不免倒吸上一口寒气："洞道里的时间，又回到 11 点了。"

这时，就听脚步声传来，二学生那张惶恐失措的脸，又出现在了矿灯照明范围之内。

众人面面相觑，原来只要出现在石碑里侧的二学生死亡，洞道里的时间就会逆向飞逝。

司马灰一时间来不及多想，只好倒转枪托，击晕了匆匆走过来的二学生，然后将罐头盒子放回原位。

胜香邻上前探了探二学生的气息，确实与活人无异，其来历虽然诡异，但是看不出任何反常之处。

高思扬说道："为何不问问二学生，也许他知道些什么。"

司马灰说："在确认这家伙的身份之前，千万不要跟此人说话，他说什么也不能信，咱们先往洞道里面走，看看这家伙是从哪儿冒出来的。"于是同罗大舌头拖起二学生，由胜香邻点了支火把居中照明，摸索着向前走去。

高思扬无奈，只得紧握着步枪跟随向前。胜香邻取出荧光笔交给高思扬，让她沿途在洞壁上画下记号。

罗大舌头冷不丁想出一番道理，他边走边对其余三人说："我瞧这家伙带着活气，当然不是阴魂恶鬼了，想必是个成了气候的妖怪。当年我在黑屋听过一件挺吓人的事，说是长沙城外有几处老坟，留下数百年了，到底哪朝哪代就无法考证了。"

那坟包子上蒿草丛生，前边还有大王八驮着石碑。相传附近闹鬼闹得很厉害，所以即便光天化日，也很少有人敢到那一带走动，连挖墓抠宝的土贼都不敢靠近。后来城郊一户财主姓周要嫁闺女，家里就请了个木匠，打几件陪送的家具当嫁妆。那木匠是外省来的，带着个年轻的徒弟，只因工期催得紧，师徒俩每天起早贪黑赶工干活儿，平时忙活完了就宿在前院门房里。

师徒两人无意中发现了一些反常之处，每天灭了灯便听院门"咯吱、咯吱"作响，好像有什么东西在用爪子挠门。他们大着胆子观察了几天，才知道原来是这户主人家里养的一条大黑狗，每天夜里大伙儿都熄灯睡觉了，这条黑狗就人立起来，悄悄用爪子拨开大门的木闩，然后偷偷摸摸溜出去，天快亮的时候才回家，又拿爪子把门掩上，轻轻落下木闩。

木匠师徒感到十分奇怪，有道是"鸡伺晨、犬守夜"，乃是先天造物之性，这黑狗入夜后不看家护院，却偷着溜出去，它究竟是到哪儿去了？师徒俩也是一时好奇，就在后尾随窥探。经过一段时间的跟踪，发现黑狗每天深夜都会溜到城外的荒坟野地中，那地方有个很大的坟丘，也不知是什么年间留下的老坟了，坟丘下乱草掩着一个窟窿，直通坟包子里面，黑狗就是钻到这个坟窟窿里去了。师徒二人以为黑狗是在拖坟里的死人吃，寻思没准能趁机捡点陪葬的金银玉器，于是趴在洞口听里面的动静，竟似有几个人在嘀嘀咕咕说着什么。仔细一听，原来是说周财主家有多少多少人口，男女老少各有什么体貌特征，喜欢穿什么、吃什么，并商量着要找机会把这家人尽数害死，然后坟中的各位就能变成人形，脱了生死之籍，冒充为周宅男女，便可到阳间受用几十年。

师徒二人听得惊心动魄，这黑狗居然意图勾结古坟中的鬼怪害主，他们不敢隐瞒，回去之后立刻禀告了周财主。周财主大惊，忙命人打死了黑狗，又聚集了三五十个胆大不要命的青壮，趁天亮找到那处坟窟窿，用干草燃烟往里面熏，随后刨开坟丘，只见墓室里横七竖八倒着好几条狐狸，有大有小，算上那条黑狗，数量恰好与周财主全家的人丁相当。

罗大舌头说："倘若无根无由，哪来的这种传说？可见此等怪事从古就有，没准这无底洞里就有什么妖物，如果外边的人死了，它们便会冒充那死人形貌跑出去作乱，洞口的石碑就是用来挡住这些东西，只怕放出去为祸不小。"

高思扬以往从不会相信这些怪力乱神的鬼话，此时听来却是分外心惊，不知不觉中发现荧光笔已经用完了，而这条漆黑幽深的洞道还是没有尽头。

第二章　借魂还尸

　　胜香邻见高思扬的荧光笔用完了，手表上的时间在一分一秒地不停流逝，考古队从第三次的出发点到现在，已经过了二十几分钟，时间并没有再次向后飞逝，果然是因为二学生还活着，但怎么才能从这个没头没尾的"无底洞"里走出去？

　　司马灰寻思：照这么走到死，恐怕也到不了头，必须想点儿别的办法了。于是停下来思索对策。

　　罗大舌头闻言将二学生就地放下，忽然发现双筒猎熊枪还处于空膛状态，道声"大意了"，连忙摸出两发弹药填进枪膛，用枪托压住二学生，问司马灰："你们刚才听没听我分析的情况，是不是觉得挺有道理的？"

　　司马灰却似充耳不闻，只盯着那条双筒猎熊枪看，先前遇见出现在石碑里侧的二学生，两次都被罗大舌头用猎枪射杀，时间飞逝回了11点，洞壁上的弹孔和迸溅的鲜血都消失了，但空罐头盒子还留在出发点，使用过两次的猎熊枪也没了弹药。如果整个洞道里的时间在重复，那空罐头盒子倒也罢了，为什么从枪膛内打出去的弹药没有再次出现？司马灰将这些念头说与胜香邻，问她如何解释。

胜香邻想了一阵儿，点头说："我看二学生的模样，好像对前边的事毫不知情，根本不知道自己被猎枪打死了两次，就如同洞壁上的弹孔和鲜血，没有留下丝毫痕迹。而考古队却清楚地知道事件在重复发生，使用过的弹药也就真正使用过了，不会随着时间向后飞逝而再次出现。做个直观的比喻，那么发生在无底洞中的全部事件，以 11 点为开始，到二学生死亡为结束，相当于一卷可以反复播放无数次的磁带。"

司马灰听罢，心想：如果说石碑里侧是"虚"，那么活着穿过石碑的考古队就是"实"，这两者本质有别，所以仅是"虚"中固有的东西在循环，不过称这无底洞是所谓的"虚"，也是因为至今没人知道石碑究竟挡住了什么东西，只能暂以"虚"作为代称。

罗大舌头指着地上的二学生，问道："我的分析不对吗？这个家伙……到底是谁？"

胜香邻说："那些古代拜蛇人留下的壁画，大多描述人死之后变鬼到此，相信是阴魂被吸到了这个无底洞中，当然阴魂也不一定是迷信传说里那种披头散发的厉鬼，而是某种能被这无底洞吸收的幽体。"

高思扬也不知是否存在这种道理，但眼下的一切都停留在猜测阶段，另外看这个二学生也根本不是鬼怪所变，完全没必要不问根由地立即开枪射杀，这未免属于想当然的军阀作风。

四个人正在低声说话，地上的二学生忽然"哼"了一声，从被击晕的昏迷中醒了过来。

罗大舌头见状问司马灰："要不要再给这家伙来一下，以免泄露机密？"

高思扬主张先问个究竟，考古队被困在这条没有尽头的洞道里束手无策，除此之外也无法可想，于是推开罗大舌头，询问二学生因何到此。

罗大舌头见司马灰并未阻止，就在一旁冷眼看着，而胜香邻似乎也想听听二学生会说出什么话来，同样没有出声，他只好任由高思扬去问二学生。

高思扬问得十分仔细，让二学生把跟随考古队从大神农架出发，直到现在的经过，从头到尾详细说明。

二学生惶恐的脸上尽是茫然，他不知高思扬为什么要问这么多，就原原本本地如实说出，把自己从如何因家庭出身问题，被从城里发到鄂西神农架林场插队，这些事的具体时间、具体经过，到如何受到指派，跟着高思扬和猎户虎子，一同穿山越岭，来到神农顶瞭望塔的通信所维修防火电台，途中遇到了司马灰等人，又被采药的土贼佘山子所害，陷入山腹中的双胆式军炮库，从而发现"塔宁夫探险队"的遗物，一行人为了寻找出路，被迫进入阴峪海史前森林，结果落在北纬30度地下之海中，随着无边无际的茫茫水体，也不知漂浮了有多少昼夜，终于登上了阴山古岛深入到重泉之下，直到随考古队找到了矗立在地脉尽头的石碑为止，前前后后依次说了一遍，均与事实没有出入。

高思扬说："这些都没错，你既然知道拜蛇人石碑上刻着一个能把人活活吓死的秘密，当时为什么还要转过头去看石碑？"

二学生说："此事确实听大伙儿说过。"拜蛇人石碑上的秘密不能看，甚至连想都不能想，他向来懦弱，虽然好奇心重，自己这条命却不是白捡来的，再借两个胆子，也不敢去看石碑上有些什么。谁知背对着石碑站在那里，忽觉身后有些异动，他还以为是司马灰伸手在后面拍他，引他回头去看石碑，等发现不是司马灰，不禁吓得蒙了，越是不知道身后有什么东西越是害怕，心跳剧烈，连气都喘不过来，脑袋里更是一片空白，大概是出于本能反应，竟鬼使神差地往后看了一眼。木盔上的矿灯光束照在石碑裂隙间，就见那石碑对面有两只鬼气森森的眼睛。

二学生被吓得一阵窒息，感觉连心脏都不跳了，身体像是掉进了一个大洞，好容易才挣扎着起来，可是周围的人都不见了，只得摸着黑往外寻找出路，结果就碰上司马灰这四个人了。没想到不等开言，便无缘无故地狠狠挨了一下，就此被击昏过去人事不省，再然后便是现在被高思扬问话了。

高思扬听了二学生说的经过，心里除了吃惊之外，更多的还是同情。她觉得应如胜香邻所言，面前这个二学生，就像一个被磁带记录下来的复制品，与考古队一样，都被困在洞中无法离开。

司马灰沉着个脸，揪住二学生问道："你说的都是实话？"

二学生用力地点了点头，表示绝无一字虚假。

高思扬见司马灰还不相信，忍不住说道："你的疑心也太重了……"

司马灰道："我这辈子听的鬼话太多，疑心不得不重，我看咱们眼前的这个家伙，并非是被困在这无底洞里，而是让石碑挡住了出不去。"随即揪紧了二学生的衣领问道："你没说实话，你为什么能读出碑文？"

二学生看司马灰面带杀机，不禁骇得呆了，嘴里支支吾吾地连话也说不利索了，只道："碑文？我……我……怎么……认得……认得碑……碑文？"

高思扬道："司马灰你别乱来，他如何会认得石碑上的夏朝龙印？"

司马灰从一开始就认定一件事，不论出现在石碑里侧的二学生是什么东西，都已不再是众人认识熟悉的那个人了，这只不过是一个让石碑困住的鬼，而且他已经让无底洞吞噬了，或者说这个阴魂本身已经成为这个无底洞的一部分了。

司马灰想起穿过石碑之前，在裂隙中看到的情形，可以断定石碑挡住的是有生之物，听说过"借尸还魂"，而躲在石碑里侧的东西，或许能做到"借魂还尸"，也就是复制在石碑前死掉的人。至于具体是怎么回事，暂时猜想不透，很可能这个东西变成了二学生，想要逃往洞外，但在接近石碑的时候被吓死了。不知出于什么原因，这些事件像磁带一样不停重复，当考古队穿过石碑之后，也无意间掉进了这卷磁带当中。

高思扬觉得这只是司马灰一厢情愿地猜测罢了，没有任何依据，毕竟大伙儿都被困住了，现在根本找不到拜蛇人石碑的位置，怎么证明二学生能读出碑文？

罗大舌头也以为就凭二学生，变了鬼也不可能认识碑文，司马灰未免太抬举这小子了。

胜香邻却感到司马灰说的有一些道理，不过要证实这种猜测，唯有先找到拜蛇人石碑，然后才能确认。

这时，二学生出声哀求，赌咒发誓根本识不得碑文，如今想想当时也真是糊涂，那会儿怎么就没想到呢——不认识碑文的人看到石碑，又怎么会让刻在石碑上的秘密吓死？

罗大舌头灵机一动，说："世上只有两个东西惧怕石碑：一个是外面的'绿色坟墓'，还有一个是石碑里侧的东西，是什么也不好说。'绿色坟墓'好像从不眨眼，如果这个二学生也不眨眼，那就应该看不懂碑文了。"

二学生闻言如接大赦，赶紧使劲眨眼，以便证明自身清白，绝无害人之心。

司马灰不为所动，"绿色坟墓"不眨眼是因为脸上有层尸皮，再说此人跟石碑里侧的东西有什么关系，至今还不清楚，所以仍然抓住二学生不放，猛然抬起左手，握成拳头说道："你真不认识碑文？"

二学生以为司马灰挥拳要打，胆战心惊地央求道："首长哥，你就是把那斗大的字摆在我面前，我也认不得半个啊！"

司马灰冷笑一声道："这话可是你自己说的，看了可别后悔……"说着张开左手，伸掌放在二学生眼前。

原来司马灰为防不测，从石碑顶端下来的时候，顺便依葫芦画瓢，将碑文录在了自己的手掌心里。

只见那个二学生两眼直勾勾地望着司马灰的手掌，脸色比死人都要难看，但过了半天也还是那副模样。

司马灰心觉奇怪：怎么还没反应？莫非是我看走眼了？想到这儿，翻过掌来自己看了一眼，心里顿时凉了多半截，暗道：糟糕，字迹都被汗水浸没了。

第三章　时光炸弹

石碑上的秘密，是一串带有死亡诅咒的数字，正是由于这组数字的存在，无底洞里的东西才被困在其中无法逃脱，这个秘密一旦泄露于世，不知道会害死多少无辜，所以司马灰没敢在本子上抄录，只是用笔写到掌中备用，但百密难免一疏，没想到字迹竟被汗水所浸，此时手中一片空白，半个字也没有了。

司马灰虽是机智，眼下这一时半会儿也想不出别的办法了，只好先让罗大舌头看住二学生。

胜香邻望了望手中暗淡的火把，低声对司马灰说："这支火把快烧完了，由于洞道里太黑，使照明工具消耗加倍，剩下的火把和电池最多还能维持一天，等全用光了，咱们的处境将会更加艰难。"

司马灰只得让众人关掉矿灯，借着火把的照明思索对策，他将进入洞道之后发生的事情仔细想了一遍，仍有许多不解之处。比如石碑挡住的到底是什么东西？为什么只要二学生死亡，就会使洞道里的时间飞逝回11点？实在是想不出个所以然，犹如置身死局，究竟如何才能穿越危机？

司马灰想不到任何头绪，不过要想脱困，最起码也得知道是被什么东西困住了。

胜香邻沉思片刻，说道："对了，你们有没有听说过'烂柯山'的传说？"

罗大舌头和高思扬都没听过此事，问道："什么是烂柯山？"

司马灰却略知一些，相传此山自古即是道家洞府、神仙窟宅，在两晋时有个樵夫，平日里以进山砍柴为业，有一次走到深山里，顺手把砍柴的斧头劈在一株老树的树根上，然后坐下来歇息，饮着山泉啃几块随身带的干粮充饥，忽然发现峰峦叠嶂中隐着一处石屋。樵夫没想到此处还有人家，寻思若能讨杯热茶吃，岂不强似饮这清冷的山泉，便信步上前，一看石屋里坐着两个苍髯老者，正在对弈。那樵夫也懂得些围棋之道，当即唱了个大喏，讨了杯茶和几个枣子，蹲在一旁观看棋局。只见两个老者各执黑白，棋局间你来我往变幻莫测，樵夫不免看得出了神，完全忘了时间，等到一局终了，才想起还要趁着天亮出山回家，赶紧告辞离去。出了石屋一看自己的斧头，木柄竟已经朽烂，山中那石屋也不知去向了，心知是遇到了仙家，奈何错过了机缘，只好觅路下山。等回到家里才发现世间都已经改朝换代了，想不到只在石屋里看了一局棋的时间，山外却经过了几十年的漫长岁月，这樵夫当年看神仙下棋的山，被后世称为"烂柯山"。

司马灰将大致的出处和情由，简单对罗大舌头和高思扬讲了一遍，他明白胜香邻提到这个樵夫误入神仙窟宅的遭遇，意指石屋内部与外边的时间轨迹不同，眼下困住考古队的这条洞道，其中的时间像是一个封闭的旋涡，连死亡也无法从中逃脱，现在众人所经历的，正是这样的事件。

胜香邻说："司马灰的理解基本没错，根据考古队遇到的情况，可以做出这样一个猜测：石碑里侧的无底洞是一个时间裂缝，众人穿过石碑进入洞道，从司马灰扔掉空罐头盒子开始，就在反复经历着相同的事件，这些事件深陷在时间的裂缝中。"

无底洞中的时间，就像平静水流下的旋涡一样不停循环，只要二学生死亡，洞道中的一切就会回到原点，考古队等于是在裂缝中，随着洞道里的循环转圈，距离正常的时间轨迹，也许仅有一秒之遥，但无底洞般的旋涡，却可以把这一秒钟之间的距离无限延长。

司马灰等人虽然不能完全理解，不过简而言之，要想找到这无底洞的出口，首先必须跨过被无限延长的一秒钟，问题是如何才能做到这一步呢？

罗大舌头灵机一动，拍着大腿说道："这还不简单，再把二学生干掉一次不就行了。"

胜香邻摇了摇头："二学生的死亡，只会使洞道里的时间飞逝回11点，然后考古队就会看到之前留在出发点的空罐头盒子，并再次遇到二学生，随后的时间虽然也在流逝，却永远不会抵达真正的11：01，无论经过多久，也只是旋涡里的时间。"

司马灰等人听了胜香邻的分析，都感到一阵绝望，曾听佛家比喻，一粒芥子可以装得下"须弥山"，可没想过一秒钟也会无穷漫长。

罗大舌头唉声叹气："这回可真完了，如今火把和电池都快用完了，下半辈子咱就摸着黑慢慢等死吧。"

司马灰说："想什么呢？剩下的干粮也吃不了几顿了，能坚持三两天就不错了，哪里还有下半辈子？"

罗大舌头指了指二学生说："不是还有这家伙吗？反正死了一个还能再冒出一个来。"

二学生闻言面如土色，趴在地上连大气也不敢出上一口。

高思扬也听得惊心动魄，不知道司马灰和罗大舌头是不是当真，居然合计着要吃人肉。她心里暗暗叫苦，问胜香邻道："当初乘着木筏，漂浮在无始无终的北纬30度地下之海，尚且能够绝处逢生，这次却找不到出路了吗？"

胜香邻沉吟道："有个办法不知是否可行，如果想让时间正常流逝，需要在这条洞道中用雷管制造一次爆炸。剧烈的能量变化，也许能让时间跨越偏离的一秒钟。"

罗大舌头道："我正好备了一捆雷管应急，岂不就是现成的时间炸弹。"

说罢掏出那捆雷管，着手准备引爆，这种雷管并非单纯的起爆材料，而是一种土制的集束炸药，也能直接用于爆破作业，因外形为带有引信的管筒，所以统称雷管。

司马灰说："别忙着动手，万一炸塌了石碑怎么办？"

罗大舌头说："我看这地方前后不着，石碑在哪儿呢？这捆雷管爆炸威力是不小，可那石碑也不是纸糊的，只要不在近处引爆，应该不会出什么大问题。"

胜香邻早就想到了引爆雷管的方法，一直没说出来，也是担心爆炸的震动会波及石碑，毕竟考古队被"绿色坟墓"引到此地，就是为了毁掉石碑。

四个人都不甘心坐以待毙，觉得利用炸药脱身虽然冒险，却也值得一试，只有先让时间恢复正常，才能找到机会穿过这条走不到尽头的洞道，此时打定了主意，就开始着手准备。

司马灰眼见二学生来历诡异，这家伙简直是块揭不掉、扯不脱的狗皮膏药，没准他就是让石碑困在洞中的东西所变，无奈没有碑文可以验证，便让罗大舌头先把二学生捆住，以防不测。

罗大舌头依言，从背包里翻出根绳子，放倒二学生，绑了个结结实实。

二学生不知何故，苦苦哀求道："首长哥，行行好别扔下我，你们要是把我一个人留在洞中，我该怎么办……"

罗大舌头道："哪儿这么多废话，再多说一句我就给你塞只袜子，知道老子几天没洗脚了吗？"

二学生空张着嘴不敢出声，眼巴巴地望着高思扬，盼她念在同属通信组的分儿上，帮忙求个情留条活路。

高思扬早就看不过眼了，对司马灰说："杀人也不过头点地，二学生好歹跟着考古队走了那么远的路，即使没半分功劳，总也有几分苦劳，现在落到半人半鬼的地步，甚至连他自己已经死了几次都不知道，没有比这更惨的事了。如今把他留在洞道里不管也就是了，何必要防贼似的捆起来？你们这么做实在令人心寒齿冷。"

司马灰哪里肯听，虽然这个出现在无底洞中的二学生有血有肉带着活气，说话举动都没有任何异常，却不能就此掉以轻心，为了避免夜长梦多，他不再对高思扬多做解释，当即背了步枪，从罗大舌头手中接过雷管，仔细检查了一遍，凑到火把下点燃了引信。

根据胜香邻的设想，爆炸瞬间产生的剧烈能量，会使洞道里的时间恢复正常，这样才有可能返回石碑外侧或是深入洞道尽头，而雷管则是在偏离的时间之内爆炸，不会对石碑构成任何威胁。

司马灰看雷管引信"哧哧"燃烧，立刻让其余几人伏下，准备投到远处等待爆炸，可这时火把光亮突然变暗，只听被捆绑在地的二学生嘴里发出怪响，声如朽木断裂，微弱的火光使其脸色泛青，更诡异的是眼中竟淌出两行黑血。

众人大骇，发声呼喊纷纷向后退避，罗大舌头离着二学生最近，慌乱中端起猎熊枪扣下扳机，"砰"的一声枪响，8号霰弹打掉了二学生半截胳膊，其身子被掀起来滚在一旁，周围随即陷入了无边的漆黑。

司马灰手脚皆不能动，眼前只剩漆黑一片，但心下雪亮万分，这个二学生果然有鬼，被大口径猎枪打断手臂并不致命，其实此人在中弹之前就死了，他这么做是为了让时间飞逝回去，不过那一刻仍是封闭在死循环内的时间，爆炸并不会波及堵住洞口的石碑，这么做有什么意义？

这个念头还没转完，火光旋即亮起，火把的照明范围要大于矿灯，司马灰睁眼看时，只见罗大舌头枪口的硝烟尚未散尽，脚旁是那个空罐头盒子，而高耸的拜蛇人石碑居然就矗立在几步开外，再想把炸药扔出去却是来不及了。此刻即便是在远距离爆炸，洞道里产生的气流也有可能撼动石碑，看情形是在雷管即将爆炸的一瞬间，原本存在的裂缝消失了，时间飞逝到了真实的 11：00。

第四章　战栗

司马灰意识到上当了，就像"烂柯山"的传说，时间存在不同轨迹，石碑里侧的"裂缝"也确实存在，如果将这个裂缝中的时间比作一卷磁带，具备方向性和可逆性，甚至可以相对静止，那么让石碑困在洞里的东西，就有能力任意摆布这卷磁带。至于在洞道里重复经历的时间，只是为了逼迫考古队想出利用炸弹脱身的方法，并在发生爆炸的一瞬间，使时间飞逝到正常的轨迹之中，借此破坏挡住洞口的拜蛇人石碑。

其余三人看到石碑，也顿时醒悟过来，可是为时已晚，炸药引信已经燃烧到了无法拔除的程度，心中万念成灰，只好闭上眼等死。

罗大舌头突然血往上涌，伸手夺过炸药，扑倒压在身下，想以血肉之躯减弱爆炸带来的冲击。可当引信烧到尽头之后，炸药却一直没有动静。他实在是煎熬不住了，骂道："真他娘的倒霉透顶了，怎么想死得痛快点儿都这么费劲？"

胜香邻暗觉奇怪，洞道里的时间恢复正常，是在即将发生爆炸的一瞬间，按说自己这伙人还没醒悟过来，就已被炸得粉身碎骨了，为什么迟迟没有爆炸？

这时，司马灰上前拽起罗大舌头，低声招呼道："我在引信上做了手脚，这捆雷管不会炸了，趁现在能看到石碑，赶快往洞外跑。"

原来司马灰着手准备炸药的时候，就担心爆炸会波及石碑，他想到自打在缅甸野人山遇到"绿色坟墓"开始，自己就没交过好运，其实前些年混得也不怎么样，赶上个荒乱年代，走哪条路都不顺，可以说总是与噩运相伴，虽然屡次死里逃生，却还不如死了轻松。如今他也想明白了，想不倒霉是不可能的，唯有设法让噩运成为自己的同伴。

既然事情总会往坏的一面发展，那就能够断言，不管考古队考虑得如何周密，最终都会造成破坏石碑的结果。他为了绕过这个由噩运带来的结果，就在从罗大舌头手里接过炸药检查之际，暗中拆除了雷管引信，这事做得神不知鬼不觉，此刻果然扭转了局面。让石碑困住的东西，可以使无底洞般的裂缝开合，一旦落到裂缝中，只凭自身能力，到死也别想逃脱。无论这是个怎样可怕的怪物，都不是考古队这几个人所能对付的，可以说没有任何胜算。现在所能做的，只是趁机逃往石碑外侧。

其余三个人看到司马灰的举动，也多半明白是怎么回事了，当即跟着他向石碑跑去。

那些苍苔斑驳的石壁上，还有古代拜蛇人留下的浮雕图案，此刻都已处在火把照明范围之内，距离洞口不过几步远，可是司马灰等人脚底下还没来得及发力，就觉得背后有千百只阴森冰冷的大手伸将出来，抓住四个人的胳膊和大腿向后拖拽，不管怎么挣扎也是摆脱不开，身不由己地被拽进黑暗当中，离着石碑越来越远。

司马灰感到身后似乎是洞开的酆都城门，有无数屈死之鬼从中伸出怪手，将他们几个活人拽往阴间。随着一阵来历不明的震颤，火把的光亮转瞬消失，四周被沉寂的漆黑吞没，一切平复如初，好像什么都没发生过，只剩下急促的呼吸和剧烈的心跳彼此相闻。

众人紧张地打开矿灯察看，发现空罐头盒子仍在身边，失去引信的炸药也在附近，前后两端却黑洞洞的深邃空虚，知道又掉进"裂缝"中了，不禁相顾失色，心底都生出一种前所未有的恐惧。

这时，有脚步声接近，二学生那张惊慌失措的苍白脸孔，再次从幽深的洞道中浮现出来。

司马灰并不说话，抬手就是一个通天炮，打得二学生哼也没哼一声就当场晕厥在地。此前引爆炸药的时候，高思扬亲眼看到二学生目中滴血，脸上泛出阴郁的死气，哪里像是活人，这才知道先前错怪司马灰了。

司马灰对高思扬说："我早看这二学生来历诡异，我这双眼虽不及憋宝的土贼，能够观风望气，可也能上观天庭，下窥地府，中看人间千里……"

罗大舌头说："那你倒是上眼瞧瞧，这家伙到底是什么变的？"

司马灰说："这话我已经说过多少次了，出现在洞道里的二学生，只不过是借魂还尸的怪物，其余那些事你问我我也解释不了，除非搞清楚让石碑挡住的东西究竟是个什么。"

罗大舌头叹气道："你这话等于没说，咱折腾了半天，又绕回到空罐头盒子这个出发点了，接下来只怕还要接着跟这个借魂还尸的怪物兜圈子，什么时候才算个头？"

胜香邻觉得二学生为人懦弱，又患有克山症，很容易因紧张导致抽筋，那会使人因肌肉僵硬猝死，此人前两次都是让罗大舌头用猎枪将其射杀，而第三次则是被绳索捆住，突然脸色泛青目中滴血而死，这是猝死的一种征兆，所以并不能就此认定他是借魂还尸的怪物，也许只是被"磁带"记录下来的一个幽体。

司马灰说："我之前也认同'磁带'这种假设，裂缝里的时间在反复循环，一旦二学生死亡，时间就会飞逝回到出发点，除了空罐头盒子与猎枪弹药，以及翻过石碑的四个人，整个无底洞里的事物，包括二学生在内，都会随着时间逆向飞逝，重新恢复原状。只有考古队的行动有可能破坏石碑之际，这卷往复循环的磁带才会出现缺口，不过现在看来这种假设并不准确，咱们被'循环'给误导了。"

胜香邻知道司马灰在这种情况下不会信口开河："既然说得如此肯定，是不是找到了什么证据？"

　　司马灰把矿灯照向罗大舌头，说道："证据就在这里。"

　　胜香邻和高思扬循着灯光看去，眼中都流露出惊奇诧异的目光，好像发现了很不寻常的迹象。

　　罗大舌头被其余三人看得莫名其妙，嗫着牙花子说道："简直乱弹琴，跟我有什么关系？"

　　司马灰对罗大舌头说："你低头看看自己身上有什么？"

　　罗大舌头顺着矿灯光束所指，一看自己身上尽是斑斑点点的血迹，兀自殷然未干。他之前开枪打断了二学生胳膊，由于离得很近，不免有血肉迸溅到了衣服上，当时情况一团混乱，也没怎么在意，这难道有什么不对？

　　胜香邻顿时醒悟："如果洞道里的一切事物都会随时间逆向飞逝而复原，那么二学生身上中枪迸溅出的鲜血，也不该留下任何痕迹，而现在罗大舌头身上血迹未干，同时有一个完好无损的二学生出现在考古队面前，这说明……"

　　司马灰说："这表明每次出现的二学生根本不是同一个，若说是'借魂还尸'，也许阴魂是同一个，但这行尸走肉般的躯壳却不同。前三次留下的血肉尸骸，都被那个看不见的东西掩盖了，故意让考古队误以为是在经历循环的时间，具体原因现在还想不通，反正就是迫使咱们用炸药破坏石碑，这也暴露出石碑后的东西不仅是有生之物，而且拥有意识。"

　　罗大舌头奇道："这他娘的到底是个什么东西？让石碑挡在洞中好几千年了，它还能……是个活物？"

　　司马灰说："这我就猜不出了，别忘了那句话，所有复杂的原因，都是建立在一个结果之上。如今咱们只好把生死置之度外，想办法找到最后的'结果'。"

　　罗大舌头说："可是洞道两端不见尽头，往哪边走都走不出去，这该如何是好？"

司马灰看了看昏倒在地的二学生："这家伙是唯一的线索了，现在此人身上许多谜团难解，就如香邻刚才所言，这也许只是一个被磁带记录的幽体，是迷失在漆黑洞道里的亡魂，引爆炸药的时候，是因为被绑住过度绝望以致肌肉僵硬猝死。这些事的真相天知地知，人不能知，咱们没法辨别，所以还是打晕了最为妥当。"

高思扬问司马灰："你打晕了这个人，怎么才能从他口中得知出路所在？"

司马灰蹲下身子，示意其余三人按住矿灯在地下察看，这洞道里多有湿苔，二学生从远处走过来时留下的脚印清晰可辨。

胜香邻说："对了，循着二学生来时的足迹，就能知道这个人是从哪儿冒出来的了。"

司马灰无法确定二学生是不是死掉一个，又凭空冒出一个。但是常言说得好，人挪活，树挪死，跟着足迹找下去，也没准有些发现，总好过留在原地发愁，到时候要是没有结果，大不了再找别的途径。于是让罗大舌头带上昏迷不醒的二学生，沿着洞道里的足迹向前搜寻。

考古队的火把只剩两根，不到万不得已也不敢轻易耗费，只得借助矿灯照明，在漆黑的洞道里逐步摸索前行。二学生来时留下的足迹，并不是紧贴石壁，而是曲曲折折，大约到了三十步开外，就不见了苔痕上的脚印。

一行人停下脚步仔细观察，见地面石板存在缝隙，用手一碰发觉可以挪动，揭开一看，赫然是个黑洞洞的石室。

司马灰心想：二学生是从这石室里爬出来的？他难不成是地里的萝卜，拨去一根还能再长一根，这里面一定有些东西。

四个人正想用矿灯向下照视，那二学生却已从昏迷状态醒了过来，看了洞道下方的暗室，不由得战栗欲死，两排牙关捉对厮打，双手紧紧揪住罗大舌头的背包带子不放。

168

第五章　标记

罗大舌头不吃这套，顺手一拳挥出，立时将二学生打得再次昏死在地。

司马灰心说：奇怪，从足迹推断，二学生就是从这下面爬上来的，为什么睁眼看到石室就吓得全身发抖？

高思扬对罗大舌头说："你为什么不问明缘由，就将二学生击昏？"

罗大舌头道："这瘪犊子胆小如鼠，自己能把自己吓死，他死了不要紧，咱这趟可又白走了。"

司马灰点头称是，如今定下神来仔细想想，这个被拜蛇人石碑困在洞中的怪物，能控制裂缝的开合，但改变不了时间的走向，发生过的就是发生过了，再也不可能重新出现。假设时间裂缝的宽度是一秒钟，那么它只能让裂缝里的一秒钟无限延长。考古队翻过石碑遇到第一个二学生，由罗大舌头开枪将其射杀，随后洞道里的一切彻底消失，考古队回到出发点，再次遇到二学生。这前后两次虽然都在同一秒钟，但第二次距离下一秒钟更为接近，第三次则又接近了一步，以后也可以无限接近下去，但在没有出口的裂缝中，永远也抵达不了真正意义上的下一秒钟。考古队经历的每一次循环，实际上只是洞道在不断复原，而复原与循环的本质完全不同，复原更像是"再生"，

169

一个二学生死了，随着洞道的复原，第二个就会冒出来。这个秘密的答案很可能就在下面的石室之中，纵然有万分的凶险，也必须下去走上一趟了。

胜香邻赞同司马灰的判断，但二学生看到洞口的反应十分古怪，石室中的东西想必不太寻常，四个人还是分两组行动比较稳妥。

司马灰让罗大舌头和高思扬一组，留在洞口接应，同时看住二学生，他要先跟胜香邻下到石室中探明情况。虽然只剩两根火把，此时也不得不再点燃一根，以免下面存在浊气将人活活憋死。

高思扬见胜香邻身上伤口还没愈合，自愿替换她跟司马灰下去，当即摘下背包接过火把。

司马灰一想也是，为了便于行动，就同胜香邻交换了武器，然后握了"瓦尔特 P38 手枪"，与高思扬顺着直壁下到石室。洞道下的暗室狭窄压抑，不过二十平米见方，四周都是雕有图案的石壁，两端是塌毁的石门。置身其中，仿佛钻进了一口巨大的石椁内部，但空气畅通，并无窒息憋闷之感。二人伸出火把，借着忽明忽暗的火光，看到壁上浮雕的图案多为神头怪脸，脚下则是个盘蛇的图腾，那是些早已被今人遗忘的古老神祇，有的像鱼，有的像鸟，也有半人半蛇，都还保留着最为原始的形态，但是在幽暗的地底看来，均显得分外诡异。

高思扬看周围并无他物，四壁积尘落灰，塌陷的石门都被堵死了，可能几千年从没有人进来过，不免十分奇怪。她想跟司马灰说，可能二学生并不是从这石室里爬出去的，却见司马灰盯着地面出神，忍不住问道："你发现什么东西了？"

司马灰被高思扬一问才回过神来，指着脚下说："这是'绿色坟墓'的标记。"

司马灰和罗大舌头曾在缅甸野人山裂谷底部，见过一架装载着地震炸弹的蚊式特种运输机，它是"绿色坟墓"控制的地下组织，妄图用地震炸弹中的化学落叶剂，摧毁生长在谷底的巨型植物，以便使探险队进入占婆王的"黄金蜘蛛城"。这架蚊式特种运输机的机身上，便绘有一只昂首吐芯的怪蛇标记，那正是"绿色坟墓"这个组织的记号。此时在石室中一看到地面图案，丛林谷底的遭遇全都历历在目。

司马灰以前推想过无数次"绿色坟墓"与古代拜蛇人之间的关系，却一直没有什么头绪。"绿色坟墓"这个组织的标记是条怪蛇，古代拜蛇人顾名思义是崇蛇为神，不过这两种蛇却完全不同。"绿色坟墓"的标记，是全身盘曲昂首吐芯之蛇，形态极尽邪恶狰狞之状，而古代拜蛇人崇拜的图腾却是羽蛇神，那是种虚无的想象，更像是古人对北纬 30 度地下水体的拟神化。在各种拜蛇人遗迹中，也从没见过与"绿色坟墓"标记相同的蛇形图案。至于"绿色坟墓"掌握着古代拜蛇人语言，以及对石碑的秘密了如指掌，有可能是通过各种特殊途径得知。

这深处于地脉尽头的石室，却是几千年来无人入内，竟然存在着跟"绿色坟墓"标记相同的蛇形图案，这个铁一般的事实，足能证明"绿色坟墓"跟古代拜蛇人渊源极深，几乎深到可不可追溯的地步。即使是那个死去千年的占婆王，也不可能与古代拜蛇人有这么深的联系。司马灰实在无法想象，自己以往照过面的人中，会有这样的人物存在。

高思扬也不知司马灰为什么如此诧异，她见石室中没有异状，就招呼胜香邻和罗大舌头跟下来。

罗大舌头背起双筒猎枪，单手夹着二学生，跟胜香邻一前一后进了石室，看到地下的蛇形图案，同样感到吃惊。

罗大舌头扔下二学生，大惊小怪地说："这不就是'绿色坟墓'的标记吗？原来那个一直不敢露脸的怪胎，是拜蛇人留在世上的余孽，难怪他看得懂石碑。"

胜香邻想了想，说："只怕没这么简单，拜蛇人能看懂石碑上的秘密，让石碑挡在洞里的东西也能看得懂，否则就不会困到其中出不去了。所以'绿色坟墓'不一定属于拜蛇人余脉。"

司马灰听到此处，猛地想起在罗布泊地下火洲里发现禹王青铜鼎之时，听联合考察队的成员老白毛讲到过这么一件事。据前史所载，先王古圣曾告诫后世不能发掘深埋地底的宝藏，因为那里隐匿着"古代敌人"。拜蛇人用石碑堵在洞里的东西，会不会就是所谓"古代敌人"？当然也许是指石碑上的那组数字，可不管怎么说，用这称谓来形容洞中的怪物倒也恰当。"绿色坟墓"倘若不是拜蛇人后裔，那也应该与"古代之敌"有关，但赵老憋说司马灰见过这个人的脸，可就是个解不开的死结了。

　　罗大舌头说："那地下热海翻涌上来，连铁打的罗汉也承受不住，'绿色坟墓'要真是个人，那血肉之躯早就该灰飞烟灭了，不可能活得到现在。"

　　司马灰心想：搞不清石碑后面的东西，终究无法得知"绿色坟墓"是谁，眼下还是先看看二学生是从哪儿冒出来的。不过石室内积灰很厚，也不像有人进出的样子，想不出个所以然，只好举着火把仔细端详雕在壁上的图案。

　　石室内没有半个拜蛇古篆，众人通过那些内容诡异离奇的浮雕推测，这条洞道周围有许多类似的石室，因为古代拜蛇人属于双神崇拜，一方面奉掌控万物轮回的羽蛇神；另一方面出于恐惧而祭祀异神，直到用石碑将异神堵在了这个洞里。地脉尽头原本有地下宫殿供奉着那个古老的神祇，后来由于地震坍塌，才凿开了一条通道，用于进去祭祀膜拜异神。通道附近的石室，大多是挖通了以前的神庙遗址，如今这处石室即其中之一。古代拜蛇人放置石碑的时候，将这些浮雕中关于异神的形象全部抹去了，就连称谓都没留下，最直观的就是石壁上四节浮雕循环成圆，顶部有背生鸟羽的飞蛇，那是高居万物之上的羽蛇神，底部排列着栩栩如生的古人形态，两端则是各种鬼怪，当中的部分被人为刮去了。

　　四个人看得暗暗吃惊，神祇这东西没所谓有无，即使有也不是肉眼凡胎所能得见，鬼知道让石碑挡住的是个什么怪物。再往下看，浮雕底部刻着神道和宫殿的布局，这幅长图中有作为祭品的奴隶，循着地面的蛇纹穿过洞道，并在神庙尽头被异神吃掉的情形。

司马灰等人见石室中再没什么有价值的发现，决定先跟着这条线索寻找出路，同胜香邻换回步枪之后，当即返回洞道，拨开地面的腐苔，寻找绘有蛇纹的石砖一路前行。直走到火把即将熄灭，前方出现了断头路，幽深曲折的地形陡然开阔，犹如一个横置的酒瓶，穿过狭窄的瓶颈，身前便显现出一个巨大无比的坑洞，黑乎乎的无边无际。

此时火把燃到了尽头即将熄灭，光亮十分暗淡，走在前面的司马灰看不清地势下陷，一脚踏出去险些直接掉下深洞，多亏跟在后面的高思扬拽住背包，黑暗中只听踩塌的碎石纷纷滚下。

司马灰见走出了洞道，悬着的心却不敢放下，时间还在不停地向前流逝，说明供奉古老神祇的地下宫殿，同样陷在裂缝之中。所幸那捆炸药失效了，不管怎么折腾，都不会破坏石碑的原状，到这地步无非就是一死。倒要看看这无底洞里的东西究竟是个什么，他先将火把灭掉，与其余三人把矿灯打开，带着二学生从斜度陡峭的石壁上向下溜去，大约下滑了十几米，地势才趋于平缓。

四个人身上都携带着步枪和猎刀、水壶等物品，到底下碰到地面铿锵作响，其声冷然，不像触到岩层发出的声音，却似置身在一个大得出奇的铁块之上。

罗大舌头摔得浑身生疼，伸手摸了摸地面，恁般光滑齐整，而且坚硬冰冷，紧密厚重的触感绝非普通石板，不禁脱口骂道："娘了个蛋的，这地方倒像一口大锅的锅底，居然全是铁的。"

第六章　外壳

坑洞中似乎别有天地，只是四下里漆黑如墨，万籁无声，空寂不知尽头，一行人当临此境，不由得生出悚然畏惧之感，但觉大千无垠，自身却渺小异常，根本想不出洞底为什么是个大铁壳。

司马灰试着用指节敲击地面，发觉坚厚无比，纵然是生铁铸就，其密度也大得异乎寻常，恐怕仅是拳头大小的一块，就会重达上百斤。洞中充斥着阴晦的潮湿之气，可这铁质却黑沉沉的没有丝毫锈蚀痕迹。

罗大舌头问司马灰："洞底下是个铁矿坑？"

司马灰摇了摇头，从没见过如此坚硬的铁质，就算是大口径双筒猎熊枪的 8 号霰弹打到上面，只怕连个细微的凹痕也不会留下。古代拜蛇人虽然善于穴地，可也没办法挖开这么个大铁壳子。

罗大舌头用矿灯向远处照视，只见平整的地面延伸无际，洞顶穹庐低垂，也被相同的铁幕覆盖，表面都分布着密密麻麻的窟窿，直径大的有一米多长，小的不过两指粗细，稀疏不均，筛孔般没有规律可言，但无一例外都是光滑齐整，估计洞底都是这样浑然一体，实不知覆着多少里数。

司马灰听人说过地心热海里全是铁水，推测包裹着地脉尽头的大铁壳子，即是铁水固结而成，唯有天地变化的无穷之力，才能创造出这种堪称奇迹的杰作。

胜香邻同意司马灰的看法，不过铁壳上的大大小小的圆形窟窿，却是来历不明，用矿灯往里面照，黑咕隆咚的奇深莫测，一不小心踩进去，轻则折筋断骨，重则陷在其中脱身不得，但是看起来不像路障。况且以古代拜蛇人的能力，根本不可能在大铁壳上凿出这么多窟窿。

罗大舌头说："这洞里不是有个让石碑困住的东西吗？难道是它活动时留下的痕迹？话说回来，那他娘的会是个什么玩意儿？"

司马灰说："让石碑挡在洞里的这个东西，无非是拜蛇人供奉的某个古老神祇，但它的形貌和名字都被抹去了，让人无法揣测真实面目。其实鬼神之事皆属虚无，与其说那有形有体的东西是神，倒不如说是超出古代拜蛇人所知范畴的一个怪物。正因为地脉尽头有这样一个大铁壳子，它才被放置洞口的石碑挡住了出不去，也许再往深处走，就能目睹到它的真身了。要说地面的窟窿是不是这个东西行动时留下的痕迹，现在还不好判断。"

由于之前在石碑里侧的洞道中转了几圈，始终没找到出口，直到司马灰拔出炸药引信之后，才得以进入被铁壳包裹着的大型坑洞，这事多半有些蹊跷，现在也无法辨别裂缝的开合，因此众人不敢贸然向前，便在附近摸索探寻。但见几具史前巨兽的骨架散落在地，骨骸已矿化了几万年之久，起伏犹如山脉绵延，蛇形脊柱从斜坡上蜿蜒而下，又由洞底通向深处，沿途都是倾倒歪斜的石兽，面目模糊诡异可畏，推测这多半是一条神道，就准备踏上去继续往里面走。

这时，二学生从昏迷中醒了过来，懵懵懂懂地睁眼看了看左右，突然间脸色骤变，转身就要逃回洞道，却被罗大舌头用枪托撞在后脑上，发出"啊呀"一声惨叫，再次晕倒在地。

司马灰看到二学生脸上绝望的神情，跟刚才发现石室的时候完全一样，心想：也许是我猜错了，这家伙并非惧怕石室，而是担心考古队通过石室里的线索走出洞道。为什么他不敢进入这里？是故意迷惑我们，还是另有原因？有道是"阴阳不可测者为鬼、玄深不可知者为神"，如今在无底洞里的遭遇，可不正应了此言。让这个人不是人鬼不是鬼的二学生跟在身边，迟早受其所害，无奈想不出办法摆脱，只好打晕了带着同行，这大概就叫"明知不是伴，事急且相随"。

四个人拖起死狗般的二学生攀上神道，站在脊骨高处往前看，那尽头似有点点灯光，仿佛是座殿宇巍峨，两旁倒塌的石屋石兽随处可见，想见昔时地下古宫规模之庞大，气势之恢宏。奇怪的是附近能见度虽然高了许多，矿灯照明距离也不过二十几米，勉强可以照到头顶悬垂的洞壁，却不知为什么能遥相望见神道远端阴森的灯火。另外，古代拜蛇人不识火性，历来就没发明使用过任何照明器具，在这个隔绝在重泉之下的地底洞窟里，又怎么会有长明不灭的灯烛？

众人又惊又疑，不过事到如今自然是有进无退，只是携带的粮食弹药几乎消耗殆尽，背包里除了少量电池和干粮，都没剩下什么东西，没用过的火把也只剩最后一根了，身上落得轻松，心里却是没底。

罗大舌头摸了摸挎包中的弹药，才发现加拿大猎熊枪的 8 号霰弹仅余四发，再算上顶在枪膛中的两发，总计不过六发，胆气顿减。加之道路坑洼不平，他也没法同先前一样拖着二学生行动，只好将其扛起来走路，那家伙虽然瘦得皮包骨头没什么分量，奈何还要背着"高温火焰喷灯"，难免有些吃不消了。

"高温火焰喷灯"威力强大，却有些接触不良的故障，修了一路也是时好时坏，但谁都舍不得丢掉这件武器，只好先由高思扬背负。

四人整顿就绪，沿着忽高忽低的史前生物脊柱化石前行。这洞窟就像是大铁壳子当中的一道横向裂隙，只看局部较为平整，其实整体走势起伏不定，低矮处伸出手就可以摸到头顶的洞壁。才走了不过十几步，司马灰却突然摆手示意停止前进，抬头用矿灯照向洞顶。

高思扬见状问道："出什么事了？"

胜香邻做了个噤声的手势："铁壳里好像有动静……"

罗大舌头闻言赶紧撂下二学生，端起双筒猎枪，警惕地盯着上面看。只听洞壁深处确似有细微的响声传出。

众人循声调整矿灯光束，照到洞顶一个窟窿里，窸窸窣窣的声音中，只见两条端部有眼的触角从窟窿里探了出来，其后是半米多长黏糊滑腻的躯体。司马灰在沙海中看过憨宝古籍，见这东西活似没壳的大蜗牛，与古籍里提到的"噬金蛞蝓"相近，洞壁的窟窿原来是这些蛞蝓以黏液腐侵后啃噬而成。他知道噬金蛞蝓是方外异种，一旦被缠上就不易脱身，立刻招呼众人快速通过神道。四个人跌跌撞撞一路奔逃，终于看到成片鬼火般的灯光逐渐清晰起来，洞窟最深处竟是一幢绿色的"楼房"。

这是一处嵌在石峰里的大殿，整座石峰陷在大铁壳子深处，峰内凿通了数重屋室，壁上布满了深绿色的枯苔。雕刻在周围的神怪图案都被厚苔遮住，外壁每隔半尺，就凿有一个凹洞，里面以石盏为灯，数量不下千百，虽有昏暗的光亮，却仍使人觉得阴森压抑。

司马灰等人舍命奔至近前，多已累得上气不接下气，就见古宫下山门洞开，内部廊道曲折，幽深莫测，两侧全是毫无生气的人面浮雕，心里不禁打了个突：古代拜蛇人不识火性，两眼在一片漆黑的地下也能见物，为何这鬼气弥漫的殿宇中灯火通明？想到这儿都不由自主放慢了脚步。

这时，一阵颤动传来，只见有条体型粗大红纹斑斓的噬金蛞蝓从洞底爬上了神道，张开腻滑的躯体，露出无数钩牙，从身后向众人猛扑而来。

司马灰记得那本憨宝古籍中提及噬金蛞蝓的踪迹仅在西域出现过。当年有波斯国王在地下造铜城藏金，三年之后开启地库，发现里面堆积如山的金子全都不翼而飞，那就是因为地库通着矿脉，金子都被噬金蛞蝓啃光了。这东西不仅啃铁噬金，也吃有血有肉的活物，曾在西域为祸一时，后世不复得见，其中以躯体生有红斑者为王。身后这条大概就是蛞蝓王，看其来势汹汹，只得转身用步枪射击。

罗大舌头也单手举起猎熊枪抵在肩头，扣动扳机一枪击出，可是霰弹打在蚰蜒王身上，只使其来势稍挫，添了几个流出黑水的窟窿，它仍是莽莽撞撞地扑将过来。

高思扬想以火把退敌，却失手掉落，洞底大大小小的噬金蚰蜒正蠕动着从四面聚拢，看得人头皮子都跟着发麻。

转眼间就被围得走投无路，司马灰等人都感到情况不妙，照这么下去不等跑进地宫就要被噬金蚰蜒吞了。

罗大舌头将二学生扔在地上，想将此人打死，让时间飞逝回洞道里的11点，即使一切都要重新来过，也比当场死掉要好。

不料二学生重重摔在地上，竟然从昏迷中苏醒过来，被周围的蚰蜒吓得起身就跑。罗大舌头一枪从后打去，将其身体击得落叶般横飞起来，滚进了洞开的石门。不过满壁灯火依然亮着，时间并没有倒退回去。

众人心中惊疑更甚，此刻经历的时间都是真实时间？还是只有让二学生死在洞道里，才会使时间逆向飞逝？

这时是千钧一发，胜香邻急中生智，将仅存的半罐火油倾倒在地上点燃。那些噬金蚰蜒居于阴冷湿暗之中，遇到火光立即向后退缩，四个人趁机向前一冲，也都逃进了石洞里面，合力将石门推拢。古宫内外灯火通明，噬金蚰蜒无法近前，四散遁入洞壁孔穴，转瞬间散了个干干净净。

四人冒烟突火跑进石峰内部，顾不上把气息喘匀，就赶紧给枪支装填弹药，同时用矿灯向前探照，发现二学生胸口从前到后被猎枪轰透了一个大洞，瞪目张嘴趴在地上，早已气绝身亡。

第七章　凹陷

　　司马灰估计这条深不见底的地缝，是亿万年前地质变动所留，地心热海里的铁水遇冷凝结成壳，后来有几座石峰和一些灭绝已久的史前爬行生物，也在某次天翻地覆的劫难中陷落进来。那几座石峰就是供奉异神的数重大殿，考古队进入拜蛇人石碑挡住的入口，沿着一具具史前巨兽遗骨找到最深处的石峰，实际上都没离开地底的黑洞。但二学生被双筒猎熊枪击杀之后，时间并没有飞逝回 11 点。

　　司马灰上前看了看尸体，心想：莫非我们已在不知不觉间走出了裂缝？从此无底洞中的一切事物，不会再随着时间倒退而复原了？

　　四个人如同身在迷雾当中，无法确定刚才发生了什么，更想象不到接下来还会发生什么。不过，这座从内到外灯火通明的殿宇，就是古代拜蛇人供奉异神的所在，而且保存得十分完整，也许能在其中找到一些线索。

　　石峰内的廊道又深又宽，殿室壮阔恢宏，形态古老的雕像比常人高出两倍有余，墙上除了阴森幽暗的灯盏，就是内容千奇百怪的壁画，大多描绘着鬼怪吃人的可怕情形。灯烛蒙暗，需要借助矿灯照明才看得清楚，如此一来，更让众人觉得惶恐不安。

司马灰等人并不相信世上有神存在，至少存在的不会是古代拜蛇人供奉祭祀的那个怪物，这个东西能让石碑挡住，一定是有形有体的活物，大殿深处也许还保留着某些图案或石像，那应该是古代拜蛇人对它的直观描述。

胜香邻对司马灰说："这神殿石壁苍绿，深处死气沉重，真像是一处绿色坟墓。"

司马灰点了点头，也许让石碑困在洞中的东西，有一张和"绿色坟墓"相同的脸，甚至这个东西就是"绿色坟墓"，反正这张脸会是解开一切谜团的重点。

说着话，四个人穿过廊道，行到一处大殿之内，只见壁上描绘着从混沌中引出万物的神祇，但在壁画中难辨其形，殿内空荡荡不存一物，地面陷下一个大洞，用矿灯往里面照去，显露出一个方方正正的轮廓，但其中黑灯瞎火，在高处看不清楚究竟有些什么。

司马灰让其余三人先留在原地，自己背了步枪，借着矿灯光亮下去探路。他顺着断壁而下，等两脚踏到实地，拨开萦绕在身前的雾气，就见四周分别是刻有神鬼人怪的石壁，当中则是个轮廓平整的平台，就像石床一样，约有半米多高，里面有个人身轮廓的凹陷，刚好可以让一个人仰面平躺在内。

司马灰看这地方莫名觉得有些眼熟，自己也解释不清原因，眼看别无异状，就爬到上层洞口，想招呼胜香邻等人下来。却见那三人紧张地盯着殿门方向，手里的枪支都端了起来，他当即伏下身，低声询问情况。高思扬指着廊道说："你听……那边有脚步声……"

司马灰一怔，心想：那边除了一具被猎熊枪打穿的尸体，再没别的东西会动了，难道是那个借魂还尸的东西又活过来了？

众人屏住呼吸等了一阵儿，殿外的脚步声却没了动静，只有鬼火般的阴森灯烛飘忽不定。

罗大舌头掐着指头算了半天，他自己也不记得打死二学生几回了，不过8号霰弹只剩下四发了，这地方真是邪得厉害，可别再草木皆兵自己吓唬自己了。

高思扬说："大伙儿都听到脚步声了，怎么可能是错觉？"

胜香邻说："凡事小心一些，总没大错。"她又问司马灰："你在下面发现什么没有？"

司马灰说："是有个东西很不寻常，你也下来看看。"

高思扬以为又要分开两组，忙说人多了胆壮，还是一同行动为好。

司马灰觉得分散开确实容易出事，就带着三人下至底层大殿，用矿灯照着地面的平台说："我就是看这个东西有些眼熟，但是一时想不起来在哪儿见过了。"

罗大舌头走到近前瞅了几眼，却没觉得似曾相识，就说："两条腿的活人好找，三条腿的蛤蟆难寻，我瞧着可也有些眼熟，这石台上的凹槽，不就是用来放人的吗？"

司马灰说："废话，问题是放的什么人，这个人咱们是不是以前见过。"

胜香邻仔细端详了许久，石台周围刻有许多祭祀膜拜的图案，似乎相当于一个神龛，大殿四壁上分别描绘"神怪人鬼"的壁画，象征着古代拜蛇人信奉的等级划分，神龛周围刻的图案充满了对死亡的敬畏，并带有强烈的生殖崇拜，暗示着死而复生的轮回。可唯独少了中间的部分，那是一尊神像还是一具古尸？它如今到哪儿去了？为什么司马灰只看轮廓就会觉得眼熟？

高思扬知道司马灰很少有看走眼的时候，难道神龛里失踪的东西，会是那个二学生？

罗大舌头说："不能够，二学生小鸡崽子似的身板才有多高，能躺在这石台里的东西至少……"他说着话竟躺上去试了一下。

司马灰看罗大舌头躺在石台中两端倒还留有余量，但这家伙身体魁梧，装不进那处狭窄的凹陷，这才想到神龛又长又窄，特征非常突出，所以才会看着眼熟，自己以前还真见过一个东西能装到里面去，那就是阴峪海下楚幽王盒子里的"遗骸"。

那具"遗骸"并非真正意义上的骨骸，而是用各种珍异宝石接成，由架木为巢的神农氏在阴山古岛中捡到，一直流传到春秋战国的巫楚时期，始终被视为重宝秘器。看来"遗骸"的来历，还是古代拜蛇人所造，供奉在地脉尽头的神庙中，后来不知出于什么缘故，随着鹦鹉螺化石浮上冥海，吸附在地底大磁山上，然后才被人意外发现。这些事都应该发生在拜蛇人石碑堵住洞口之前。

此事虽是情理之中，却也出乎意料。司马灰等人正想再看看神龛里有没有别的线索，忽然头顶有些尘土落下，抬头往上一看，只见探下一张苍白僵硬的面孔，正是死在殿门附近的二学生。他身上被猎熊枪打穿的窟窿还冒着血，两眼直勾勾地盯着罗大舌头。

四个人对此有足够心理准备，可突然见此情形也不禁毛发直竖，就见那二学生如同一个索命的厉鬼爬进石殿。

罗大舌头叫声"来得好"，端起双筒猎熊枪，对着二学生脑袋就是一枪。谁知对方张开嘴咬在枪口上，只听一声闷响，从它嘴里冒出硝烟，一颗脑袋却是完好无损，也不知 8 号霰弹打到什么地方去了。

司马灰心知来者不善，忙把罗大舌头向后拖离，同其余两人迅速退开几步，背靠石壁作为依托，步枪和矿灯一齐指向二学生，只等对方靠近就要乱枪齐发。

二学生却不再上前，就趴在石台上盯着四人，空洞的眼神里，透露着几分阴森的鬼气，忽然眼中淌血，张开僵硬的嘴，颤抖着说道："你们为……为什么……要对我开枪？"

罗大舌头拔出猎刀，嘴上出言恫吓："你狗日的再敢过来半步，老子就把你剁成肉馅儿！"

司马灰和胜香邻都感觉这二学生实在是难缠得紧，苦于无法对付，也只好先静观其变，伺机行事。在这阴森沉寂的大殿里，僵持的局面使空气都要凝固了。

胜香邻见时间在不停流逝，如今弹药几乎耗尽，剩余的电池也仅够支撑一天，事情拖延越久，形势就对考古队越为不利，于是出言问道："你为什么一直跟着我们？"

二学生显得非常绝望，他说在考古队发现石室的时候，就想阻止众人进去，因为根据石室壁画里的线索往里走，虽然能穿过洞道，但进入此地的可怕后果是司马灰等人无法估计的，现在一切都晚了。

罗大舌头说："别他娘的装神弄鬼，那石室好几千年没人进去过了，你怎么会知道里面有什么？"

二学生承认自己隐瞒了一些事，不过很多事也是进入这个无底洞之后才知道的，都是让石碑困住的东西告诉他的。

众人听到这里，不禁想起有关"蛇女"的传说。如今这个借魂还尸的二学生，死后也变成了一部"电台"，接收着从虚无中传递出来的信号。让石碑挡在洞中的东西对他说出了什么秘密？另外这个东西为什么不能直接露面？它与那具"遗骸"有着什么样的关系？"绿色坟墓"当初是不是跟"遗骸"一同从地底逃脱的？

高思扬忍不住好奇，壮着胆子问道："你知道石碑困住的那个东西是什么？'绿色坟墓'是谁？"

二学生支支吾吾地声称，自从在大神农架原始森林，他跟随通信组加入考古队以来，穿过北纬30度茫茫水体，一路深入重泉之下，可谓出生入死，途中绝没有心怀不轨，只是有些事确实不敢吐露，因为一旦说破就没法回头了。其实赵老憨告诉考古队的话也没错，司马灰确实曾亲眼见过"绿色坟墓"的真实面目，但"绿色坟墓"这张脸只有已经死去的人才能看见，所以你不如问问他自己是何时何地死过一次，难道当真不记得了吗？

第八章　电台

司马灰认为面前这个二学生很可能就是让石碑困住的东西，那些鬼话不足为信，可不知为什么，却又隐隐担心这是真的，难道自己真忘了某件很重要的事？

二学生吞吞吐吐地说了一阵儿，情绪逐渐稳定下来。他说他有件事一直瞒着考古队，但具体的来龙去脉也是直到不久前才彻底了解。起因是六十年代末他背井离乡到大神农架林场落户，在那与世隔绝的原始森林里伐木砍树，整天吃糠咽菜，身体都快被单调繁重的劳动拖垮了。

林场职工们为了打牙祭改善生活，赶上放假就到山上打野味、摘蘑菇，如果挖到些木芝草菇，再打到两只山鸡，煮上一锅汤，那就算是神仙过的日子了。可林场的活儿太多，很少有机会到山里打牙祭。

那时候二学生因为懂点儿技术，修好了林场唯一一部春风牌半导体收音机，所以上级对他睁一只眼闭一只眼，因此他总能跟着本地人到山上打猎，或是到大神农顶主峰的通信所维修防火电台，都给按照参加伐木来计算工分。

这期间他发现有个哨鹿采药人佘山子，长了张森林古猿般的怪脸，一身的死人味，总蒙着个面，行迹更是十分鬼祟，常溜到林场职工的木屋里，偷偷摆弄那部收音机，嘴里叨叨咕咕好像在自言自语。二学生开始以为此人是在收听敌台，可那部早该报废的破收音机，别说收敌台了，在大神农架这片山里，连我台的信号都"刺刺啦啦"时有时无，即便接收到了也根本听不清楚，又怎么可能收听敌台广播？所以没往那方面多想。后来又发现这采药人畲山子总在通信所附近转悠，趁着没人注意就摆弄防火电台。

二学生知道通信所里的防火电台，也是部队淘汰下来不要的装备，今天这儿有问题明天那儿有故障，采药人畲山子却拿电台当步话机用，那情形十分诡异。他寻思这畲山子通敌是绝不可能的，不是被鬼上身了，就是双重人格，也不知自己跟自己叨咕什么。

大神农架的山民们却不懂这些，那些人听到收音机里有广播，都以为那匣匣里有个娘们儿在说话。有人发现畲山子暗中摆弄收音机和电台，就认定是敌特。但在不久后，畲山子便因到燕子垭峭壁上采药，被金丝猴啃断了爬山索子，直接掉到深涧里淹死了。这件事也就没人再追究了。

司马灰听到这儿更是惊奇，地下组织里的成员被称为"房间"，采药的畲山子也算是组织里的一个"房间"，他自称从其土贼师傅处继承了通信密电码，不过此人一辈子没离开过深山，大字也识不了几个，可能以前都没见过电台，能够独自跟"绿色坟墓"取得联络，本来就不太正常。畲山子对着电台自言自语，岂不是在"与鬼通话"，而这个鬼在哪儿？

司马灰蓦然有种不祥之感，如果那些"房间"都是如此，那么在缅甸裂谷里寻找蚊式运输机的几个幸存者中，也应该藏着一个跟采药人畲山子同样的"房间"。

二学生说他当时对畲山子的事所知不多，虽然隐约觉得这采药人不可能收听敌台，但他人微言轻，说话不值什么斤两，干脆闭上嘴不去多说，没多久便忘在了脑后。直到今年初春，他发现自己得了"克山症"，对前途和命运深感绝望，蝼蚁尚且惜命，说不在乎全是假的，可山里缺医少药，连个能商量的朋友都没有，一想到将要死在这片人迹罕至的深山老林里，尸骨不得还乡，他就偷偷流泪。后来得知大神农架深山里有很多珍奇草药，其中有种长成男女双形的大何首乌，功效不同寻常，让那些身染沉疴绝症之人吃了就能起死回生。他也不管有用没用，舍命爬上悬崖峭壁去找。但这类草药十分罕见，就是山里那些采药的老手也很少有机缘遇到，何况他一个外行，自然是徒劳无功，连片何首乌的叶子都没见到，有好几次甚至差点儿掉进深涧喂了大兽。

某次无意中听到一件事，说那个擅长哨鹿采药的佘山子，曾经得着过千年何首乌，但不清楚他是自己吃了还是卖掉了。这个人死后也没在家里找出来，当初有猎户看见佘山子抠他师傅的坟包子，掏了个洞之后又给埋上了，没准是把些值钱的东西，都藏到那座坟里给他的土贼师傅陪葬去了。林场里岁月漫长，加上偏远，人们专好谈奇说怪，没有这种传闻才不正常，说者口沫横飞，皆和亲眼所见一般，听者个个瞠目结舌，不过一说一听也就完了，从来也没人当真。

二学生听说此事，却记在心里抹不掉了。好在那土贼的坟在山坳里，也是处人迹难到的地方。他为求活命告了天假，扛着铁锹和猎枪去抠老坟，那荒坟连块石碑都没有，找起来颇不容易，好在坟土很薄，连口棺材都没有，死人是拿草席子裹住埋在里面。不过就算这样，也足够二学生折腾上一天，直到天黑之后才拽出坟里的尸骨。

是夜阴云密布，星月无踪，四周黑黢黢的大山已看不清轮廓了。二学生听着无名野鸟在头顶盘旋乱啼，吓得浑身把不住的寒战。可有道是"除死无大事"，出于求生的本能，他也顾不上那些孤魂野鬼、狐仙尸变的传闻了，先跪在地上给坟中尸骨磕了几个头，叨咕几句诸如"多有打搅，万勿见怪，阴间取宝，阳间取义"之类给自己壮胆的话，然后战战兢兢地在尸骨身上摸了一遍，只找到一块黑乎乎像肉非肉的东西，用油布包了几层，散发着一股恶臭，也不知是不是那株何首乌。还有个皮筒子卷着几页纸，拆开来一看，头一页画着个怪蛇的标记，里面字迹潦草，密密麻麻都是蝇头小字。他当时没来得及细看，以为是采药人的秘方，匆匆揣到怀里，把坟包子原样填好，摸黑赶回了林场。

二学生找没人的地方，仔细察看从坟里掏出的两件东西，这才发现了"绿色坟墓"的秘密，那近似何首乌的东西，越看越像是一块死人身上的肉。

古籍上称僵尸身上的肉叫"闷香"，土贼坟里的东西就接近此物，但不腐不烂，只是有股怪异的死人气息。那薄薄的几页纸，是土贼生前留给他徒弟佘山子的一封信，大概是说为师从民国时期就追随"绿色坟墓"，想加入这个组织，除了要被选中，还必须吃"绿色坟墓"身上的肉，如此一来就和组织变为了一体，所以该组织成员都被称为"房间"。将来"绿色坟墓"找到进入神庙的通道，我等都能跟着摆脱生死束缚。这肉除非是从"绿色坟墓"身上直接割下来，否则"房间"里的肉放到下一个"房间"之后，就会随着这个"房间"的死亡而腐烂。奈何为师这辈子没这个机缘了，等了这么多年都没等到那一天，眼看寿数将尽，就把自己肚子里的那块"宝肉"掏出来留给你了，且看你今后有何造化。

二学生看罢了信，心想：吃了这东西真能有机会长生不死吗？又要到哪里才能找到"绿色坟墓"？他虽然有些文化，可迷信思想一直未能清除，这时候也是鬼迷心窍，竟忍着恶心吃了一口，然而被吃掉的部分，很快又自己长了出来。他胆怯起来，好在吃得不多，当即把剩下的死人肉找地方埋了，然后将那封信烧成了灰烬。毕竟掘坟掘墓是轻则蹲土窑，重则挨枪子儿的罪过，所以此事再也不敢向旁人提起。

二学生自己分析这件事的内情，估计当年有人看见佘山子掘坟，就是想从土贼身上找这块死人肉。佘山子也没把死人肉都吃下去，留下的不久又复原了。而那封信此人未必识得，就放在坟中没有动过。以前看到采药的佘山子偷偷摸摸使用电台，好像在自己跟自己说话，莫非就是被吃掉的死人肉作怪？二学生想到这些不免心生懊悔，再吐却吐不出来了，越想越是后怕，还好后来没什么异状，只是常发噩梦。

直到跟通信组去瞭望塔修复电台，遇到了考古队，又在通信所木屋里撞到了采药人佘山子，才知道真有"绿色坟墓"这个组织。他以为还有机会重见天日，因此不敢声张，一路上凭着强烈的求生意志支撑下来，想跟考古队到神庙里看个究竟，盼望着能找到永生的秘密。结果自然是上当了，其实永生即是永死，进了神庙的人，只会陷在黑洞中经历着无限次的死亡。

罗大舌头很是意外地说："你小子行啊！真没看出来内心还他妈挺强大的，为了活命连死人肉都敢吃？"

司马灰听了这番话，心里十分不安，曾闻走无常的人到阴间去，途中不能吃阴间的东西，因为吃过阴间的东西就变成了阴间的一部分，再也回不到阳世了。加入组织的成员们吃了"绿色坟墓"的肉，同样变成了"绿色坟墓"的一部分，也只有这些傀儡般的成员，才能与"绿色坟墓"通过根本不存在的电台联络。可"绿色坟墓"又是谁？是困在洞里这个东西的一部分？

第九章　失落的百分之九十九

司马灰对二学生所说之事半信半疑，谁吃了"绿色坟墓"的肉，谁就会成为它的一部分，"房间"分为两种：一种带有编号，都是直接吃了死人肉，对"绿色坟墓"死心塌地，但是也不知道"绿色坟墓"的底细。另外一种可能是间接吃过死人肉，更是揣着个鬼胎而不自知，从此被阴魂附体，在不知不觉中变成了"房间"，这些人到死也不会明白究竟是怎么回事。

据此推测，热带风团侵袭缅甸之际，进入野人山大裂谷寻找蚊式特种运输机的探险队中，至少躲着一个受到组织间接控制的"房间"，如此便能解释录音机和地雷的事了，这个"房间"有可能是探险队的首领玉飞燕，此事已无从追究。

其余三人也均有栗栗自危之感，竭力回想自己是否曾无意中吃过死人肉。

司马灰示意这件事不用担心，"绿色坟墓"无法穿越石碑，洞里的东西出不去，外边的东西也不可能进来。他转念一想，问二学生："为什么要让考古队知道这些秘密？"

二学生说："如今谁也不可能从这大殿里出去了，我自己这些小事也没有再隐瞒下去的必要了。由于吃过的那块死人肉，如同一部电台，能在这里接收到无底洞中的信号，所以我才得以了解全部秘密。"

他说："考古队经历的事因果纠结，但有条线可以将这些谜团串起来，那就是放置在楚幽王盒子里的'遗骸'。而'绿色坟墓'、赵老憨、占婆王、拜蛇人石碑、考古队、北纬30度磁山，都是这个死循环里的重要一节。"

一切起因都源自古代拜蛇人的双神崇拜。最初古代拜蛇人只相信人死之后，将被羽蛇神带走，尸体就填入这处无底洞中，并在里面凿通了几座石殿。可是很多年之后，拜蛇人才发现洞中有某个非常恐怖的东西存在，事实上那无数死者的阴魂，都被它拖入其中万劫不复了，除了死去之人谁也看不见它的真容。古代拜蛇人对这个东西又敬又怕，被迫视为神祇不断祭祀，"遗骸"就是供奉在这大殿内的一尊神像。

那具"遗骸"是用地脉最深处的矿石玛瑙制成，骷髅内部中空，放置着一块从这东西身上取下来的肉，用来表示这个古老神祇的真身。但无底洞中的古神贪得无厌，吃的人越来越多，直到古代拜蛇人意外从蛇女口中，听到了一个原本不该存在于世的秘密，就趁古神每隔一年沉睡一载的机会，把死咒刻在了石碑上。

当时古代拜蛇人内部分为两支，有一方出于恐惧，竭力阻止信奉羽蛇神的那些人放置石碑，但以失败告终，都被屠戮无遗。只是那具"遗骸"被带到了外面，又因地下洪水暴发，"遗骸"跟古种鹦鹉螺浮至北纬30度的茫茫水体，让阴山古岛吸住，那座大磁山能抹去一切有生之物的记忆，所以躲在"遗骸"里的那个东西，将古代拜蛇人的事几乎忘光了，最后由地面上的神农氏意外捡到，世代保存到春秋战国的楚幽王时代，被封在一个绘有骷髅的大盒子里。

司马灰等人察觉到现在的情况有些反常，本待找机会动手解决二学生，没想到对方会说出这么重要的事情，此时就算天塌下来也要听个结果。这些谜团之前倒是能隐约猜到几分，但直到现在才算连接贯通。"绿色坟墓"就是洞中古神的一块肉？那岂不是没有脸了？司马灰自问绝没见过这种东西，何况只有死人才能看见，可赵老憨的话又怎么解释？为什么不识其庐山真面目？

二学生说："古代拜蛇人引发了洪荒，自此一蹶不振，残余下来的人成了夏王朝的奴隶，被禹王发到地下凿穿龙门，将洪水引入禹墟，在地脉中守着镇水的禹王鼎。关于当年放置拜蛇人石碑的事被逐渐忘却，仅留下一些扑朔迷离的传说。因此古代拜蛇人遗民仍想找到石碑，直至彻底消亡，石碑的秘密也从此湮灭在了时间长河中。"

"遗骸"里的死人肉带有记忆，但是被磁山抹掉了百分之九十九，在楚幽王时期为剑客所盗，空留下一具"遗骸"，因为古人误以为此物是地下万年块菌，服之能得不老不死之身。结果第一个吃掉它的人，就变成了地底怪物的一部分，莫名认为自己是从地下来的，但通道在哪儿却不记得，能想起来的事情，除却神庙里的怪蛇标记之外，仅有深绿苍苔覆盖的洞穴。

这第一个将宝肉吃下去的人，即是最早的"绿色坟墓"，只不过那时还没有这个称呼，这块肉吃到活人腹中也无法消化腐烂，却能录下人脑中的记忆，吃下它的人也会被其反向吞噬，根本不能不老不死，但是记忆都由它保存下来，带到下一个吃掉其肉体的人身上。所以从某种意义上来说，"绿色坟墓"已经活了几千年。

"绿色坟墓"逐步在各地招募奇人异士充为门徒，让这些人相信地下有通往永恒世界的巨门，并将自己身上的肉割给门徒来吃，以此控制各个门徒。从它身上割下来的肉，记忆与主体相通，但最多转给两个人就会腐烂。而"绿色坟墓"死后的尸体，则由被其选中的人全部吃下，成为下一任首脑。这个古怪诡秘的组织，到处探寻通往地底的洞穴，由于行踪隐秘，世人对其知之甚少。

由于古代的条件限制，所能找到的地下洞穴，大多深度不够，到了近代第二次世界大战前后，组织已形成一定的规模，主要蛰伏在东南亚一带，这是因为那一带河道水网交错，遍布喀斯特地貌的溶洞，特别是缅甸野人山裂谷中的占婆王"黄金蜘蛛城"。据说这个占婆古城密室中记载着通道的位置，还隐藏着占婆王神佛般面容的无敌运气，但裂谷被浓雾覆盖，那是由"黄金蜘蛛城"里的地底植物造成，人近即死，只有飞蛇才能进入雾中。于是组织利用一架英国皇家空军的蚊式特种运输机，装载了一枚充填了化学落叶剂的地震炸弹，驶入浓雾覆盖的野人山大裂谷，结果一去不回。

司马灰等人越听越奇，如今信也不是，不信也不是。"绿色坟墓"在1949年英军撤离缅甸前夕，第一次借助蚊式特种运输机进入裂谷，第二次则是在1974年夏季热带风团入侵缅甸之际，这次成功找到了密室中的幽灵电波。如果追究起来，这些线索还是考古队在时间匣子里泄露了关键情报，才让"绿色坟墓"掌握了通道的秘密，这是一个解不开的死循环，没有前因后果之分。司马灰等人接下来的行动，除了替同伴报仇，更主要的原因也是希望能够弥补过失，阻止"绿色坟墓"达成目的。赵老憋同司马灰分别在何时何地见过"绿色坟墓"的真面目？"绿色坟墓"既然是附在某个人身上，为何始终不敢露出真实面目？

胜香邻低声提醒司马灰："如果二学生吃过死人肉，死后变成了洞中怪物的一部分，知道这么多秘密并不奇怪，可主动说出来一定别有所图。"

司马灰心中一动，寻思考古队掉进无底洞，就如摆在砧板上的鱼肉，况且炸药也被毁了，无法再去破坏石碑，对方还想怎样？是想借此拖延时间，耗尽矿灯剩余的电池，使我们陷入一团漆黑的绝境当中？

二学生解释说："没有这么回事，考古队的电池至少还能再用一天，再多的秘密也说不到那个时候。事实上他从最开始就知道自己死了，但在洞道里遇到穿过拜蛇人石碑的考古队不愿言明真相，是因为那条洞道是时间裂缝，里面只有被无限延长的一两秒钟，在外面完全感觉不到，可一旦进来了就别想再出去。他认为不管怎么样，置身在裂缝里的一秒钟内，至少还保留着自身的意识，但是通过石室内壁画的暗示走出洞道，可就成了生殉的祭品。这个被困在无底洞里的东西，吃古代拜蛇人吃得太多了，所以认得碑文，每次看到石碑便会立刻僵枯死亡，但是死不彻底，很快就能够自我复原，然后再看到石碑而死，至今还不断重复着同样的过程。"

如果穿过裂缝中的洞道，就进入了石碑里侧的真实时间，大殿里时间流逝的过程，正是洞中这个东西经历死亡的过程。司马灰等人包括二学生在内，都会随着它的死而消失，当其再生之时，一切都会恢复原状。但是进入神殿的考古队却会被完全抹去，凡是有意识的物体，都会被它吞噬，死后连鬼都做不了，那是真正意义上的形神俱灭。

所以二学生才想竭力阻止众人，可每次不等开口，就被罗大舌头击晕了。如今已经进入了石峰内的大殿，再说什么也无可挽回了，索性将真相和盘托出，让众人死前知道一切因果。

众人闻言皆是心惊肉跳，胜香邻看了一眼手表，从 11 点开始，时间已经流逝了好几个小时，洞中这不明之物由生到死的整个过程，应该有多长时间？

二学生面带绝色道："具体时间恐怕只有消失在无底洞中的死人才会知道，也许就是下一秒钟。"

地底世界

第五卷

熵

第一章　吃人的房间

众人听到心惊之处，皆是悚然动容，看来让石碑困住的东西，实际上正是这个无底洞，考古队所感受到的时间，只是它无数次重复看到石碑死掉的过程之一。

罗大舌头急着对司马灰说道："等死的滋味可不好受，得想法子先找路逃出去。"

司马灰按住罗大舌头说："别急着走，不搞清楚是怎么回事，又能往哪儿逃？"他问二学生："这个被困在地底的东西，其存在的时间，远比古代拜蛇人的历史要久，而今拜蛇人已消亡了上千年，它居然还活着，只不过让石碑困住了，所以深陷在无限次死而复生的循环中挣脱不出。可就算这东西当真存在，它为什么能看懂石碑上的秘密？"

二学生说："反正无路可逃了，不如就把我知道的事全部告诉你们，不过是否有机会说完就没办法保证了。'绿色坟墓'与困在洞里的东西实为一体，'绿色坟墓'是它在洞外的名字，洞内的这个东西从古以来没有名称，近年来才有人将它命名为'熵'。如果说众多'房间'构成的组织是把伞，'绿色坟墓'是握着伞柄的手，那么'熵'则是这只大手的身体。"

"熵"形成的原因，大概是拜蛇人扔在洞中的大量古尸，还有无数死去的阴魂，都被洞中一个无知无识的原古之物吞并，渐渐聚合为一，所以它识得拜蛇人石碑。而随着"遗骸"浮出地下的"绿色坟墓"，却在阴山古岛中被磁山抹去了记忆，因此无法解读出碑文，对古代拜蛇人的存在也是毫不知情。经过组织许多年的探寻，逐步发现到拜蛇古国的秘密，可是所知仍然非常有限，直到跟着考古队重回浮在北纬30度地下水体中的磁山岛屿，才记起了种种前事。

二学生又断断续续说出不少情况，但有很多地方司马灰等人都听不明白。

胜香邻细心揣摩其意，附耳对司马灰说道："按照二学生的描述，任何人吃过'绿色坟墓'的肉，都会变成受它控制的'房间'，甚至连组织的首脑本身也是一个房间。而'绿色坟墓'就像一部躲在这个'房间'里的幽灵电台，具备很强的生物电场。如果脱离'房间'，则会变成一个幽体，相当于从'房间'里那部电台发出的一段信号，强烈到可以让附近的人直观感受到它的存在，范围至少在几十米以内。但是这个幽体没有任何行动能力，只能通过'房间'周围的人去达成目的。'房间'可以衍生出许多，'绿色坟墓'却只有一个，它可以躲在不同的'房间'里。另外'绿色坟墓'与'房间'里的死人肉，都是依托生物电场存在，所以不管是否躲在'房间'之内，它和'房间'都无法穿过石碑。"

司马灰心想：不错，纵观前后几次行动，人员和地域都不相同，最初在缅甸野人山大裂谷，探险队里一定有人无意中吃过"绿色坟墓"的肉，那个人多半是探险队的首领胜玉，所以她才能通过电话与"绿色坟墓"通话接下任务，但是她自己并不知情。第二次司马灰是跟着宋地球的考古队，深入距离地表1万米的"罗布泊望远镜"，遇上了一个怪胎田森，也就是"86号房间"，那是一个对"绿色坟墓"忠心耿耿的"房间"，可他也不知道首脑就躲在自己肚子里。

"86号房间"田森死后，司马灰等人穿过罗布泊望远镜，从地下火洲走出极渊，到大神农架林场，这期间"绿色坟墓"都没出现过。直到与通信组合并，追踪采药人佘山子开始，"绿色坟墓"才再次跟上考古队。因为佘山子与二学生，正是两个吃过死人肉的"房间"。

接下来，采药人佘山子丧命，考古队坠入阴峪海下的北纬30度茫茫水体，终于发现了磁山古岛，以及被吸在附近的 Z-615 潜艇。司马灰明显感觉到，这时的"绿色坟墓"，变得对古代拜蛇人和石碑一切前因后果了如指掌，说明它已经记起了在当年遗忘的部分，并且从那时开始，"绿色坟墓"对司马灰一行人的态度有所转变，由此前的除之而后快，改为利用考古队寻找拜蛇人石碑。

困扰司马灰已久的诸多谜团，终于得以一个个解开，可这条线中还缺少几个重要环节。首先，考古队从罗布泊荒漠逃出来，一路上隐姓埋名前往大神农架林场，在此过程中除了刘坏水，没接触到什么有可能走漏风声的人。"绿色坟墓"为何会知道考古队下一步要到大神农架？难道考古队的刘坏水也是一个"房间"？

由于二学生是吃过死人肉的"房间"，所以"绿色坟墓"知道的一切，他死后也都了解得一清二楚，因为两者同为"熵"的一部分。他当下告诉司马灰等人，1958 年进入极渊的中苏联合考察队，出发前拍摄了一张合影，当中那个鬼影，身份为苏联 UKB 设计局的军工，此人正是一个受到组织控制的"房间"。凡是组织里的"房间"，拍照的时候都没有脸，这个人当时引起苏方怀疑，很快遭到了秘密处决，随后临时补充了新的成员。那时"绿色坟墓"已经来不及再向其中安插"房间"，只好埋下"尸鲨"，将整队人全部害死，以期另派人员进入地底。但国际局势风云突变，不久后苏联专家团撤离新疆，"罗布泊望远镜"的通道被炸塌，整个计划就此搁置封存，直到1974 年宋地球带领考古队，才从楼兰黑门迁回进入地底测站。司马灰发现的那张联合考察队照片，也记录了"绿色坟墓"的幽体，只不过十分微弱。它被从罗布泊带到放置石碑的拜蛇人神庙，所以考古队一路的行踪和动向，自始至终都被"绿色坟墓"所掌握。

众人闻言懊悔已极，还好穿过石碑之后，这张照片已经没用了，压在心里的一块大石头至此总算搬开了。

司马灰对二学生说："这是解开了第一个死结，但还有一个更大的死结，倘若'绿色坟墓'的秘密果真如你所言，即使是有多少'房间'就有多少'绿色坟墓'，这东西也只有一个形态，它为何不敢露面？赵老憋所说的'不识庐山真面目'是什么意思？你又为什么说只有死人才能看到'熵'？我以前在哪儿见过它的真面目？要是这几件大事对不圇圇，终究难信你的鬼话。"

二学生缓缓伸出手来，指向大殿石台底部的浮雕图案说道："'绿色坟墓'的真面目就在这里，你自己一看就全都明白了。"

司马灰纵然临事镇定，心中也不免一阵狂跳。他进到大殿以来，只顾看石台凹陷处的人形轮廓，并未在意附近那些诡异离奇的神怪壁画，因为很多内容看了也是难解其意。此刻拨转矿灯光束照向石台下方，不禁骇得呆了。

石台底部的浮雕图案，是千百只空洞无神的眼睛，司马灰霎时知道赵老憋那句话的意思了。原来这个被称为"熵"的怪物，也曾在时间匣子中出现过。

司马灰抓住赵老憋的时候，逼问对方"绿色坟墓"的真面目到底是什么。赵老憋那双憋宝的贼眼与众不同，定然看出了"绿色坟墓"的真身，知道这个怪物无处不在、无所不窥，所以不敢明言，只做出一番暗示，表示司马灰曾亲眼见过"绿色坟墓"的真实面目。

司马灰能确定赵老憋所言不假，把自己和赵老憋都见过的人，过筛子似的过了无数遍。其实符合这个条件的人实在不多，关键是赵老憋知道司马灰见过的人根本没有几个，除了司马灰、胜香邻、罗大舌头、通信班长刘江河、二学生、高思扬以外，也就只有死去千年的占婆国阿奴迦耶王了。

司马灰甚至想到了出现在匣子的里"C-47信天翁运输机"，那架飞机在1949年坠毁于罗布泊，机上没有任何一人得以生还。C-47信天翁在失事前的一瞬间，也进入了时间匣子，当时赵老憋以为考古队要下手去了自己，吓成了惊弓之鸟，舍命躲进了 C-47 的机舱。司马灰等人随后追了进去，发现整架 C-47 信天翁，处于近乎静止的状态，里面的乘客和驾驶员都如同横死之人一样，脸上保持着惊恐绝望的神情，僵硬在原位动也不动。这次坠机事故的遇难者，也算是司马灰和赵老憋都见过了，可唯独没想到，陷入匣子死循环的事件，不止考古队、赵老憋、C-47，除了这三者，还有另一个东西存在。在司马灰从匣子中逃脱之际，看到黑暗深处裂开了一条缝隙，其中好像有无数只眼，当时"熵"也进入了时间匣子，这一幕可怕的情景，不仅考古队看得真切，赵老憋也应该看到了，所以才称司马灰见过"绿色坟墓"的真身而不自知，更不会想到"绿色坟墓"就躲在落到重泉之下的幸存者当中。

至于"绿色坟墓"始终不敢暴露真面目，也正如司马灰先前所料，确实是其弱点所在，因为真身一旦被人看到，自然知道这是个重泉之下浑身是眼的异物，谁还会相信它那番鬼话到地底送死？而且除了死人之外，只有在极端特殊的情况下，才有可能看到"熵"的真身。

高思扬见司马灰沉默良久，脸色难看得吓人，又听胜香邻简单说明了缘由，心里更为骇异；难道二学生说的话全部属实？

司马灰目不转睛地盯着二学生，把这整件事情在心中转了几个来回，暗想：以往上的恶当还不够多吗？我如今鬼迷了心窍，怎么敢相信一个死人说的话？

第二章　消失的尸体

司马灰预感到情况不妙，暗中思索二学生所言之事，估计至少有百分之九十九符合事实，可哪怕只有百分之一是虚，也足以让考古队陷入无底之坑。

这时，胜香邻又问了二学生几件事，得知组织的房间都有编号，历代首脑为"0号房间"，有他的存在才能不断发展成员，使"绿色坟墓"有足够容身的房间，可以渗透到各个角落。但与重泉之下的拜蛇人神庙隔着地壳，同时受地磁影响，与让石碑困住的"熵"互不相通，而最后一位"0号房间"，也曾意外暴露过真实面目。

那是在1949年，当时的"0号房间"死后，尸体被放到一口乌木躺箱里，埋到了乱葬岗上。这箱子以前是庙里装"雷公墨"所用，由于事出突然，还没来得及找到下一任"0号房间"，而这具形状怪异的尸体，就先被挖坟的土贼刨了出来，很快又让军队发现并引起了怀疑。这具尸体被装在C-47信天翁运输机里想转运给盟军，航线是由南向西北，途中突然失踪，再也不见踪影，十年后有人在罗布泊荒漠里发现了飞机的残骸。

这架绰号信天翁的"道格拉斯C-47空中运输机"，就是考古队在匣子里遇到的失事飞机，因为迷失在匣子中的一切事物，都相当于在真实中消失了一段时间，所以说是死过一次。直到从里面逃脱出来，先逃进 C-47 机舱的赵老憨，看那口箱子上满是封条符箓，误以为是做梦都想找到的"雷公墨"，赶忙打开来看，见是黑乎乎一团物事，套在一个大皮口袋里。可被考古队追得太急，顾不得仔细辨别，拖起来便从前舱爬到外面，结果被强风卷走，那一瞬间看到了深渊里遍体长满眼睛的古老神祇，吓得魂都没了，哪里还顾得上装着尸体的皮口袋。他逃出时间匣子之后，"0 号房间"的尸体也从此下落不明，因为尸体是在 C-47 运输机中，一旦离开这架运输机，也就永远消失在时间之外的乱流中了。自此组织没有了"0 号房间"，房间变得越来越少，"绿色坟墓"实际上已然是穷途末路，没想到在这种绝境中，得以借助考古队深入到重泉之下，想来也是命运使然。

众人心下黯然，发生过的一切都已经成为了事实，再也无从挽回，多亏司马灰遇事沉着，拆掉了雷管引信，否则炸塌了石碑，那才真是天大的祸端。如今考古队全伙人困死在洞中，但跟"熵"同归于尽，也算够本了。

胜香邻认为事情不会这么轻易结束，但她也分辨不出二学生所言哪句是真哪句是假。

司马灰对胜香邻等人说："二学生讲的多半都是事实，不过这个人并不可信，按对方所说它现在就是个鬼，可我看它就是'熵'，是个借魂还尸的东西，哪里会安什么好心？洞中发生的一切，全都是为了让考古队毁掉石碑。"

罗大舌头说："那炸药已经失效了，只凭咱们这几人想推倒石碑，简直是蚍蜉撼大树。"

司马灰一时也猜不透对方要如何施为，忽然看到高思扬身后所背的"高温火焰喷灯"，不觉心念一动，这部高温探照灯能照出烈焰般的光束，先前遭遇栖息在水晶湖底的巨型史前怪兽，都被光束烧掉了脑袋，但石碑不比血肉之躯，纵然用"高温火焰喷灯"照过去，也烧不穿那么厚重的石碑，何况拜蛇人石碑上到处都是碑文，整座石碑又甚为高大，哪怕烧去几行碑文，照样能够将"熵"困住。

二学生神色惨然地对司马灰说："你不相信我那就算了，当你们翻过石碑踏进洞道的一刻，就命中注定回不去了，即使毁掉石碑也会被'熵'吞掉。而失去炸药的考古队，更是对'熵'没有任何价值，我知道了整个事件的前因后果，只是出于一番好意，让你们死得明白，我心中也落个坦荡。等这里的时间流逝到尽头，咱们形神俱灭，我有什么必要出言欺瞒？"

司马灰不再吭声，他认定这个二学生就是洞中怪物所变，其目的就是引着考古队破坏石碑，但这家伙到底想怎么做呢？

二学生见司马灰沉默不语，就问高思扬："难道连你也不信任我了？我当初在大神农架林场吃死人肉，也只是求生心切，毕竟这世上有谁不怕死？趁着还有时间，我再跟你们说些很重要的事……"

高思扬一时语塞，她想了想，觉得还是相信司马灰为好，毕竟司马灰从没错过。

司马灰仍不说话，心中却想：我要是从没错过，也不会落到今天这种地步了。

罗大舌头插嘴道："谁说这世上没有不怕死的？想我罗大舌头自从离家闯荡黑屋，仗着一身拳脚打抱不平，等闲三五个人也近身不得，后到缅甸为军作战，刀枪丛里砍胳膊断腿，什么阵仗没见过？你看老子几时皱过眉头？"

司马灰知道这罗大舌头一张嘴那就没个完了，于是抬手止住话头。他此刻已做出最坏的打算，估计拜蛇人石碑一定会倒塌，虽然现在还猜想不出原因，但事情一定会向着这个结果发展。而二学生就是有意拖延时间，企图在此之前，尽量消耗考古队的矿灯电池，那么一旦石碑受到破坏，洞里的东西就会立刻从地下逃出去。众人陷身在黑暗中，连万分之一的逃生之机都没有了。在伸手不能见掌的地底洞穴中，恶劣的环境使电池消耗的速度，要超出正常条件下好几倍之多，考古队剩余的电池根本支撑不了多久，所以不能再有任何耽搁。另外，对方道破了这些谜团，也说明是有恃无恐，将考古队这四个人当作已经吃到嘴里的肉了。

司马灰想到这里，决定见机行事，但不采取行动打破僵局，终究没有机会可寻，当即示意众人动手，让高思扬准备用高温火焰喷灯照向二学生。这部火焰喷灯是由"科洛玛尔探险队"里的科学家发明设计，冷战时期各种稀奇古怪的武器装备层出不穷，司马灰自认为见过不少犀利器械，可这类喷灯却是听也未曾听过，但威力着实惊人，寻思不管对方是什么怪物，让那烈焰般的光束照到，也教它吃不了兜着走。

　　罗大舌头和胜香邻向来跟司马灰同进退，立刻随之上前，高思扬稍有迟疑，也背着高温火焰喷灯跟了过去。

　　二学生想不到司马灰不按牌理出牌，完全不留商量的余地，仓促间慌忙退向神龛之后。

　　谁知罗大舌头来得更快，当先一个箭步蹿上石台，倒抡起猎熊枪的枪托，用力照着二学生的脑袋猛挥过去，就听颈骨"咔嚓"断裂之声，二学生的脑袋被枪托打得在脖子上转了360度，身子却没挪地方，转回来时脸上死气更重，两眼望着罗大舌头，显出怨毒的目光，突然张开了黑洞洞的大嘴。

　　罗大舌头吓了一跳，急掣身形躲闪，可忘了身在神龛石台上，后退时踩到空处，叫声："我的个娘！"仰面摔倒在地。

　　司马灰和胜香邻在两旁接应，分别对准二学生连发数枪，枪弹在漆黑的大殿中"嗖嗖"飞过，都打在二学生身上，却挡不住他从石台上扑向罗大舌头的势头。

　　这时，高思扬也到了神龛附近，她本来还有些犹豫，可是看到二学生脸上死气沉重的狰狞之状，再不敢有所迟疑，那盏高温火焰喷灯的灯头就架在她肩上，急忙打开灯头的盖子，对准二学生照去。

　　二学生似乎也识得此物厉害，吓得脸色骤变，嘴里发出"咕咕咯咯"一阵怪叫。

　　高温火焰喷灯因从热气球上掉落受损，始终接触不良，故障无法排除，一路上时好时坏，高思扬此刻将灯头对准二学生，却没有半点儿光线射出，只有装在猎鹿木盔上的矿灯，近距离直照到对方脸上。

二学生像是非常惧怕喷灯，不敢置身在灯头照射范围之内，掉转身爬下神龛向后逃去。

罗大舌头见二学生躲在神龛之后，立即跳起身来，浑身筋凸，奋力将整块巨石雕成的神龛揭起，想推倒了将对方压住。但那神龛重达千斤，他虽有几分举鼎之力，也只能将神龛抬起 45 度，就觉两臂酸麻，胸口气血翻涌，都要从嘴里喷将出来。

司马灰等人见状并肩上前，暴雷也似发声喊，硬生生掀翻了神龛。那二学生躲避不及，被沉重的巨石压在底下，顿时变成了一个血肉模糊的饼子，再也动弹不得。

众人看神龛巨石下露出的手指还在不住抖动，一同蹲下身去察看，忽见二学生那颗被砸瘪的脑袋，竟像一条蛇似的从神龛底下伸了出来。

高思扬骇异至极，手里按着的高温火焰喷灯一直没有放开，忙把灯头照向二学生，这次终于没出故障，胜过烈焰的灼热光束射出，那被压扁的头颅立时化为乌有。然而就在光束喷出的一瞬间，大殿内外的灯烛，以及四个人身上装备的矿灯，全部暗淡下来，眼前黑得如同抹了锅底灰。

众人大惊，考古队果然没有走出无底洞里的裂缝，时间又要飞逝到放置空罐头盒子的 11 点了，"熵"可以任意摆布裂缝中的时间，并不取决于二学生是生是死，也与考古队在无底洞里的位置无关，只要众人做出的行动有可能破坏石碑，无底洞中的时间就会立刻逆向飞逝，将四个人带回到放置石碑的洞口。

第三章　真实的本质

　　司马灰等人意识到无底洞中的时间再次飞逝到出发点，是因为考古队的行动有可能破坏石碑，不过高温火焰喷灯应该无法对石碑构成威胁，脑中这个念头还没转过来，矿灯就亮了起来，时间回到了洞道中的 11：00，耸立的拜蛇人石碑赫然出现在面前。

　　高温火焰喷灯里射出的灼热烈焰，正对着石碑照去，不过众人距离放置石碑的洞口，还有几步距离，喷灯射程很近，那些碑文刻得又深，因此烧上去影响不大。

　　高思扬脸上失色，忙把火焰喷灯掉转方向，想关掉却关不上了，以电池背囊供应能源的喷灯，持续时间很短，如果不能迅速关闭，很快就会耗尽能源彻底失效。

　　司马灰见通往石碑的裂缝打开了，也来不及多想，立刻协助高思扬取下火焰喷灯背囊，就地扔掉不管，招呼其余两人逃向石碑，三步并作两步蹿到近前，手脚并用攀着石碑爬上顶端。

　　四个人拼命上到石碑顶部，心里暗觉侥幸，看来老天爷也偶尔会开恩，一定是困在洞中的"熵"以为火焰喷灯能烧去碑文，才在考古队使用喷灯的一瞬间，使时间飞逝到石碑附近，无底洞里的人员绝无生还之望，看来这东西毕竟只是个死不掉的怪物，并不是真正洞悉一切因果的神祇。

司马灰感到侥幸的同时，也有些恐慌，总觉得事情没有这么简单，其余三人都在石碑顶部往外逃的时候，他大着胆子回头看了一眼，想瞧瞧为什么没被洞中的无数怪手拽进裂缝，谁知不看则可，看这么一眼真如同五雷击顶。

此时那部高温火焰喷灯的电池还没耗尽，灼目的烈焰将洞道里映得雪亮，就见先前抛落的整捆炸药，竟从一团黑雾中显露出来，这捆炸药的引信虽被拆除，但装填在其内的军用级别黄色炸药仍在，火焰喷灯照在炸药上，立时将其引爆。

司马灰见状不妙，急忙叫喊着让罗大舌头等人俯身躲避爆炸的冲击。那捆炸药的威力虽然惊人，却也难以直接炸塌如此厚重的拜蛇人石碑，不过洞道内格外拢音，地形本就使爆炸的冲击波被扩大了数倍，轰响声更是震天撼地。

司马灰等人趴在石碑顶部躲避爆炸，只听轰然巨响，身体像被一阵疾风刮过，每一寸肌肤都疼得难忍，震得三魂离位，五脏六腑恰似翻了几个跟头，脑中嗡鸣作响，喉咙中咸腥之气滚动，耳鼻中随即流下血来，身体抖个不停，似乎是拜蛇人石碑在震颤。

这座拜蛇人石碑在地脉尽头矗立了几千年，其上遍布的龟裂，在剧烈的冲击下迅速加深扩展，里面发出层层断裂之声，然后缓缓向外倒塌下去。

石碑垮塌的瞬间，司马灰感到自己的魂魄好像都被震掉了，恍惚间看到硝烟中浮现出一个如同参天古树般的庞然大物。它伸展着根须在黑洞中挣扎欲出，身上长满了无数只绿幽幽的怪眼，这或许就是"熵"的真身。

这个浑身是眼的巨大树形生物，随即被浓重的黑雾覆盖，而石碑顶部的四个人，也都随着崩塌跌落在地，脸上身上都是灰土和血污，好不容易挣扎起身，就见拜蛇人石碑已变成了一堆乱石，再没有一处的碑文可以连接起来。

司马灰头脑还算清醒，心知这次算是把娄子捅上天了，后果实难想象，黑洞中那个古树般的怪物"熵"，正是因为看到碑文，才会陷在反复的死亡中不得脱身，而此刻拜蛇人石碑彻底倒塌，可就再没有任何东西能挡得住它了。古代拜蛇人从出现到消亡这么长的时间内，用尽了一切办法都奈何不了"熵"，凭考古队那几条步枪和所剩不多的弹药，绝无与之对抗的能力，四个人都死在这儿也于事无补，如今只剩下拼命逃跑这一条路了。

众人耳中轰鸣，口鼻流血，谁都无法说话，趁着"熵"还没从洞穴深处出来，强撑着由乱石堆里爬出，冒着滚滚而来的热流，经来路向外逃亡。

地洞里热得如同蒸锅，胜香邻身上伤势未愈，没跑多远就支持不住了，她面无血色，推开司马灰让众人自行逃生。

司马灰等人怎肯丢下胜香邻不顾，就和罗大舌头轮流背着她，让高思扬用矿灯照路，继续穿过重重洞窟往外跑。

考古队携带的物资装备几乎都用完了，众人身上除了水壶步枪和少数干粮以及电池之外，没有什么多余的东西。司马灰和罗大舌头在缅甸作战多年，丛林山地间的负重急行军是家常便饭，不过血肉之躯终究有其极限，跑一段也要停下来喘息一阵儿，亏得隧道里有拜蛇人放置的许多巨石，最大限度上减缓了"熵"从深渊里爬出来的速度。

众人逃至神庙通道的入口附近，听觉渐渐恢复，脚下却拉不开栓了，只好放下昏昏沉沉的胜香邻，暂时停步喘口气。这时，隐隐听到有庞然大物由远而近，估计这是"熵"从后面追上来了。神庙通道里有很多巨石，才使它的行动迟缓下来，然而出了神庙，就是一座接一座山腹贯通相连的漫长隧道，其中地形异常平整开阔，徒步逃出去，用不了多久便会被"熵"追上惨遭吞噬。

罗大舌头深感绝望，握着仅剩的三发 8 号霰弹，对司马灰说："我留下来挡它一阵儿，你们趁着能走赶紧走，活下来一个算一个了。"

高思扬刚才也见到了黑洞中浮现出巨大无比的树形轮廓，她心惊胆战地说："那个东西根本不是枪弹所能对付，而且活了万年不死，只怕没有谁能知道它是个什么怪物，咱们这几个人在它的面前就像蚂蚁一般，你逞强留下来也没任何意义……"

罗大舌头说："那咱就只能分散突围了，总不能全让它给一口吞了。"

高思扬说："你们还记不记得死城里的大铁球？它能将人拖入无穷无尽的怪梦中，也许能将那个怪物困住。"

司马灰闻言稍一沉吟，说道："离得太远来不及了，咱们要设法把它引到萤光沼泽里去，这是最后的机会了。"

先前被困在无底洞中，司马灰已预计到石碑倒塌的结果将会发生，因此有所准备，现在想来，那座枯骨堆积的死城中有个大铁球，可以使生者的意识深陷梦境，如果没有外力影响，就会一直困在怪梦中无法醒来，但是肯定挡不住"熵"，只能把阴魂截住，以免被"熵"吞噬，否则古代拜蛇人也不会把它放在死城中。况且考古队从死城出来之后，在漫长的地底隧道里徒步行进了很多天，才走到神庙，那是远水不解近渴。

而贯穿地下山脉的隧道中，存在着绵延数里的大片萤光沼泽，当时听胜香邻说过，那是由化合物质淤积成泥沼，又受到下层硫酸湖泊的侵蚀而成，形成的年代不会超过两千年，分布着很多罕见的发光植物和栖息在洞穴里的大萤火虫，环境非常脆弱，表面的淤泥一踩一陷，人行其上勉强得过，如果"熵"从沼泽爬过，一定会陷进深处的硫酸湖，它受到地底无穷无尽的浓酸腐蚀，即便能够不断复原，也永远别想再爬出来了。

罗大舌头和高思扬闻言连连点头，目前虽然无法理解"熵"到底是什么东西，但它确实是个有生有形之物，只要进了萤光沼泽，必定会深陷其中无法自拔。

这时有了一线希望，三人精神一振，当即背起胜香邻，穿过神庙外墙，一路逃进了山脉下的隧道。眼见山腹下的地势越来越开阔，远处连接成片的萤光绵延浮动，宛如天际银河落于大荒。

高思扬借着浮动的萤光，看到山体上方从中裂开，不免担心那个巨大的树形怪物会从这里直接爬到外面去，然后躲在地壳深处蚕食生灵，那后果实在不堪设想。

司马灰估计"熵"也没料到众人会逃出这么远，而且考古队知道的秘密实在太多了，它绝不会允许这四个人生存下去，哪怕众人根本不可能走出地底，对方也要不分死活全部吞掉才能甘休，所以肯定会追进萤光沼泽。

众人一路疲于奔命已是精疲力尽，眼看接近了萤光沼泽，忙用围巾遮住口鼻，而身后的朽木断裂般的响动也在迅速逼近，回头看时只有无边的黑雾，里面充斥着沉重的死气。

司马灰等人暗暗骇异，立即加快脚步穿越沼泽，就听朽木般的异响越来越近，好像转过头去就能看到那千百只怪眼，可这时候谁也不敢往身后看了，没命似的向沼泽深处狂奔。忽觉脚一下软，都跟着扑倒在地，原来地面不知何时开始往后倾斜塌陷，身旁的萤光植物，也全跟着歪了过去，栖息在附近的洞穴萤火虫，似乎预感到大难来临，不知所措地四处乱窜。

众人回头望去，只见身后的荧光沼泽正在向下沉陷，看来是沼泽里淤积的泥层承受不住"熵"的躯体，开始整片整片沉入充满硫酸的湖泊，那漫无边际的黑雾也陷进了深处挣脱不出，就似布满奇异萤光的旋涡里，冒出了一个吞噬空间的无底黑洞。

众人此刻是插翅难逃，在那巨大的黑洞近前，自身渺小如同蝼蚁，只能窒息地看着这绝望的景象，随着整片陷落的沼泽一同沉入深渊。

第四章　吞噬

　　司马灰等人精疲力竭，眼睁睁看着自身随沼泽陷进黑洞，绝望中想道：原来我们都是死在此地。不过萤光沼泽深处的湖泊中，正是个万劫不复的去处，能拼着性命把"熵"引到其中，也算死得其所。

　　这时，矿灯突然变暗，周围的萤光植物也如同被漆黑的潮水吞没，眼前再也没有半点儿光亮，脑子里变得空空如也，什么都不能想了。

　　不知经过了多少时间，司马灰等人才逐渐醒转，只觉身上如同灌满了沉重的铅沙，一动也不想动。

　　又过了半晌，司马灰和罗大舌头、高思扬三人才咬牙爬起身来，胜香邻却仍是昏迷不醒，脸颊苍白，呼吸十分微弱。

　　三个人都十分替她担忧，高思扬水壶里还剩下一点儿清水，当即给胜香邻服下。

　　为了节省电池消耗，众人仅打开一盏矿灯，看看附近的地形，好像是置身在一个洞窟底部，周围都是布满苍苔的石壁，地面上长着许多形似松露的蕈类块菌，其中也有地耳、桑黄等物，偃盖般的云芝高过常人，层层叠叠参差错落，其间有些长尾萤火虫，幽灵般的浮动徘徊，状甚奇异。

罗大舌头腹中正空，顿时流下口水，以前也曾吃过这类地蕈，如今身边没剩什么干粮，正好吃几块蘑菇充饥。

司马灰按住罗大舌头伸出去的手："别乱动，你们不觉得奇怪吗？这洞窟是什么所在？"

罗大舌头想了半天，说道："我就记得在沼泽里不断往深处陷，等到睁开眼的时候已在此间，咱以前来过这儿吗？"

高思扬明白了司马灰的言下之意，骇然道："咱们被那团黑雾里的东西吞进去了？"

司马灰点了点头，心想多半是这么回事。考古队将"熵"引进沼泽，而在它陷进沼泽深处的时候，也将众人拖进了那团黑雾。这东西的肚子似乎是个无底洞，并且可以任意摆布洞中的时间，外面也许只经过了一秒钟，而这一秒钟却会在洞中变得无限漫长，从某种意义上说，相当于时间停止了。

高思扬也有块上海牌机械手表，从北纬30度茫茫水体开始就没上过发条，因为在不见天日的地下，时间没什么意义，直到经历了拜蛇人石碑里侧发生的几次怪事，才知道时间是很重要的行动参照，所以重新拧满了发条，此刻一看时间，指针位于02：30，并且在不停地顺时针走动。

司马灰感到四周静得出奇，推测"熵"中的时间，停在了陷进沼泽的霎那，还没有沉到硫酸湖泊的底部。奇怪的是考古队被"熵"吞掉之后，仍然得以生存，那东西为什么不将众人彻底吃掉？难道它还想利用这几个人，从深陷的沼泽里逃出生天？可考古队的炸药和火焰喷灯都已经使用过了，即使无底洞能够重新复原，使用过的物品也不会再次出现，这诸多的疑问，只怕要等到时间逆向飞逝的瞬间，才能得到答案。

众人逃到萤光沼泽，都以为是必死无疑了，但谁也没想到会再次掉进无底洞。"熵"让石碑困了几千年，好不容易脱身出来，岂肯甘心陷进沼泽深处万劫不复？三人猜测了几种可能，却找不到半点儿头绪，更不知接下来将会遇到什么，当即整理枪支弹药，以防有不测发生。

司马灰看了看昏迷不醒的胜香邻，心想：香邻的思路向来清晰，此时要是能在旁边出个主意，我们也不至于如此为难，但盼她吉人天相逢凶化吉，千万别死在这无底洞中。

司马灰定了定神，先将胜香邻的瓦尔特 P38 手枪带到自己身上。这支 P38 手枪是眼下弹药最多的武器了。他又把温彻斯特 1887 型杠杆式连发枪丢掉，剩下的弹药都给了高思扬，数了数整好是十发。罗大舌头那支加拿大双筒猎熊枪的 8 号霰弹还有三发，等到这些弹药彻底耗尽，考古队就只能使用猎刀了。

三个人将最后的一点儿干粮分来吃了充饥，没有水只好硬往下咽，因为吃过阴间的东西就会成为阴间的一部分，所以即使饿死也不敢去碰洞中的蕈类植物，以免变成被"熵"控制的行尸走肉。

罗大舌头恢复了一些体力，他边吃干粮边问司马灰："矿灯省着用还能撑几个小时，要是彻底黑下来什么都看不见了，咱的本事再大也无从施展，所以咱得赶紧合计合计，下一步要怎么走。"

司马灰寻思被"熵"吞掉的考古队，对其一定还有利用价值。如果将"熵"比作一个无底洞，那么它只能无限延长无底洞里的时间，甚至能让洞中的一切恢复原状，却无法改变洞外的时间，也就是说"熵"陷入沼泽的事实已经发生了，任何力量也无法改变，而掉进洞中的考古队，只是随之停留在了陷进沼泽深处的一瞬间。

司马灰按相物和憋宝古籍中的道理揣测，那个浑身是眼的高大树形神祇，可能属于某种脱离了进化范畴的原古之物，也可以说是进化到了顶点，能够不断自我再生出新的部分，用来代替坏死的躯干。古代拜蛇人堆积在洞中的尸体和死者阴魂，又大多被其吞噬聚合为一，使这块巨大无比的死人肉，带有强烈的生物电场，如同一部高功率的电台，连接着虚无的黑洞。洞中的事物未必真实存在，或许这一切感受，都只是考古队的意识被这部电台影响所致，就像在缅甸裂谷中的"黄金蜘蛛城"里，由于探险队中有躲着"绿色坟

213

墓"的房间,导致众人以为"绿色坟墓"这个幽灵,真的曾经出现在面前。而"熵"本身的生物电场,要远远大于只是它一小部分的"绿色坟墓",所以众人在无底洞里接触到的全部事物,包括一次次死而复生的二学生在内,以及噬金蛞蝓和神殿,也许全是根本就不存在实质的幽灵电波,唯有考古队的行动是在真实发生,这就是那个古老神祇的能力。

罗大舌头听完司马灰的推测,觉得八九不离十了:"如今'熵'陷进了萤光沼泽这个大泥淖子,等它落到底,就算死不了也永远逃不出去了,凭这结果咱死多少回也够本了。可既然还能动就别等死,我看这洞窟走势向下,不如到那边去看看有何发现。你们也不用一脸丧气,这还没到山穷水尽的地步呢,此前考古队困在北纬 30 度的怪圈里,那是何等凶险,不也照样脱身出来?"

司马灰认为发生过的事实无法改变,考古队想逃出生天也无异于做梦。这无底洞绝非北纬 30 度怪圈可比,不过还是要尽力求生。常言道"生死在天,有福可避",别总提"倒霉"二字,活到现在怎么不算是命大?他实在不想死在洞中,连尸体带魂魄都被"熵"所吞噬,但此刻凭空在这里胡思乱想,把肠子搅得横七竖八地乱猜,终究没个结果,不如按罗大舌头所言,到前边看看再说,就问高思扬还能否坚持。

高思扬用力点了点头,示意可以继续行动。她虽然感到绝望,可见司马灰和罗大舌头对当前的处境毫不在乎,心中也稍觉安稳,先检查了一下胜香邻的情况,然后紧了紧绑腿,将步枪子弹推上了膛。

司马灰让罗大舌头背上胜香邻,吩咐众人彼此间距不要超过一条胳膊,还要注意保留弹药,不到万不得已不要开枪,随即打开矿灯断后。一行人拨开密集的地蕈和芝菌,向着洞窟深处摸索行进,沿途又捉了些长尾萤火虫用来照明。

这些栖息在地底的发光昆虫,也是被"熵"吞进来的洞外之物,消失了就不会随着无底洞中的时间逆向飞逝而复原,大概在几个小时之后便会陆续

214

死去，但装在空罐头盒子里，也可以在这段时间内替代矿灯。只是萤光微弱，照明范围比矿灯低了许多。

一路顺着地势前行，穿过千奇百怪的蕈类丛林，除了稀稀落落的萤火虫，并不见任何有生之物，四周黑沉沉的格外沉寂，仿佛连空气都凝固不动，越是如此，越让人有不祥之感。

司马灰等人不敢有丝毫大意，紧握着枪支一步步往里走，置身在黑暗中也不知道走出了多少距离，茫然之际，走在前面探路的高思扬，忽然发现蘑菇丛中露出一座大石门，微光下的能见度仅及数步，又被附近的云芝遮蔽了视界，站立在开启的石门缝隙前，两侧和头顶都是一片漆黑，只是感觉这座巨门的规模大得超乎想象。

罗大舌头先将胜香邻放下，端起加拿大猎熊枪，打开了矿灯向内洞中探照，光束所到之处，黑漆漆的空无一物，可见石门里面的所在极深，石壁上布满了很厚的枯苔，看不出是个什么去处。

司马灰伸手摸了摸洞口的石壁，心里暗暗吃惊。不知是什么原因，就觉得这个洞窟的存在格外真实，考古队最初穿过拜蛇人石碑，第一次困在无底洞中，所遇到的一切事物虽然都像真的，可都显得十分诡异，那种挥之不去的死亡气息始终难以遮掩，而此刻发现的石门，为什么会有如此强烈的真实感？它究竟通往何方？

第五章　入迷

　　司马灰发现，在这个深不可测的无底洞中，除了考古队的四个人，以及沼泽里的发光昆虫之外，还有掩在蘑菇丛林中的石门，是真实存在的事物。

　　不过没有证据可以直接证实，这只是一种感觉，就像在洞道里遇见二学生，虽然那家伙有血有肉带着活气，可司马灰认定此人是让石碑困住的东西所变。放置神龛灯火通明的大殿，也存在着难以形容的怪异气息，现在想想，那些万年长明之烛，其实全是"熵"的眼睛。而这座石门却不属于无底洞，也许是古代拜蛇人留在"熵"中的遗迹。

　　众人都不甘心坐以待毙，决定先到石门后的洞窟里探明情况，看看里面有些什么东西，然后再做计较。当即由罗大舌头背上胜香邻，司马灰提着装满萤火虫的罐头盒子照明，经过巨门的缝隙向内走去。

　　高思扬握着步枪紧跟在司马灰身后，微光照明虽然十分有限，也不禁惊讶于这石门的高大宏伟，几个人走在石门缝隙中，恰似在峡谷中穿行。

　　穿过裂谷般的巨门，众人进到里侧，发现置身在洞室之中，平整的石壁和地面苍苔厚重，除了当中孤零零平放着一块大石板，周围空落落的再也没有什么东西，尽头则又有一处拱形门洞陷在壁上，看来可以通往更深的地方。

司马灰等人看到洞中的石板上似乎有图案，就凑近了仔细观瞧，剥去枯苔，萤光下只见那是一个古老巨大的树形神祇图案，它全身长满了怪眼，有目而不能瞬，有腹而无五藏，不死不灭，正从万物蒙沌的虚无中浑浑而出，附近都是人类和野兽的尸体，所过之处草木尽枯，人踪灭绝，雕绘精细繁复，充满了不可名状的神秘气氛。

高思扬看得心惊，问司马灰道："石板上描绘着'熵'的来历？"

司马灰点了点头，说道："古人将前事雕绘成图，以记后来。"说完，将那石板从上到下反复端详了几遍，也不见有什么特异之处。洞室虽大，但仅有这块石板上的图案，此外就找不到别的事物了。

罗大舌头说道："如果早些看到这石板上的图案，咱也不至于大老远跑到地底下送死来了，现在看见了又能顶个鸟用？"

高思扬提议道："这洞室里面好像还有一层，不知那边有些什么，先过去看看再说。"

司马灰和罗大舌头同是此意，当下进到下一间洞室，一看结构与外边那间非常相似，地上也是块绘有图案的石板，这第二块石板上雕绘的场面，仍是"熵"吞噬万物的恐怖情形，其下有无数古代拜蛇人跪地膜拜哀求。

众人才知这石板上雕刻的图案内容相连，而洞室仍然没到尽头，还可以继续深入。第三间洞室里的石板图案，记载着古代拜蛇人奉"熵"为神，几位王者一律头戴高大的树形饰物，源源不绝地献出活人，作为祭品扔进无底洞中。

这些关于"熵"的记载，司马灰等人都已大致有所了解，对内容并不感到意外，却想不通此地为何会有这些雕绘图案的石板，带有图案的石板究竟有多少？为什么会分别放置在不同的洞室中？后面是不是还存在着不为人知的秘密？

众人心中疑云密布，所以匆匆看过，就接着往里面走，高思扬在途中留意手表的指针，时间并未出现反常变化。

一行人快步走进放置第四块石板的洞室，这里雕绘的图案是有古代拜蛇人为"熵"筑造神庙，古树与飞蛇的图腾共为双神，同时也将"熵"描述为虚无的黑洞，古代拜蛇人死后尸体和鬼魂都会坠入其中，被这个古老神祇吃掉，表现出"有生之物皆为无常"，而被"熵"吃掉的人，就再也不会死了，因为从此将成为无底洞的一部分，所以通往永生的道路就是死亡。

接下来的第五块石板，记载了古代拜蛇人欺骗了神祇的故事，利用刻有死咒的石碑，将"熵"困在地脉尽头。由于这巨大树形怪物，身上的眼不能闭合，所以它看到拜蛇人石碑的部分，会立刻僵枯死亡，但活着的部分仍会再生，替代坏死的躯干。可古神活过来的时候，又会因为看到石碑而再次死亡，想动也动不了，从此深陷在死亡中难以逃脱。

众人一路看到第六块石板，那是古代拜蛇人用石碑困住了神祇之后，也难免遭受浩劫，大多数被洪荒吞没，残存下来的分支也逐渐消亡。

罗大舌头焦躁起来，觉得这些事考古队都知道了，再看下去又有什么意义？

司马灰却感到雕绘在石板上的图案很不寻常，古代拜蛇人放置石碑之后，才因战争使得元气大伤，又被洪荒吞没而逐渐消亡，而这洞室里的图案，却显然出现在放置拜蛇人石碑之前，从第五幅图案开始，在当时根本还没发生过，那么古代拜蛇人灭亡的经过为何会提前出现在此？

罗大舌头恍然道："是啊，我怎么没想到呢？为什么会这样？"

高思扬诧异地说道："谁能知道还没发生的事？难道这些都是古代拜蛇人留下的预言？"

司马灰现在还无法确定究竟是怎么回事，关键是这洞室的存在感异常强烈，不像考古队先前进入那座灯火通明的神殿，从里到外都有种虚无的死气。倘若是古代拜蛇人留在无底洞中的遗迹，这里面又怎么可能描绘着当时还没发生过的事？莫非冥冥之中当真有洞悉一切前因后果的力量？下一块石板上的图案又会揭示什么秘密？

众人在好奇心的驱使下，又去看下一块石板，如此一块接一块地看下去，刻绘在其上的古老图画，也越来越让司马灰等人吃惊。第七块石板的图案中，描绘了深渊中矗立着一个巨大的人形物体，有只模样奇怪的飞鸟从它身边掠过，而浑身是眼的恐怖之物，躲藏在深渊中窥觑着这一切。

司马灰更为吃惊，这幅石板壁画描绘的内容，正是"时间匣子"，那只大鸟分明就是坠毁的 C-47 信天翁运输机，这些古怪的壁画究竟从何而来？

众人在不知不觉中被石板上雕绘的诡秘图案吸引，急切地想知道后面会出现什么，顾不得多想，立即去找下一块石板，其中图案却是地脉尽头的拜蛇人石碑，石碑外侧站着四个人，倒着一具尸体，虽然仅具轮廓，可明眼人都能看出来，这几个人正是接近石碑的考古队，倒在地上死掉的是二学生，石碑里侧是黑暗中无数空洞的怪眼，这应当是考古队正在准备翻越石碑的情景。

再看后面的几块石板壁画，依次描绘了考古队引爆炸药，使石碑倒塌，而困在洞里的古神，却因刚从僵死状态中复原，留给了考古队可乘之机，一路逃进沼泽。那个高大无比的树形神祇也从后跟来，却陷入了沼泽，缓缓沉向底下的硫酸湖中，它做出最后的挣扎，将考古队的四个幸存者吞进了腹中，随后就是考古队在无底洞中摸索探路，直到发现了一座巨大的石门，又走进里面观看石板图案的情形。

罗大舌头看罢，惊奇地说道："我看图中描绘的情形，可不正是咱们此时此刻的经历？到底是谁把这些事提前刻在石板上的？"

司马灰和高思扬同样骇异到了极致，众人一路看到这里，早已经想不起来这是第几幅壁画了，而洞室中的石板似乎无穷无尽，更奇怪的是，这其中描绘的内容，已跟考古队现在的行动重合了，这是几千年前就存在于世的古迹？还是"熵"的幻造之物？

高思扬看前边那些石板，总有些迫不及待想看后面的内容，可一直看到此处，却不免胆怯，她对司马灰说："下一块石板上的图案，就是还没发生过的事了……"

罗大舌头也称奇道："如果还有下一块石板，那上面的图案会是什么？只要记载在其中的事情，哪怕还没发生过，也都会变成事实？"

司马灰说："'熵'为古史所不载，虽然被拜蛇人供为神祇，其实不过是躲藏在重泉之下不死不灭的异物，远没到乘虚不坠、触实不化的地步，应该没能力看到还没发生过的事实。它要真有这本事，也不至于让考古队引进沼泽面临灭顶之灾。可往深处想想，任何力量也改变不了注定将会发生的事实，就算有谁事先洞悉了前因后果，也绝不可能改变因果，否则它之前看到的就不是事实。"

司马灰同时也考虑到——"熵"要吃掉这几个人，可以说是不费吹灰之力，但是考古队再次掉进无底洞，却没有被"熵"吞噬，这些石板上一幅接一幅的图案，也许只是"熵"制造的幻象，可这么做有什么目的？另外，石门后的洞室存在感非常强烈，这又是什么缘故？

罗大舌头急不可待，说道："从没见过这么古怪的事，我就是想破了脑袋也想不出什么结果，反正只要看看下一块石板就全明白了。"说完背着昏迷的胜香邻就往里走。

司马灰心中有种很不祥的预感，示意高思扬注意四周的动静，随即提着装有萤火虫的空罐头盒子，跟上罗大舌头，向前走到下一块石板附近，用猎刀刮去枯苔，借着微弱的萤光观看上面的图案。但这一看之下，所见却是出乎意料，三个人都惊讶得张开了嘴，半晌合不拢来。

第六章　震颤

司马灰等人急于找到结果，可看到下面一块石板，图案却和此前的如出一辙，再往里面走，所见的石板也是一模一样，全是考古队在洞室中观看壁画的情形，连动作都没有任何变化。

三个人怔在当场，不约而同地想问对方："后面的石板壁画为何完全一样？"

罗大舌头说："真他娘的邪了，如果壁画上的内容将会成为事实，那么接下来……"

高思扬说："按照预言……接下来咱们将会一直看下去？"

罗大舌头说："可要是不接着往下看，就不会知道后面还有没有不一样的内容，这该怎么办？"

司马灰心想："不对，我们的注意力都被这些壁画转移了，进来的时候一定忽略了别的事……"他立即将视线从石板上移开，拎起萤光微弱的罐头盒子，向着四周照视，可漆黑的洞室里空空如也，所见唯有满壁阴郁的苍苔。

罗大舌头看到司马灰的举动，以为情况有变，忙将胜香邻轻轻放下，打开装在头顶的矿灯，同时端起了加拿大猎熊枪。

胜香邻触到地面冰冷的苍苔，渐渐醒转过来，脸上气色仍是十分难看。

司马灰等人见胜香邻醒来，都感到宽慰，纷纷问道："你觉得身子怎么样？好些了没有？"

胜香邻微微点了点头，问道："咱们这是到了什么地方了？"

高思扬将石碑倒塌之后，考古队将"熵"引入沼泽，并再次落到无底洞中的经过，拣紧要的对胜香邻说了一遍。

胜香邻听罢秀眉深蹙，心想：考古队在巨门后的洞室中，发现了内容离奇的石板壁画，不觉一幅接一幅地一路看过来，最后壁画的内容，竟与考古队现在的行动重合了，很可能是"熵"通过壁画，将一行人引到此地。

司马灰也有这种感觉，壁画只是为了吸引考古队的注意力，在好奇心的驱使下，穿过一间又一间洞室，却忽略了洞室本身，那座巨大的石门内部，为何会有这么多结构相同的洞室？另外司马灰隐约记得以前也有过与现在相似的经历，心里不安的预感越来越强烈了。

高思扬记得沿途经过的洞室，至少不下十余间，考古队为了留下电池，一路上只借助萤光照明，能看到的范围才不过三五步远，几乎没有参照物，这些洞室的结构当真相似吗？为什么会有种越走越狭窄的感觉？

司马灰猛然醒悟过来，连骂自己太大意了，立刻拽出猎刀，刮去地面厚重的苍苔，只见岩层印痕一层层犹如大海扬波，暗道：糟糕，这地方是古种鹦鹉螺壳的化石洞窟！

考古队此前正是通过巨大的鹦鹉螺化石空壳，穿过了深不可测的北纬30度茫茫水体，得以进入重泉之下，没想到在无底洞里，竟然也有一具化石空壳，看来应该是古代拜蛇人所留。途中只顾着看壁画上的内容，黑暗中没能注意到洞室在逐渐缩小，而"熵"把考古队引到此处，到底意欲何为？

司马灰估计这个形如巨树的古代怪物，不可能钻到化石空壳里浮出重泉，难不成是想利用考古队的四个幸存者，把它的一部分从地底带出去，就像当年"绿色坟墓"躲在遗骸之中，逃离了重泉之下的深渊？

这具鹦鹉螺的化石空壳，本身是古代拜蛇人留在无底洞中的遗迹，与"考古队、萤火虫、空罐头盒子、枪支弹药"一样，属于洞外之物，所以司马灰等人才觉得此地有很强的存在感，里面的石板壁画却是"熵"制造的幻觉，这空壳能让血肉之躯避过地压，浮上北纬30度茫茫水体，问题是那怪物已陷进了沼泽，它怎样才能让鹦鹉螺化石空壳离开此地？

罗大舌头认为现在明白过来不算晚，应该赶快往化石空壳外面跑，愣在这儿不是耽误时间吗？

司马灰说："咱们在化石空壳里已经走得太深，往回走肯定是来不及了……"

话音未落，打开的矿灯和罐头盒子里的萤火虫，突然由明转暗，洞室里黑得面对面看不见人。

司马灰知道时间又开始逆向飞逝了，"熵"这个无底洞，就像一个能够开合的时间裂缝，其中的一秒钟可以无限延长，考古队走进化石空壳最深处的过程，只是"熵"陷进沼泽的一瞬间。

考古队的矿灯熄灭之后，转眼又恢复了照明，空壳洞窟里的苍苔和石板壁画，都不见了踪影，手表上的指针飞逝回了出发的时刻。

司马灰等人见仍置身在化石空壳内，心下正自骇异，忽觉四壁震颤，地面摇晃不定，脑中都感到一阵眩晕，急忙扶起胜香邻，依托洞壁稳住身形。

罗大舌头叫道："天老爷，无底洞里地震了！"

高思扬说："不是地震，这化石空壳好像在往下沉？"

司马灰心知不错，此刻看不到洞外的情况，可凭感觉确实是在下坠，这是"熵"往沼泽深处陷下去了。布满发光微生物的沼泽底下，是个规模奇大的硫酸湖，湖中的硫酸连陨铁都能腐蚀掉，"熵"沉到湖底之后，纵然体内能够不断再生，替代被腐蚀的躯体恢复原状，可周围的强酸还是会对它源源不绝地继续侵蚀，何况硫酸湖下是没有生命的世界，再深处就是地心热海，那里只有灼热铁水翻滚的汪洋，到处是电磁迸发出的巨大光环，什么物体掉下去也难逃灰飞烟灭的下场。它既然难以脱身，为何还要将众人引入化石空壳？这个万年不死的古老生物，在最后时刻又要做怎样的垂死挣扎？

这个念头还没转完，就感觉好似腾云驾雾一样，随着化石空壳迅速向上升去，身上像是要炸裂开来，晃动不定的光束中，看到手背上的青筋凸出，血管由于地压的剧烈变化而膨胀。

众人相顾骇然，不知道化石空壳为什么会突然上升，但以这么快的速度离开深渊，就算置身在天然减压舱一般的化石空壳里，也会因全身血液沸腾而死。

司马灰等人脑中眩晕加剧，浑浑噩噩之际，很快失去了意识，不知过了多久，觉得自己趴在冰冷的地上，耳中轰鸣不绝，隐隐约约听见波涛起伏，恍惚中想到："熵"不能让真实的时间倒退，所以陷进沼泽的事实无法改变，等考古队走进化石空壳深处之后，它就伸长躯体挖通了地心的热海，随即吐出了化石空壳，热泉涌出前的气流推动鹦鹉螺壳，从裂开的地谷中穿过。

地底山脉与北纬 30 度茫茫水体间，弥漫着混沌的气层，不是躲在减压舱似的化石空壳深处，考古队早已被强压和乱流撕成碎片了。这时听得潮声此起彼伏，显然是浮在北纬 30 度地下之海中，"熵"让这几个人活了下来，一定是想让考古队的成员变成"房间"，将它带到地面。不过这浑身是眼的树形生物怪躯庞大，无法全部爬进化石空壳，只能将部分躯体藏在附近，其主体多半已被地心热海吞没了。

司马灰在半昏迷状态中胡思乱想，一个个念头纷至沓来，想到化石空壳里一定躲藏着"熵"，不由得打个寒战，不顾身上疼痛欲死，咬紧牙关爬起身来，将罗大舌头等人唤醒。众人发现装在空罐头盒子里的萤火虫早都死光了，当下捡起步枪，互相搀扶着向洞外走去。

众人求生心切，一连穿过十几间洞室，走到化石洞外，就见风涛乱滚，浮波际天，高处阴云笼罩、雷电隐现，这个巨大的化石空壳，正毫无目的地漂浮在北纬 30 度地下之海中。

此时劫后余生，四个人茫然矗立，你望望我，我看看你，一个个都像活鬼一般，霎时百感交集，相顾无言。谁也没想到还能留下性命，活着从重泉之下出来，可是弹尽粮绝，无舟无楫，漂浮在这没有尽头的地下之海中，又和死了有什么区别？

罗大舌头说："凡事得往好了想，能逃到这里也是命大，总比直接让那无底洞吞掉要好。"

高思扬黯然道："咱们航行在这地下之海中，就算不被活活饿死，到头来也会让那座大磁山吸过去，全变成古岛上的行尸走肉。"

司马灰感到这事还不算完，"熵"一定就躲在化石空壳中，考古队这几个人能活着浮上北纬30度茫茫水体，全是"熵"需要有人带它逃出去，成为另一个"绿色坟墓"，所以得赶紧离开鹦鹉螺化石空壳才是。他看了看周围，发现洞壁边缘连接着几个菊石壳体，表面裹着层冷却的岩浆，其中一块与化石壁相连的地方，已经出现了大块崩裂，有两张八仙桌子大小，容得下四五个人，正可以当成渡海的小艇。他寻思北纬30度地下水体波涛汹涌，载具越小速度越快，当下招呼罗大舌头动手将其推落，准备乘上去逃离此地。

众人联手把菊石壳体推向水面，随后逐个登上去，浮波涌动中，那古种鹦鹉螺化石空壳硕大怪异的洞口，转眼间消失在了漆黑的海面上。

这时，胜香邻想起一件非常可怕的事，她担心地问司马灰："你能确定咱们现在没有变成……吃过死人肉的'房间'？"

罗大舌头闻听此言，也是怕上心来，忙道："这话有理啊！没准在昏迷不醒的时候，那东西已经钻到咱们肚子里去了，与其苟且偷生，我宁肯给自己来一枪图个了断，也不想变成'绿色坟墓'。"

第七章　辨别

　　司马灰同样对此事感到不安，那个万年不死的古神把考古队放出无底洞，无非只有一个目的，在本体坠入地心这个无法改变的事实中，它选择通过另外一种途径存活下去，那就是让考古队的四个活人，全部或是之一变成"绿色坟墓"。

　　如果直接吃过古神的肉，就等于变成了组织里的"0号房间"，意识和身体都会逐步被其占据，不过最初连自己都察觉不到，此时谁也回想不起来，在化石空壳里失去意识的时候发生过什么，那个浑身是眼的东西，是不是趁乱爬进了谁的肚子里。

　　众人面面相觑，皆是作声不得，现在的四个幸存者，至少有一个人变成了"房间"，该如何将这个人辨别出来？更为难的是一旦分辨出来，就必须将此人杀掉。一行人经历了无数艰难险阻、生死变故，把性命拴在一起，才从重泉之下活着出来，不管哪个人成为"房间"，都只有死路一条，问题是谁能下得去手？

　　司马灰想起二学生的事，知道是不是"房间"从表面上根本看不出来，很后悔没顾得上将拜蛇人石碑的信息记录下来，想来想去也只有通过石碑，

226

才可以确认谁是"房间"。

胜香邻担忧地说:"倘若无意中将'绿色坟墓'从地下带出去,那可真是罪孽深重了。"

罗大舌头出主意道:"谁要是觉得自己吃过死人肉,趁早自觉点儿把手举起来,早年间有几句老话说得甚好,所谓山里埋宝山含秀,沙有黄金沙放光,鬼胎若藏人肺腑,言谈话语不寻常……"

司马灰说:"没准咱们这几个人,都已在不知不觉中变成了'房间',那就不是具体哪一个人的问题了,要尽快想个法子进行准确鉴别。"

罗大舌头说:"那真是无法可想了,既然分辨不出来……"说着话,他用手指了指自己的太阳穴接着说道:"咱不如都照这儿来上一枪,尸体往海里一沉,这样才能确保万无一失,你们先来,我断后,咱下辈子再见了。"

司马灰早将生死置之度外了,也根本没想过还能从重泉之下逃出来,何况当初在缅甸曾被地震炸弹里的化学落叶剂灼伤,料来活下去也不会有什么好结果,只要能把"绿色坟墓"彻底解决掉,死也闭得上眼了,可要这么不明不白地死在此处,却不肯甘心,真没有别的办法可想了吗?

绝境中忽生一计,考古队所担心的事,是在化石空壳里失去意识期间,变成了吃过死人肉的"房间",那个浑身长眼的树形怪物,似肉非肉,像是死气凝结而成,所以说它是块死人肉,凡是直接吃过死人肉的"房间",身上的伤口可以自愈,谁出现这种反常迹象,谁的身上就有死人肉。

众人悬着个心,分别用刀在手背上划了一条口子,但无人出现自愈的迹象,可见考古队里没有"房间"存在,这才松了口气。

司马灰心想"熵"毕竟也是有生之物,大概是穿过北纬30度茫茫水体之际,受地压影响失去了意识,考古队的四个人又比它提前恢复了知觉,迅速离开了那化石空壳,因此得以幸免,一切都是猜测,也只能说但愿如此了。

此时四个人都是又冷又饿、疲惫欲死,让高思扬依次包裹了手背上的伤口,就在壳洞里蜷缩着身子昏睡过去,任凭菊石壳体随着滚滚浮波,在无边无际的地下之海中不住航行。

地心热泉喷涌造成的震动，使北纬30度水体深处的怪鱼，受惊后纷纷浮上水面，那些深水之鱼，大多带有发光器，以此在黑暗阴冷的水域中作为诱饵捕食。

众人陆续醒来之后，动手捉了几条鱼，虽然莫能辨其种类，但都饿红了眼，可也顾不得许多了，当即用刀刮去鱼鳞，直接生吃鱼肉，只觉滋味甜鲜、肥厚多汁，毫无想象中腥恶难当之感，吃过食物之后，胜香邻的气色也恢复了许多。

司马灰留下鱼骨，同时收集到生物发光剂和油膏，临时做成照明的鱼骨灯烛，却也可以入水不熄，风吹不灭。那漆黑的地洞中聚集着浓密磁雾，不时有闪电从头顶掠过，现在有了鱼骨灯烛，再加上磁雾里迸发出的白光，尽可替代考古队一直在使用的矿灯。

罗大舌头见这些鱼模样古怪，前后两对鱼鳍，颇像人的四肢，不免想起阴山古岛附近的行尸走肉，说不定这些鱼也是死人变的。

高思扬听到这话，又看海中之鱼模样古怪，越想越是恶心，忍不住伏在艇边大口呕吐起来。

胜香邻说："隔绝在北纬30度地下之海里的史前鱼类，应该属于泥盆纪时期，那时候的鲨鱼还是有鳞的，多骨鱼盛行，缓慢向两栖生物转变，所以有些鱼好像生有短小的四肢，但肯定不是阴山古岛上的水鬼。"

高思扬这才感到放心，不过置身在菊石上，不分昼夜地在北纬30度茫茫水体中航行，最后一定会被磁山吸过去，以现在的状况，固然有命撑到那里，也得让山中的伏尸拖去吃了。再退一步说，即便侥幸不死，仍会因接触磁山时间太长，导致记忆消失，退化成半人半鱼的怪物。

司马灰等人深知此事无可避免，但处在漂浮的菊石壳体上随波逐流，周围洪波汹涌，全是漆黑无边的地下海水，根本没办法控制航向，落到这种境地，再大的本事都无从施展，也只有听天由命了。

受到之前的大地震影响，洪波翻滚的地下之海中，不时有骤雨降下，偶尔还出现凛冽如冰沙般的固态降水，环境恶劣至极。然而考古队竟能耐得住阴寒酷热，可能也与在地谷中服食过成形的肉芝有关，又有菊石壳子能够容身避险，否则性命早已不保。

四个人就这样搭乘浮艇般的化石壳子，也分不清是在日里夜里，只是随着滚滚浊流，在地壳之下不断地向前航行，却还存了求生的念头，尽量保存剩余的枪支弹药和矿灯电池，并且收集生物发光剂，多制鱼骨灯烛。

这一天，罗大舌头跟司马灰说起，自打在缅甸野人山裂谷遇到"绿色坟墓"开始，到如今不过半年时间，却经受了无数变故，更见到了常人难以想象的事物。想到宋地球、阿脆、玉飞燕、Karaweik、穆营长、通信班长刘江河、二学生，等等，这一路上真是死了太多人了，天幸在毁掉拜蛇人石碑之后，终于没让那怪物从深渊里爬出来。这次倘若能从北纬30度茫茫水体中逃出生天，回到家可真要给佛爷烧几炷高香了。

司马灰觉得，"熵"就像一部巨大的幽灵电台，内部存在强烈的生物电信号，活人被它吞掉之后，意识就会陷进一个没有出口的无底洞，在那里见到的一切，其实都是"熵"这个怪物变的，所以洞里的东西破坏掉之后还会再次复原。而且这东西活了上万年不死，谁都奈何它不得，说是个古神也不为过了，一旦让它逃出去，必将引出一场无穷无尽的灾祸。就因为考古队不听劝告，总想解开那些不为人知的谜团，擅自接近了拜蛇人石碑，才陷进无底洞中，险些拉开了一系列重大灾难的序幕。此刻回想起当时困在洞中的遭遇，仍不免心惊肉跳感到十分后怕，看来也是命不该绝，没准还有机会逃离这无始无终的北纬30度怪圈，因此不能放弃希望。

想是这么想，但这衔尾蛇般的北纬30度线地下之海，实在是进来容易出去难，除了那座浮在大海上的磁山，再也找不到任何参照物，接近磁山又会受到那些半人半鱼的水鬼袭击，还将面临失去记忆变成行尸走肉的危险。

众人思来想去，面对着漆黑无边的茫茫洪波，都觉得前途凶多吉少，气氛立时沉寂下来。

司马灰对其余三人说道："我估计人类对地下之海感到恐怖，可能也不是事出偶然，其根本原因，在于古代拜蛇人引发的那次大洪水，这场特大的水灾淹没了许多陆地，毁灭了古人百分之九十以上的成果，以至于人类在许多领域都不得不重新开始。现在人们对水下遗迹的高度敏感，以及对深水的无比恐惧，实际上正是源于人类对那场史前灾难的朦胧记忆，这北纬 30 度地下之海虽然可怕，咱们却对它的情况有所了解，总能找到途径脱身，此地最大的威胁无非来自那座磁山……"

正说着话，就看远处有道惨白的电光掠过，海面上出现了一大片朦朦胧胧的黑影，似乎是起伏的山体轮廓。四个人同时闭口不言，目不转睛地望着前方。雾中的雷电却不再出现，海面上黑漆漆的一片，只听得波涛汹涌，却看不到远处的情况了。

北纬 30 度水体循环往复，考古队搭乘载具在浮波中渡海航行，迟早会被地壳下的大磁山吸过去，但是具体时间无法估计，另外谁也没想到这么快就接近了磁山。

那座古岛附近有很多浸死鬼般的活尸，其祖先都是被吸在此处的遇难者退化后变成的半人半鱼的冷血之物，大都隐匿在深水和山洞里，习性悍恶凶残，过壁如履平地，最是难以对付。

高思扬望到起伏的山体，忙把步枪抓到手中，紧张地注视着附近水面，以防有水鬼突然爬上来。

司马灰则是沉着应变，他扣上帽子，先将瓦尔特 P38 手枪的保险打开，然后把储存的鱼骨灯烛都装进背包里带在身上，只留几支交给胜香邻用来照明。

罗大舌头立刻抄起加拿大双管猎熊枪，检查了一下仅剩的三发 8 号霰弹没有受潮，当即装填在枪膛内，两眼盯着黑茫茫的水面，问道："你们刚才瞧清楚没有，是那座磁山吗？怎么这么大？"

第八章 北纬30度大磁山

这时，又一道电光从半空掠过，矫若惊龙。司马灰借着闪电望去，前方山体起伏的轮廓朦胧隐现，犹如一尊漆黑的巨神，以亘古不灭的静默之姿横卧在海面上，确实和上次看到的地形全然不同。不过，那时考古队从神农架落进北纬30度茫茫水体，航行了无数个昼夜之后，才发现了失踪的Z-615潜艇以及一个很大的洞窟，其实那洞窟就是古鹦鹉螺化石空壳，它与Z-615潜艇都被磁山吸在周围，而考古队从未真正踏上磁山，加上当时又是漆黑无光，连这座古岛的大致轮廓都没看清，此刻见山体规模大得超乎想象，也不禁倒吸了一口寒气。

电闪雷鸣之际，距离浮波尽头的磁山越来越近，司马灰抓紧时间告诉其余三人，这里波涛汹涌，又存在着一股无形的巨大吸力，所以无法从两侧绕行，如今只有穿越磁山，菊石空壳很快就会被磁山吸住搁浅，留在水面上容易受到攻击，到时候应当尽快登上这座古岛，然后一路向前跑，途中不能停留，一旦被困住，两三天内就会被抹去记忆成为行尸走肉。

众人心知阴山古岛附近全是伏尸，在枪支弹药充足的情况下也是难以穿越，何况以现在的装备，恐怕走不到一半，就得被那些半人半鱼的东西拖去吃了。但眼看这形势有进无退，也只得横下心来铤而走险，手心里各自捏了一把冷汗。

此时突然传来一阵颤动，众人身子都跟着向前倾去，原来菊石空壳触地搁浅。

司马灰借着鱼骨灯烛往周围照视，看到前边就是漆黑的山体，当即握着手枪，第一个跳下来，罗大舌头等人也相继跟了下来，脚底下虽能站住，但那刺骨冰冷的地下水，几乎没过了膝盖，加之怒涛汹涌，将人身不由己地往前推动。四个人根本无法停留，被迫涉水前行，登上了阴山古岛。

这座古岛整体就是块大得异乎寻常的磁山，它受北纬30度茫茫水体推动，一直浮在地下之海中绕圈，大部分都在水面以下，露出来的山体也有百米多高，全是漆黑的磁石。地势起伏平缓，寸草不生，周围吸着不少鹦鹉螺和菊石的空壳，犹如一个个巨大怪异的石窟。

一行人提心吊胆，直接登上古岛，走了几步，脚步就开始变得沉重起来。他们知道这磁山有吸铁之力，离得越近吸力越强，无奈把猎刀和水壶等金属物品丢掉，这些东西刚离开手，只听"当"的一声响，便被吸在地面上了，再想捡起来却觉得重了数倍。

众人见状无不骇然，仅剩下衣服和武装带上的金属扣子，以及步枪弹药有少量金属部件，尚可勉强承受，也是为了应对随时可能出现的危险，只要还能走得动，就不敢将防身的东西全部丢弃。

一路顺着山势逶迤向前，始终不见任何动静，这倒显得十分反常。司马灰等人不免疑心：磁山附近那些怪物为何全部消失了？

北纬30度这座大磁山，从古就被视为镇着无数恶鬼的阴山，春秋时期更是将许多奴隶和俘虏扔到山中，还有沿北纬30度各地失踪遇难的飞机和舰船，包括幸存者在内，困在这座阴山古岛上的人，都被抹去记忆退化成了半人半鱼的冷血生物，存活繁衍下来的为数不少，至今躲藏在山上洞穴和附近的水面下。考古队在发现Z-615潜艇，以及进入鹦鹉螺化石洞窟的时候，曾与这些东西有过激烈接触，险些丢掉性命，此时有备而来，却不见了它们的踪迹。

罗大舌头感到十分侥幸："谁说倒霉要倒一辈子，看来人生里偶尔也能出现点儿好事。"

司马灰觉得这跟来自地心的震动有关，深水里的大鱼都浮上海面了，阴山附近的伏尸大概也被吓跑了，可也没准都在前边等着，反正遇不上总比遇上了要好，如今是顾不上那么多了，必须尽快穿越磁山，还要设法在山的另一端寻找可以渡海的载具，远远逃离大磁山。

高思扬却认为生路渺茫，这次就算一行四人能够安全穿越磁山，也仍置身漆黑无边的大海上，随着滚滚浮波不停航行，直到再次接近磁山。然后呢？为了避免被抹掉记忆变成行尸走肉，又要再次穿越磁山，这么一圈接一圈地轮回下去，到几时才是尽头？

司马灰说："没想到这么快就接近磁山了，甚至还没来得及思索对策，要想从地壳下的大海里逃出去，也该在沿途想办法，而留在山里却只有死路一条。现在能做的仅是穿越这座大磁山争取时间，所以千万别犹豫。"

话是这么说，其实司马灰心里也在嘀咕，脚下则是半步不停。地势渐行渐高，走到山脊附近，就见面前是架飞机残骸，机身损毁严重，又受地下潮气所侵，外壳遍布锈蚀，已分辨不出是什么型号，但是看起来似乎是一架重型轰炸机。北纬 30 度绕经的区域，都是事故灾难的多发区域，失踪的飞机潜艇舰船和人员不计其数，原因大多和地底磁山有关。

司马灰等人以为 Z-615 潜艇是个特例，此时才发现被磁山吸住的物体不止一个，除了这架重型轰炸机，附近还有一些其他的机体残骸，估计是从百慕大三角海域失踪之后，被乱流卷进地底，落在了这座大磁山上。

罗大舌头看得眼直，忽然感到一阵吸力，双筒猎熊枪竟脱手而出，直飞向面前的山壁。这加拿大猎熊枪钢铁构件较多，磁山深处的吸力很强，所以最先被吸了过去，司马灰的瓦尔特 P38 手枪和高思扬的温彻斯特 1887 杠杆式连发枪，也同样是握不住了，只得放手丢掉。

四个人就觉衣服和背包上的扣子，都快要被一股无形之力扯脱了，不由得相顾失色。想不到地底大磁山居然有如此之力，此刻两手空空，心里更是发慌，当即分发了鱼骨灯烛用于照明，加快脚步越过山脊。

这时，高处的云层中划过一个火球，轰雷震天，听起来仿佛就是炸响在耳边。司马灰等人的头发根子都竖了起来，无不为之骇然，全力以赴爬上山脊。那黑沉沉的磁山轮廓，正被闪电映得一片惨白，只见那地势起伏，前方突起一道更高的山脊。

众人并不知道这座磁山究竟有多大，眼见翻过一道山脊仍不见尽头，无奈后退无路，只好硬着头皮子继续向前。据说当年楚幽王曾铸九尊大金人固定此山，真想象不出那九尊金人有何等巨大，又是以什么古法熔铸而成。

四个人将身上携带的矿灯和电池，包括手表指北针在内，能扔的全都扔了，就连背包上的金属扣子也拆掉不要，这才能继续行动。

一路气喘吁吁地行至第二道山脊，就见前边还有第三道山脊，高度比当中这道低了许多。等到看清了地形，刚要接着往前走，高思扬忽然拽住司马灰的衣服，惊恐地指向身后道："不好了，那个怪物追上来了！"

司马灰转身回顾，只见起伏的山体后出现了一个巨大的树形黑影，伸展着无数根须般的触手，浑身上下都是怪眼，周遭黑雾缭绕，模糊诡异的轮廓使人望而生畏，却是那个本该落进地心里的古老神祇，可它怎么会出现在这座大磁山附近？

众人看了这等情形，脸上尽皆失色，此时身上的枪支弹药全被磁山吸去了，就算手里还有枪支，也完全抵挡不了这个不死不灭的怪物。事到如今无法可想，更来不及寻思怎么回事，只能接着逃跑，于是撒开两条腿，拼命奔下山脊。

山势起伏，下行容易上行难，开始攀登第三道山脊的时候，速度被迫减慢，众人边逃边合计，这个活了万年不死的"熵"，就像一处通往"虚"的无底洞，它能够不断使坏死的躯体复原，考古队落在无底洞里，感受到时间会逆向飞逝。实际上，是这个怪物在一次次恢复原状，那无底洞中的一切事物，除了古代拜蛇人遗留下来的化石空壳之外，有可能全是众人意识中的感受，不过既然能切实感受到"虚"，那又何尝不是真实？

"熵"在陷入地心的一瞬间，自知将会坠入万劫不复的境地，就把考古队拖进了无底洞中，想让这四个人变成"房间"，将它的一部分带出地面，而"熵"的本体却并没有被热海熔化，它是凭着能够不断再生复原的躯体，从重泉绝深处爬了出来，真不知怎样才能将这怪物置于死地。不过它追着考古队接近阴山之后，身上黑雾般的磁波，开始逐渐被山体吸收，所以才露出模糊的面目。如果将它困在磁山中一段时间，也会变成无知无识的东西，但这至少也需要好几天时间。然而在一个小时之内，它就会将考古队的幸存者全部吞掉，然后离开地底大磁山，找个地方等待着爬出深渊的机会到来。

司马灰脑中一连转了几个念头，却没有任何可行的办法，从没感到像现在这么绝望，后悔当初就应该死在缅甸，如今也就不会发生这一切可怕的结果了。无奈这世上没有后悔药可吃，恍惚间已跟其余三人行至最后一道山脊，雷鸣电闪中看向身后，就见后面在雾中浮现出的巨树，与这座漆黑的磁山轮廓几乎浑为了一体，前方则是汹涌翻滚的地下之海，唯见浮波茫茫，再也无路可逃。

第九章 载入历史的一击

浮在北纬 30 度水体中的大磁山，分为前、中、后三道山脊，一行人攀上第三道山脊，下临滚滚洪波，汹涌异常，这地下之海渊深莫测，如果有人掉落其中，任凭你水性精熟，也无异于滴血入深潭，眨眼间就会被茫茫浮波吞没。

四人眼见走投无路，便手举鱼骨灯烛向附近照视，思量着要找个漂浮之物，哪怕是截枯树根也好，却看附近的山体有道裂开的深壑，眼见无路可逃，只得先进去躲避一时，于是相继跳下去。

山体间的沟壑非常狭窄，两侧绝壁峭立，宽处也仅容两个人并肩通过，往里走又有几个洞穴相连，深处腥臭刺鼻。

罗大舌头胆子大起来的时候，天底下没有他不敢捅的娄子，可胆子小的时候又比兔子还小，此时手无寸铁，又看这里面黑咕隆咚的不知道有些什么，胆气自然不足，就问司马灰接下来作何打算。

司马灰说："现在别指望能逃走了，到了这种弹尽粮绝的地步，落进北纬 30 度茫茫水体与困在磁山中，都不免一死。可'熵'追到此地，多半是因为考古队知道了太多的秘密，不把剩下的人员全部吃掉，它绝不会善罢甘休。所以咱们要尽量活下去，同时把这个怪物拖在磁山附近，让山体将它的意识彻底消除。

罗大舌头明白这么做也是同归于尽之举，考古队和"熵"都会被磁山抹掉意识，却总比死得没有价值要好，当即点头同意。

高思扬对司马灰说："你又在想当然了，你怎么知道那怪物是为了吞掉考古队，才爬上这座大磁山的？没准它也是身不由己，被磁山吸过来的亦未可知。"

这时，一直没怎么说话的胜香邻，突然开口说："司马灰猜得没错，那个被古代拜蛇人视为异神的怪物，之前一直在石碑对面处于僵死状态，当考古队翻过石碑走进了无底洞，'熵'就有把握引着考古队破坏石碑。可在破坏石碑的那一瞬之间，它不得不将咱们几个人从无底洞里放出来，否则洞中发生的一切事件，都不会真正触及洞外的拜蛇人石碑，它又担心处于僵死状态时间太久，复原后无法直接将考古队一口吞掉，所以才说出了许多秘密，让咱们的矿灯电池迅速消耗，那么考古队即使逃出了神庙，在没有照明设备的情况下，也无法在地底逃出太远。但是后来发生的事谁都预料不到，反倒是追上来的'熵'被引进了沼泽，陷下硫酸湖，它只好将考古队拖进无底洞里，撞穿热海引发了强烈的地震，使化石空壳浮出北纬30度茫茫水体，以便有人变成'房间'，将它的一部分带出地底。然而'熵'的本体也在地震中随着热泉浮至此处，它对这一切也是始料不及，此时过海爬上磁山，正是为了将考古队的人员全部吞掉，因为咱们知道的事实在太多了，留下任何一个活口都是隐患。"

高思扬对胜香邻说："你这不也是猜测，怎做得准？"

司马灰却感到一阵不可名状的恐惧："胜香邻的这番言语，可不像是凭空推测，她怎么会知道得这么清楚？莫非……"

司马灰知道，浮上北纬30度茫茫水体的化石空壳里，一定有块"死人肉"，谁吃了那块肉，就会变成直接吃了古神的人，自身也将变成古神的一部分，从此这个人身上的肉被割掉还能复原，旁人再吃他身上的肉，就等于间接吃了死人肉，变成受其控制的傀儡——"房间"。可除了直接吃掉神的人，其余的房间都不具备复原能力，所以为了辨别身份，考古队剩下的四名成员，都在自己手背上割了一刀，确认没有任何人出现复原迹象，才把揪着的心松开。而后一连几天在地下之海中持续航行，本已命悬一线的胜香邻，也逐渐恢复了几分气色，但整天都一言不发，不知想着什么心事。

　　司马灰不敢说自己没发觉胜香邻有些反常，只是心底不愿意相信她已经变成了吃过死人肉的"房间"，一时间思绪万千，正要问个究竟，忽听洞穴深处传来窸窸窣窣的诡异响动，他手持鱼骨灯烛向前照去。

　　那鱼骨灯烛实际上就是用鱼骨做成的火把，前面涂抹着鱼膏和生物发光剂，阴郁的冷光能够照及十步开外，在不见天日的地底洞窟中足可鉴人毛发。此时照向洞穴内部，但见有个半人半鱼的东西，从洞壁顶上倒爬而来，惨白的怪脸上吐着长舌，七窍内似有瘀血，灰蒙蒙的眸子对光线十分敏感，但见了烛光并不避让，反而加快速度，倏然间从四人头顶蹿过，动作迅疾无比，落地毫无声息。

　　司马灰感到一阵腥风从后迫近，心知是阴山附近的伏尸，这些家伙可能感到"熵"的接近，全躲进了山中洞穴，但是遇到活人进来，还是忍不住嗜血的本性过来掠食，奈何枪支和猎刀都被磁山吸去了无法招架，只好拽住胜香邻闪身避开。

　　那人鱼般的伏尸一扑不中，转头张开怪嘴，露出满口白森森的利齿，想要再次扑来。司马灰不等它做出下一步行动，已将手中的鱼骨灯烛猛递过去，恰好戳在伏尸的脸上，疼得它怪叫一声翻身滚倒。

　　这时，周围又有不少伏尸爬来，黑暗的洞穴中也看不清究竟有多少。高思扬发现旁边有个洞口，里面漆黑沉寂没有丝毫动静，忙招呼司马灰等人逃向其中。

　　司马灰也是慌不择路，进去时才看到，这洞口是座齐整厚重的石门，当即和其余三人奋力将石门推拢。那石门也是阴山里的磁岩所造，重达千斤，两千多年未曾动过，底下就像生了根一般都快长死了。

众人知道闭不上石门命就没了，各自使出吃奶的力气拼命推动，只听那巨门底部略略作响，终于被缓缓推动，可就这么瞬息之间，已有一只半人半鱼的怪物从缝隙中爬了进来，还有两个探着一半身子，被活活夹死了闭合的石门当中，其余都被挡在门外，而那蹿进来的伏尸爬壁上行，跃到罗大舌头面前，张开大口就咬。罗大舌头背倚石门，两脚蹬地正在向后用力，只好用双手死死撑住对方分开的上下牙膛，他运起蛮力，就听得"咔嚓"一声，竟将那伏尸的血盆大口从中掰成两半。

随着罗大舌头一声断喝，石门终于彻底合拢，众人见石门后的洞穴也是四通八达，估计这磁山腹部中空，那些形似人鱼的尸怪，很可能会从别处绕过来，因此不敢停留，当即以鱼骨灯烛照明，打算沿路往前，找个狭窄稳固的地方容身。谁知这洞窟越走越是宽阔，想来是走进山腹深处了。

这磁山亘古以来就存在于地壳之下，山上不仅有许多遇难飞机舰船的残骸，楚幽王也曾在此祭鬼，所以山腹内有些遗迹。可山体多处开裂，积水下浸，古迹多已不可辨认。走在前边的罗大舌头，在一堆枯骨中，捡到一柄短剑，有常人半条手臂长短，剑身宽厚，黑漆漆毫无光泽，插在鲨鱼皮套之中，没有任何多余的装饰，形态古朴凝重。

罗大舌头本想用来防身，握在手里才发觉是个木头片子，所以才没被磁山吸去，他骂声不顶用，就想随手扔掉。

司马灰接过来看了看，发现这古剑非金非铁，却比木质沉重得多，剑柄刻有八个虫迹古篆，试着在皮带头上一勒，"唰"的一下就削掉一截，想不到如此锋锐，看形制当是楚国之物，就让罗大舌头先带上防身，虽不比那加拿大双筒猎熊枪好使，却也强似空捏着两个拳头。

四个人不敢过多停留，手持鱼骨灯烛匆匆向前。司马灰见洞中的伏尸还没有围上来，想趁机问胜香邻几句话，不料走了几步，前边已无路可走，原来洞底陷下一个大坑，里面全是漆黑的淤泥，"咕咚、咕咚"冒着气泡。众人只觉两眼被呛得流泪，想必是某处湖底的淤泥，刚好掉进山体开裂之处，淤积至今，泥层下一定有很多沼气，遇到明火就会被立刻引燃，急忙退后几步。原来山腹中存在大量沼气，所以洞里的尸怪都不肯接近此地。

司马灰正想取出防化呼吸器罩在脸上，忽见高处亮光一闪，下意识地抬头看去，发现众人置身之处，正位于第二道山脊底部，先前所见的那架飞机残骸掉在山裂中间，半截机身陷进了山腹之内，又听山顶有巨物移动之声，估计是那树形古神爬了过来，一个大胆的计划立即在他脑中浮现出来，倘若能够取得成功，这也许会是可以载入史册的一击。

四个人携带的枪支和猎刀已全被磁山吸去，这山腹里各处都有尸怪，众人一路上疲于奔命只能逃跑，完全没有还手的余地，恐怕支撑不了多少时间，而那浑身是眼的巨大树形怪物也爬上了磁山，只要众人离开山腹就得被它吞掉，实在是到了穷途末路。此时如果能将山洞深处的沼气引燃，那架重型轰炸机上的炸弹说不定还能爆炸，虽不至于炸沉磁山，却会造成山体开裂扩大，使"熵"陷进山腹，只要能困住它几天就行了。

司马灰并不知道能否成功，而且这么做自己这几个人也别想活命，但此刻实在是被逼到了绝路上，也考虑不了太多。那个怪物追着考古队来到磁山，可以说是命中注定，只是最后的结果如何，谁都无法预料。

这时，高处的山裂中浮现出无数只怪眼，司马灰见状感到头皮子一阵发麻，当下握着鱼骨灯烛就要向洞底投去，不料刚一举手就被胜香邻拦住了。

司马灰内心深处最不希望发生的事，就是胜香邻变成吃过死人肉的"房间"，他寻思只要引爆了洞底的沼气，考古队玉石俱焚，谁都难逃活命，又何必追问结果。

胜香邻拿过司马灰手中的鱼骨灯烛，将自己手背上的绷带剥掉，几天前的那条伤痕赫然消失不见了。

司马灰虽然有了心理准备，可真正看到，还是如同遭受五雷击顶，骇然怔在当场："你……"

胜香邻发觉自己变成了"熵"的一部分，但这过程需要几天时间才会显现，因此还没受到控制。她清楚再也不可能活着出去了，甘愿选择去引燃山腹里的沼气，希望能够借此扭转局面，将活下去的机会留给其余三个人，此刻她心意已决，抬头凝望着司马灰，又看了看罗大舌头和高思扬，随即不发一言转身就走。

罗大舌头和高思扬并未想到这层变故，还没等到明白过来是怎么回事，就见胜香邻握着鱼骨灯烛跃入洞窟深处，不禁呆立在原地，空张着嘴不知所措，而那个轻逸的身影转眼间就消失在了黑暗之中。

地底世界

第六卷

开始的结束

第一章　乱流

胜香邻舍身一跃，用鱼骨灯烛引燃了洞底淤积的沼气，爆炸性的黑色气体呈蘑菇状冲天而起。

司马灰等人肝肠寸断，这时不知山体裂口处的炸弹是否也被引爆，高处也在同时冒出了大团的火球。

洞窟内的热释放速率和烟密度瞬间达到了极值，剩下来的三个人都被气流推得向后滚倒，窒息中就见山体的裂缝向外扩大，那浑身是眼的树形怪物正趴在山上，此刻有一部分根须般的躯体陷进了磁山，但很快就从山体裂罅中拔身而出，裂开的山腹竟困不住它。

三人见洞窟里热度太高，再也容不得身，都知道眼下不是难过的时刻，只好强忍悲痛，穿过附近的洞穴离开山腹。此时就觉重心倾斜，好像整座大山受到爆炸影响，在北纬 30 度茫茫水体中发生了偏移，洞中那些半人半鱼的尸怪，也都逃散了。

司马灰和罗大舌头、高思扬三个人，手脚并用爬出山腹，发现处在第三道山脊附近。地底大磁山因震动倾斜，在滚滚浮波中偏离了原本的位置，由于山体歪斜幅度不小，他们只能伏在山脊上无法行动，距离那个形如巨树般的神祇，不过几十米远，就见树身上伸出无数只枯长的怪手，作势向三人抓来。

司马灰等人骇然欲死，知道若非磁山将这树形古神身上的黑雾吸掉了很多，根本无法见到它的真容，平时只要看它一眼，就会陷入虚实难辨的无底洞里永远别想出来，仅凭血肉之躯万难与之抗衡，只得冒死在倾斜的山体上不断移行。

这时，倾斜的大磁山，突然发出一阵剧烈摇晃，司马灰等人头晕目眩，不知道出了什么变故，低头向山下张望，借着高处雾层中的电光，就看黑茫茫的海面上出现了一个大旋涡。可能是北纬 30 度茫茫水体下方有个空洞，大量地下水无休无止地注入其中，在上方形成了旋涡，磁山偏离位置之后浮经此地，也被旋涡卷住。这座磁山虽然奇大无比，不会被吸进深渊，但也无法脱离强劲的旋涡，竟随着洪流转动起来。

巨树般的古神只顾着要吞掉司马灰等人，却因山体震动跌入旋涡，它虽是怪力无穷，也不由自主地被乱流拖进深渊，但有一半躯体却陷在磁山里挣脱不出，也只能抱着磁山，在无边的绝望中不断转圈，不出几天就会被彻底抹去意识，成为一堆无知无觉的腐肉。

司马灰等人伏在山脊上看得真切，实在没想到会出现这种结果，要不是爆炸使磁山偏离了位置，这浑身是眼的树形古神，又穷追不舍只顾着吞掉考古队，也不会落到这个地步。对这重泉之下的不死异物而言，肉身虽存，却被磁山抹去全部意识，或许这才是真正意义上的灭亡。

三个人自知同样逃不出去了，皆是面色惨然，好在大事已了，总算没有白搭上这么多条性命。

高思扬忽道"不好"，阴山古岛里还有许多半人半鱼的尸怪，它们如果吃了"熵"的肉，哪怕只逃出去一两个，也将会后患无穷。

司马灰摇了摇头，阴山附近全是退化了的行尸，它们吃了古神也不会受其控制，何况也离不开这座磁山，过不了多久，树形古神体内那些阴魂般的生物电，就会被地底的磁山彻底抹掉，而且抹掉的东西万劫不复，再也回不来了，因此不足为患。

三人伏在山脊上，想起胜香邻的事，无不伤痛惋惜，心里都似滴出血来。

罗大舌头对司马灰说道："香邻只是先走一步，反正咱们也出不去了，与其变成山里的行尸走肉，不如跳下去死个痛快……"

话音未落，只见头顶无边的浓雾也出现了旋涡，原来磁山高出水面百米，在旋涡中转动起来带动气流，所以覆盖在高处的浓雾也随着出现了变化，此时下面是浮波汹涌，上边是浓雾翻滚，海水和浓雾浑成了一个黑茫茫的巨大涡流，边际已分不清是水是雾，强劲的乱流到处卷动，吹得衣襟猎猎作响，只恐稍一松手，便被气流拖上半空。

司马灰罩上装在 Pith Helmet 上的防风镜，看到高处的浓雾中露出一个大洞，大股的气流向上涌起，不禁心念一动，寻思这正是个千载难逢的机会。考古队没理由都死在地底给"熵"殉葬，既然难逃一死，何不冒险一搏？

高思扬见司马灰望向雾中的大洞，想说：你可千万别胡来，这乱流再强，也不可能把人卷到那么高的地方……奈何说不出话，只得比画手势。

司马灰把手指向山脊附近的飞机残骸，示意罗大舌头和高思扬不要多问，只管跟着过来就是。

三人顶着乱流，在倾斜晃动的山体上爬行，终于接近到一架相对完整的飞机残骸附近，这是被磁山吸下来的老式螺旋桨飞机。

罗大舌头记得曾在缅甸裂谷中搭乘英国空军的蚊式特种运输机落入深渊，以为司马灰打算故技重施。可那蚊式特种运输机是罕见的全木质结构，生存能力极强，加上野人山大裂谷两千米深的空阔地形，产生了烟囱效应，才得以平安着陆，而这附近的飞机，都被磁山吸住了动弹不得，何况锈蚀破损严重，即便在梦中也不敢指望它能载人往上飞行。

罗大舌头自认敢想敢做，却也没有司马灰这种近乎疯狂的念头——典型的冒险主义加拼命投机主义作怪，忙打手势说："要去你们去，难得死上一回，就不能死得正常点吗？"

高思扬以为司马灰伤心胜香邻身亡，脑子里一时急糊涂了，想上前阻拦他不要做这种没意义的举动。

司马灰知道时机稍纵即逝，来不及再作解释，爬进机舱内到处翻找，似乎在寻觅什么东西，遍寻无果，又钻到另一架飞机残骸中，终于翻出一大包东西，拭去上面的尘土看一眼，确认无误就动手拆解。

罗大舌头见司马灰行动奇怪，就上前帮手，解开来一看更觉诧异："降落伞？"

司马灰指了指雾中的大洞："能否逃出生天，就看这降落伞管不管用了。"

他从机舱残骸里找到的降落伞，其实只是普通的空军救生伞，不像空军部队的伞兵伞带有控伞，万一拉不开主伞，还有副伞备用，仅能像风筝一样，借助乱流将三人带到高处，至少可以离开地底大磁山。逃生的机会只在这瞬息之间，若有差错大不了一死，所以根本没考虑救生伞能否承重，当即拆开伞包，示意其余两人绑定伞绳。

罗大舌头了解到司马灰的意图，知道这是要放人肉风筝，立刻动手去拽伞绳。

高思扬见状稍有迟疑，暗想这方法固然极险，却也值得一搏，就跟着依法施为。

三个人刚把伞绳绑在身上，救生伞便被乱流卷起，鼓满了气，"呼"的一下拉直了伞绳，拖着三人摇摇晃晃地向上升起。他们急忙紧紧握住伞绳，各自用围巾遮了口鼻，只听气流在耳边呼啸来去，被救生伞带得身凌虚空，穿过浓雾盘旋的巨大涡流，飘飘荡荡越升越高。在这个巨大无比的地底旋涡中，救生伞就像一片微不足道的落叶，四周尽是滔天的浮波和浓得化不开来的迷雾。

司马灰看到救生伞越升越高，乱流中低头下窥，就见深渊里有无数绝望空洞的怪眼，但很快便被聚拢的浓雾覆盖，一切都被虚无的漆黑吞没，万物归于混沌，之前经历的事好像只是一场漫长可怕的噩梦。

这时，救生伞接近了地壳底部，阴山带动的乱流开始急剧减弱，撑不住三人重量，一头向旁栽去，挂在了洞底倒悬的石笋上。

三个人取出鱼骨灯烛照明，但见头顶石笋嶙峋，脚下都是茫茫雾气，恐怕动作稍大，伞绳就会断裂或是脱落，任凭身体悬在半空来回晃动，却是连大气也不敢出。

司马灰自知不容迟疑，深吸了一口气，探臂膀拽出罗大舌头背后的古剑，割断自己身上的伞绳，施展开蝎子倒爬城的绝技，倒攀绳索而上，钻进洞顶的裂缝中，拖拽绳索，将其余两人逐个接应上来。

地壳深处的裂缝，也是由于猛烈的磁暴而产生，附近的乱石不断掉落，三个人离开悬挂在半空的救生伞，身后的裂缝已开始在剧烈的震动中合拢，只好顺地势持续移动，爬到岩缝纵深之处，震颤才逐渐消失，身上不觉出透了冷汗，手脚不停发抖，趴在冰冷的岩层上再也动弹不得。

司马灰只觉眼前发黑，恍恍惚惚中思潮起伏，想起自从缅共"人民军"溃散，跟探险队进入野人山大裂谷寻找失踪的蚊式特种运输机，却被地震炸弹带入更深处的"黄金蜘蛛城"，开始接触到了"绿色坟墓"。为了揭穿这个幽灵的真面目，又跟随宋选农带领的考古队深入罗布泊望远镜，寻着线索前往大神农架原始森林，穿过阴峪海和北纬 30 度茫茫水体，来到重泉之下放置拜蛇人石碑的神庙之中。不寻常的日子早已成为寻常，一路上不知死了多少人，付出的代价实在是太大了，但愿这一切都是值得的，想到这里不禁一阵哀伤一阵失落，久久不能平复，胜香邻跳进洞底的一幕更是在脑海中反复出现，心头隐隐作痛。

第二章　迷途

三个人在地底昏睡了许久，才被腹中饥饿唤醒，反正这条命也是捡来的，如今是走一步算一步了。

罗大舌头对司马灰说："咱既然活到现在，看来也是上苍有好生之德，老天爷还饿不死瞎家雀儿呢，所以有再大的困难也要找机会逃出去，把咱的事汇报上去，好歹给考古队那些遇难成员争取个烈士什么的，自古道'有功安民曰烈'，混个烈士称号不为过吧？"

司马灰道："这些事趁早烂到肚子里算了，泄露出去难免要惹麻烦，今后天知地知，咱们三个知道也就罢了，对谁都不要提及。"

罗大舌头说："不让提就算了，咱至少能在清明节给烧点儿纸钱，要不然谁还能记着他们？"

司马灰听完颇受触动，觉得罗大舌头所言极是，应该有人记住这支深入过地下世界的考古队。

高思扬在旁叹道："你们俩胡思乱想什么？现在鱼骨灯烛只剩下几根，没水没粮，没有枪支弹药，手表之类的物品也都被磁山吸走了，困在漆黑一团的地底怎么出得去？"

司马灰定下神来，抬头望了望四周，说道："先看看还剩什么东西，然后再想办法。"

三人各自将背包里的东西检查了一遍，基本上都是空的，只剩苏联制造的鲨鱼鳃式防化呼吸器，半盒防水火柴，两袋盐块，一个再也不能指南的指南针。除了那柄楚国古剑以外，再没什么顶用的物品了。

高思扬深感绝望，考古队从神农架进入阴峪海地下森林的时候，装备虽然算不上先进，至少是全副武装，火把、弹药、干粮、电池等物资也都充足，现在赤手空拳，又不辨路径，还有希望活着出去吗？

司马灰经历过各种险恶的情况，以前就从深邃无边的极渊里走出来过一次，所以并不为这些事担心，地底下是出去容易进来难，地壳厚度平均在8000—10000米之间，往多了说也就是10千米，如果自上而下，在没有地图的情况下，只能寻着水流侵蚀成的洞穴穿过这层地壳。但地下河道分布得密如蛛网，水流在下行过程中不断被底层吞噬，走着走着也许就钻进了死路。此刻众人置身在地壳深处，想往上走却没这么难，因为这北纬30度茫茫水体的洪波浩荡不息，一定有许多地下暗河与之相通，水流不会自生，都是从地面上流下来的，有水的地方属于暗河，没水的洞穴也大多是常年受水流侵蚀而成，循着地脉以及岩层间的波痕蜿蜒上行，总能找到出口。

面临的最大困难，莫过于缺少食物和照明工具，不过司马灰熟识物性，又详细看过赵老憨秘不示人的憨宝古籍，有把握在途中找到地下块菌和发光矿石。

即便如此，途中潜在的危险还是很多，尤其是各种地质灾害要比外面多得多。但三人有了求生之念，也不将这些艰难险阻放在意下，即刻以剩下的鱼骨灯烛照明，起身在地壳深处寻找出路。

司马灰知道首先要解决的就是照明工具，一旦鱼骨灯烛耗尽，摸着黑可就再也走不出去了，于是不敢耽搁，先是辨识水脉，找到一处有暗河经过的洞窟，那洞中上下全是蘑菇化石般的球状岩体，用脚踏碎了，便流出许多发光的粉末，涂到身上或鱼骨上，尽可做照明之用，是憋宝古籍中记载的"石烛"，多生于形成数万年之久的暗河尽头，当即让每人都掰下几个，装到背包里在途中备用。

有暗河的地方，只要不是热泉，一般都有地下洞穴里的鱼群，三人先在河床边摸了几条充饥，一路顺着河道贯穿的洞穴向前，沿途采集块菌和盲鱼为食。

地壳中的矿物很少单独存在，常按一定的规律聚集在一起，而岩石就是天然矿物的集合体，由一种或多种矿物集合而成，所以根据地壳中的深度不同，岩层分布也存在明显差异，部分由火山玻璃、胶体物质，以及生物遗体组成。

司马灰等人顺着暗河流经的洞窟行进，途中见到暗河附近存在自然铂、自然铜、石墨、萤石、黄铁、刚玉、云母等各种矿脉，在地底下层层分布，暗河常有分支，忽宽忽窄，时而平静，时而湍急，想在迷宫般的地下河道里找个出口，却又谈何容易。

罗大舌头主张往矿脉集中之处走，哪怕走不出去死在地下，有这么多宝石陪着，可也够本了。

司马灰则发现这条暗河里有几条鱼，并非栖息在地底下细长短小的无目盲鱼，而是身长扁圆、尖头大嘴、尾鳍呈截形，身上有不规则的花黑斑点，肉质细嫩丰满、肥厚鲜美，是一种丛林河流里的淡水鱼，推测这条暗河通往某处山谷丛林，所以遇到上游的支流就先走一程，如果暗河里栖息的都是地下盲鱼，便退回来重新找路。

三个人为了消除地压的影响，不敢走得太快，一路逆流而上，走一段路就停一阵儿。地底下昼夜莫辨，也不知行出多远，最后潜过一片浸满了水的地下洞穴，使加重的地压影响有所缓解。在洞穴另一端，地形突然变得开阔起来，目光所及之处，都是高大茂密的丛林，满眼尽是奇花异草，叶片大得出奇，遍布的植丛，高度在数十米以上，由于水量充沛，林冠到林下树木分为许多个层次，彼此套迭，更有不少树木从空中垂下许多柱状的根，加上无数藤类穿梭悬挂于树木之间，使人无路可走。暗河两侧都是阴湿的腐生或寄生植物，距离司马灰等人不远的树丛间，忽然有一条大蛇探出头来吁气成云，栖息在树梢上的野鸟触到雾气便一头栽落，被那大蟒张口接住，囫囵吞落腹中，其余受惊的野鸟啼鸣乱飞，怪叫之声不绝于耳，打破了原始丛林中的沉寂。

三人见情形诡异，不免生出毛骨悚然之感，这洞中不见天日，分明还在地底，怎么会生长着如此茂密的丛林？北纬30度附近又哪有这种地方？

司马灰觉得丛林中闷热潮湿，水土条件虽然适合茂盛的植被繁殖，可在不见天日的环境中，这类植物也无从生长，难道众人还没走出"嫡"幻造出的无底洞？他攀着藤萝爬上树顶，只见陡峭的岩壁环绕四周，天悬一线。

三人已不知有多久没见过真正的天空，都恍如隔世一般，呆立良久，才想到觅路离开深谷。

为避毒虫猛兽，司马灰等人用枯木做了些简易火把，那暗河源头蕴藏着大片碳化的植物遗体，可燃性极高，点燃后既可防身，也可取亮照明。随即在挺拔茂盛的密林中穿行探路，发现这是一条被河流切割成的深谷，只怕深达千米，地势上窄下阔，百万年前地表的河床逐步降低，变成了现在这种穿过千米深谷的暗河，加之地气湿热，从高处落下的植物得以在此滋生，形成了茂密的丛林。由于两侧石壁高耸，连飞鸟都难以逾越，被气流卷进来的野兽就再也出不去了，被迫在这与世隔绝的深谷中繁衍生息，保存着很多自然界的罕见物种，人迹更是难以到此。

这条深谷就像天然的陷阱，暗河在当中穿过，走出数里不见尽头，地面腐烂的树叶，散发着令人窒息的气味，高处则是云遮雾罩、神秘莫测。司马灰等人只得冒险攀藤附葛，在绝壁间迂回向上，夜里就在岩缝中栖身。由于长期处在黑暗的地下，迅速接触日光很可能导致暴盲，因此先在深谷中适应了几天，虽然已算是逃出生天，却不知究竟置身于何处，想到前途难料，三个人都是忧心忡忡。

这一天终于爬出深谷，只见碧空湛蓝，远方巍峨的雪山连绵起伏，峰岭间冰川悬垂，云雾缭绕，近处森林茂密，莽莽林海及耸入云端的雪峰浑然一体，不仅看得目瞪口呆，心中满是疑惑。正诧异间，忽见林中冒出一头黑熊，浑身是血，拖着白花花的肚肠，两眼冒着凶光，莽莽撞撞地人立起来作势扑人。

司马灰等人没想到会有大兽出没，也自吃了一惊，不等做出反应，突然听到"砰砰"两声轰响，那高近两米的黑熊像被伐倒的大树，扑倒在地就此不动了。

定睛看去，林中追出两个手持土铳的猎人，一个是粗壮汉子，另一个则是上了些年纪面容消瘦的老猎手，两人身上都穿着黑袄，头戴鹿皮帽子，胸前挂有骨牙念珠，装束甚为奇特，那土铳前端也装了猎叉，刚才就是这两个猎人，在后面用土铳放倒了大熊，看样子是一路追猎到此。

司马灰上前打个招呼，想问问那两个猎人，这里到底是何所在。

谁知那一老一少两个猎人，看到司马灰等人，喊了一声，扭头便跑。

罗大舌头急忙叫道："老乡们别怕……"

那两个猎人听到喊声，竟逐渐停下脚步，手里握着土铳，不住回头张望。

司马灰心想：我们在地底下走了几个月，此时衣衫不整，模样都和野人相似，那两位猎户一定是把我们当成野人了，刚才听到罗大舌头喊话，才知道不是野人。不过这两个猎户敢于追猎巨熊，想必身手和胆色俱是不凡，却为何会被野人吓跑？莫非我们身上还有什么古怪？

第三章　位置

那一老一少两个黑袄猎人，像发现了什么稀罕物似的，战战兢兢走到近前，对着司马灰等人上下打量，然后不住合十念经。

司马灰被看得心里发毛，暗想：这两个猎人笃信佛教，附近又有雪山耸立，是藏民还是尼泊尔人？

那个年老的猎人却会些汉语，通过一番连说带比画，司马灰总算听出一些头绪。原来这两个都是门巴猎人，此处的位置是雅鲁藏布江流域的一条分支，众人虽然没有回到大神农架，但也几乎是在北纬30度地底下转了一圈。

司马灰听文武先生讲过，门域居民，统称"门巴"，意即门地方人。如前藏人称"卫巴"，后藏人称"藏巴"，康区藏民称"康巴"。

"门域"藏语即"门"地区，泛指西藏所属的喜马拉雅山中高山深谷地区，"门"含有低热之地的意思。

门地区地势北高南低，大部为高山窄谷，北部谷底海拔两千米左右，南端河谷海拔在一千米以下。气候与川、贵相仿。高峰上积雪皑皑，漫山遍岭的原始森林里生长着高大的松、杉和青杠。靠近河谷的山坡上是茂密的杂树和竹林。北部深谷产小麦、青稞、荞麦等，一年两熟。南部河谷还产稻米、大豆和桃子、黄瓜、辣椒等瓜果蔬菜。

早年有"门巴尕巴松东"，也就是"门巴三千户"的说法。据藏历铁猴年西藏地方政府错那宗清查门地区的差赋时统计，大小差户有二千六百零七户。到藏历铁龙年一月十四日第十四世达赖喇嘛在布达拉宫举行坐床典礼之前，噶厦为向达赖喇嘛呈献供养，命令错那宗本造了门域户口册。据此户口册记载，门域大小差户共二千二百零六户。根据这些材料估计，全区人口在一万二千到一万五千之间。

门巴有与藏族不同的地方语言，但多数人通藏语。通用藏文，另无文字。生产上比一般藏区更为落后。门域北部勒布一带居民，耕种时二男二女成一组，男人在前边用一种两头削尖的木棒掘地，这东西叫作"粗"，妇女在后边用手把小圆锄翻土，用木棍打碎土块，撒种后再用木棍拨土掩种。一家种地，全村来帮，帮工者称"拉恰"。互相帮工，不要报酬，但主人要以荞麦饼和青稞酒招待。门域全区百姓，都是西藏三大领主的农奴，有些农奴有小块私垦私有土地。农奴内部，也就是门巴内部，阶级分化不明显，贫富相差不多，一般小头人也都参加劳动。

门巴信奉喇嘛教黄教，但衣、食、住等风俗习惯与其他藏区人民不同。南部居民吃稻米，北部吃荞麦饼和炒熟的小麦面。房屋为石片墙、木地板、竹篷顶。地板上用石片砌一火坑，白天在火坑上架火煮饭，晚间围火蜷曲而睡。北部的门巴，男女老幼都穿红氆氇袍，比藏袍短小，男人蓄半长发，不留辫，头戴黄顶红边小帽或黑牛毛毡帽，毡帽用一孔雀翎围扎。从人种血统上看，门巴与一般藏民也略有差异，男人多中等身材，妇女较短小。

文武先生告诉过司马灰，门巴人十分重视狩猎活动，在长期的狩猎中，形成了种种的禁忌习俗，主要是行为禁忌和物禁忌两种。

行为禁忌有十多种，包括猎人在行猎前一天就要克制自己的欲望冲动，禁止性生活。在行猎期间，猎人的妻子不能有外遇。猎人出发行猎时要在自家门口交叉插上几种树枝，以示外人三天之内不得入内。行猎前三天家中不能扫地。为了取悦灶神的欢喜，行猎期间，要特别保持灶台的整洁干净。禁止在家中酿酒，禁止在家中杀牲。在行猎途中禁止他人尾随，禁止与他人争斗，等等。

其次是物禁忌：不论如何，狩猎者不能将野兽头角抛置山野，或者赠送他人，因为门巴人认为野兽头角中存在着神灵，是兽形神的栖身地，不得随意冒犯。猎人要把野兽头角挂在灶壁上，外人不得触摸。猎人的狩猎工具不得借给外人，外人也不得触摸。凡事犯忌的人，都要加倍地杀牲祭祀，并进行忏悔，等等。

司马灰等人现在所处的地方，就是"门域"。这地方僻处藏南，周围尽是高山密林，五十年代的时候，曾有部队进来过，这位门巴老猎人当过向导，所以略通一些汉语。年轻的是他儿子，先前看见司马灰等人，还以为是遇到了山鬼，此刻得知这三个人是从深谷里爬出来的，不知是什么缘故，两位门巴猎人都显得极是惊奇，甚至诚惶诚恐，恭恭敬敬地把司马灰等人带到家中。

猎户们还都保持着刀耕火种的原始生活方式，这老猎人家里还有个姑娘，把那苞谷酿的酒和鹿肉都用铜盆盛了，放在火上煨着，请司马灰三人围火炉坐下，不住地敬酒敬肉。

司马灰等人莫名其妙：常闻山里的猎人热情好客，听说过没见过，今天见着了算是真服了，素不相识就这么款待，既然是入乡随俗，我们也就别见外了。当下甩开腮帮子，吃到尽饱而止，在他们口中，连那普通不过的苞谷酒，也都如同甘露一般。

门巴老猎人能讲的汉语有限，说半天司马灰才能听明白一两句，但掌握了要领，也就不难理解对方要表达的内容了。

通过交谈得知，雅鲁藏布江流域穿过的峡谷分支众多，周围全是雪山冰川和原始森林，就是司马灰等人爬出来的那条深谷，自古都是人所不至，据说那里面是圣域秘境，只有经过大时轮金刚经灌顶并修行十世的至祥之人，才有机缘进出，故此对三人极为恭敬，以汉扎西相称，甚至没想过要问这三个人是从哪儿来的。

司马灰也对门巴猎人感激不已，他在地底下捡了几块照明用的萤石，都掏出来送给这户猎人，换了三套衣服和鞋帽。这片大峡谷地区交通闭塞，当地人靠山吃山，靠水吃水，只是自给自足吃喝不愁，物品尤其匮乏，衣服帽子大多是用兽皮制成，一时也凑不齐全，好在那萤石珍贵，就找别家猎户换了几件。

司马灰三人在地底走了几个月，虽然服食云芝之后能够增益气血，但地下环境毕竟恶劣，有时闷热潮湿，有时阴冷酷寒，又是缺食少药，所以身上爬满了蚂蟥和虱子，后背和脚上长了成片的湿疹，溃烂化脓，脓血与衣服粘在了一处，一揭就下来一大片，根本换不了衣服。

门巴老猎人让女儿用藏药给司马灰等人治伤，调养了十几天，才得以治愈。

三个人千恩万谢，想要告辞离去时，那门巴老猎人却摇头摆手，表示："你们谁也走不了。"

司马灰感到十分诧异，仔细一问才知道，现在已是封山季节，要想翻山越岭走出去，必须经过几条冰川和泥石流多发的地带，沿途山深林密、悬崖陡峭，而且不通道路，想走也只能等到开春之后。

司马灰等人只好捺住性子，在门巴猎人的木屋中养伤，有时也帮忙到附近的山沟子里打猎，条件虽然简朴，却是有生以来难得的安稳日子，身体和精神都逐渐复原。

这天晚上，远处大江奔流之声隐隐传来，高思扬说到出山之后的事，问司马灰和罗大舌头作何打算。

司马灰觉得最为难的就是这件事了，他自己和罗大舌头倒还好说，高思扬则是在三支两军行动中到了大神农架林区，奉命与二学生和民兵虎子，一同到主峰瞭望塔维修防火无线电，被迫加入了考古队深入地底。她虽然是活着回来了，但通信组的其余两个人都已死亡，高思扬的档案可能早就被记上了"失踪"两字，毕竟是部队上在籍的军人，要解释失踪这么久都做什么去了也不是太容易的事。要说在大神农架林区走迷路了，怎么时隔半年又冒出来了？尤其是中间这段时间如何查证？如果通信组其余两名成员死了，那么尸体在哪儿？想把这些话都说圆了，只怕不是高思扬力所能及。

高思扬不止一次想过这件事，事到临头还没什么好办法，不免急得掉下眼泪。

罗大舌头见状，就出馊主意说："我看这户门巴猎人倒也朴实善良，深山里与外界不通，你不如留在这给人家当媳妇算了。"

司马灰告诉高思扬，不让她提起考古队的事，绝不是出于私心，大伙儿也没做什么对不起国家、对不起人民的事，国家和人民还欠考古队好几个月野外津贴和工资没给呢！不过此事毕竟牵扯太深，谁也不清楚哪里还躲着"绿色坟墓"的成员，一旦被人知道这支考古队里还有人活着，这条命很可能就保不住了。所以从今往后，必须隐姓埋名，有什么事至少等风声过了，或是确认绝对安全之后，才能再作考虑。

高思扬也懂得厉害，不过她不愿意永远留在山里，打定主意抹去眼泪，对司马灰说："我记得你当初说过——解开'绿色坟墓'之谜，并不意味着结束，甚至不会是结束的开始，至多是开始的结束。"

司马灰感觉不妙："好像……好像是说过这么一句，怎么讲？"

高思扬说："那好，今后你们俩去哪儿我去哪儿，直到一切结束为止。"

司马灰和罗大舌头面面相觑，心想：我们弟兄还不知道能去哪儿呢。

当时是施行供给制，如果没有身份或是户口，根本没地方去找饭碗，连乡下都无法容身。三个人想活下去，除了东躲西藏，还得找地方混口饭吃，能到哪儿去呢？况且眼下是身无分文，想投亲靠友也是不成，只觉这天地虽大，竟没有容身之所。

最后实在没办法了，只好请那位门巴猎人，开山后带着司马灰等人，翻山越岭走百十里路到县城，拿从地下带出的矿石和皮货换了点儿钱，当成路费，辗转取道返回长沙，暂时在黑屋落脚，想接着吃铁道。可躲了一阵儿，生计却不好做，又觉得没有身份不是长久之计，主要是不忍心让高思扬跟着受这份儿罪。司马灰知道考古队的刘坏水有很多关系，只好带着罗大舌头和高思扬前往北京。

一行三人辗转回到北京，一路上罗大舌头和高思扬都有些莫名的兴奋，接连几个月在不见天日的地底行进，人不人鬼不鬼的与世隔绝，好容易逃出生天，又在门巴猎人家中住了许久，整日里虽是悠闲，却也憋闷得很。

罗大舌头说："咱们这几个月过得太苦了，好不容易到了北京，怎么不得下趟馆子？"

司马灰说："穷的都快光腚了，拿什么下馆子？"

罗大舌头说："这可是你老巢啊！混口饭吃还难得住你不成？"

司马灰一想，还是先得去找刘坏水。他嘱咐罗大舌头和高思扬谨言慎行，北京城这个地方藏龙卧虎，不显山、不露水的能人多了去了，千万别无谓地生出事端来。

当时已是盛夏，正值酷暑，司马灰为了避人耳目，先是一个人找上门去，并将那柄楚幽王古剑送与刘坏水，说明当前处境，让他帮忙给想想办法。

刘坏水听闻胜香邻不幸殒命的消息，也着实伤感了一阵儿，他承诺愿意帮忙，却又说如今想安身立命混口饭吃可不容易，然后问司马灰："八老爷是金点真传，这相物之道里也有相剑之法，您给长长眼，看看此剑有何来历？"

司马灰知道万物皆有相，相物里确实有相剑一说，古代帝王得到名剑，不识其中典故，都要请相剑师来看一看。所谓相剑，即通过观察剑的器形、纹理、颜色、光泽、铭文、装饰等，来鉴别剑器的优劣和名剑的真伪。战国社会上专门有一类术士以此为务，被称为"相剑者"。《吕氏春秋》里记载："使人大迷惑者……患剑似吴干者。"可见，即使是相剑术士，对于一般铜剑之貌似名剑也很头痛，要予以鉴别，就必须精通铸剑之术，能够识别优劣。故相剑术又以铸剑术为基础。所谓相剑者曰："白所以为坚也，黄所以为牣

（韧）也，黄白杂则坚且韧，良剑也。"这句话大概出自相剑术士的相剑经，它就是以铸剑术为依据，结合铜剑的形貌特征和流传使用情况等，即今之所谓掌故，这样才能够最终鉴别名剑的真伪。春秋战国时有个叫薛烛的人，平生阅剑无数，最善于相剑，就好比给人看相，不管哪柄剑，在他手中端详一遍，就能判明此剑的名称、优劣，并历数其特征、来历和流传始末，更可说出此剑吉凶命运。比如一看鱼肠剑，就相出此剑逆理不顺，是臣弑君子杀父的不祥之器。只是这门古法失传已久，刘坏水一个打小鼓的，哪里懂得此道，也不知这楚国古剑有什么稀罕，所以要让司马灰给说说。

司马灰看出这层意思，自然专拣好处去说，声称是楚幽王镇国重器。据《东周列国志》记载：楚昭王卧于宫中，既醒，见枕畔有寒光，视之，得一宝剑。及旦，召相剑者风胡子入宫，以剑示之。风胡子观剑大惊曰："君王何从得此？"昭王曰："寡人卧觉，得之于枕畔，不知此剑何名？"风胡子曰："此名'湛卢'之剑，乃吴中剑师欧冶子所铸，昔越王铸名剑五口，吴王寿梦闻而求之，越王乃献其三，曰'鱼肠'，'磐郢'，'湛卢'。'鱼肠'以刺王僚，'磐郢'以送亡女，惟'湛卢'之剑在焉。臣闻此剑乃五金之英，太阳之精，出之有神，服之有威，然人君行逆理之事，其剑即出。此剑所在之国，其祚必绵远昌炽，今吴王弑王僚自立，又坑杀万人，以葬其女，吴人非怨，故'湛卢'之剑，去无道而就有道也！"昭王大悦，即佩于身，以为至宝，宣示国人，以为天瑞。阖闾失剑，使人访寻之，有人报："此剑归于楚国。"阖闾怒曰："此必楚王赂吾左右而盗吾剑也！"杀左右数十人。自此之后，这柄湛卢剑便为楚国历代国君当作庇护国家兴亡的神物了。

至传于楚幽王时，其引数万人为女陪葬，引无数冤魂前来索命，楚幽王便将此剑与装有宝骸的铜盒一起放入地下，震住阴山。这宝贝埋于地下两千多年未曾出世，虽倾城之金，也不足换此一物。

刘坏水听罢不以为然，他说湛卢神剑只是传说，古人记载颇多虚妄，且无法证明此剑既是古籍中所载的湛卢剑，何况这成色也差了点……

260

司马灰没好气了，皱眉道："你不知道这柄古剑的来历，说明你还是眼皮子浅，到了你们这打小鼓的嘴里，天底下就没一件好东西了，哪怕把北京城那座前门楼子给你，你都敢说那是拿纸壳子糊的。你愿意要就要，不愿意要我带回去就是。"

刘坏水赶忙赔笑道："别别别，您多担待，我要是能说出半个好字，可也吃不上打鼓收货这碗饭了。没办法，祖师爷就是这么传下来的不是？"说罢将楚国古剑藏到了床底下，然后又为难了一番，才说这事他办不了，打小鼓的在旧社会混到头也就是个开当铺，能有多大本事？不像宋选农一拍板就能把司马灰等人招进考古队，他刘坏水办不到。可有别人能办，他可以给牵个线，至于成与不成，还需要看司马灰自己去说。

转过天来，司马灰等人按照刘坏水的指点，找到城郊一座"化人房"，那是民间避讳禁忌使用的俗称，实际上就是火葬场，东城死了人都往这儿送，地方非常僻静，荒草生得半人多高，找到地方天都黑了。当天晚上闷热无雨，阴云密布，并无星斗，空气里没有一丝风，到处没有灯光，四下之声让人浑身起满了鸡皮疙瘩，只有那化人房里的烧尸工守夜。

罗大舌头心里犯着嘀咕，边走边对司马灰说："那姓刘的蒙事不成？让咱找个火葬场烧死人的临时工，你还真就信了，平时耳根子也没这么软啊？"

第四章　夜路

　　原来这化人房里有个"蛤蟆李"，平时做火葬场里守夜的差事，其实是整个四九城里的"掌盘"，诸如什么偷钱包剪小绺儿的，打小鼓收破烂的，凡是官面上不管的鸡零狗碎，这些都归他管，此人在旧社会就做"掌盘"，官私两面通吃。所谓人缘就是饭缘，加上这个人的社会活动能力极强，跟各方面关系盘根错节，又深居简出很少露面，所以历次运动都没人碰他。

　　刘坏水让司马灰来拜访这位掌盘，只要蛤蟆李点了头，想找地方混口饭吃不在话下。

　　司马灰以前也听过蛤蟆李的名头，想不到此人尚在，于是带着罗大舌头和高思扬前来拜访。别看社会上有各种规定，有道是"官不容针，私通车马"，你要是没关系没门路，那些规定就是铁板一块，可要是找对了门路，也就没有办不成的事了。

　　这火葬场四周有围墙，里面前后两栋楼，一个两层一个三层，守夜的就住在前楼底层。司马灰叫开门一看，是个身材又粗又矮的老头儿，秃脑袋刮的锃亮，阔口咧腮，挺着个草包肚子，蒜头鼻子，耷拉眼皮，大嘴却和蛤蟆一样，不用问也知道是谁了。

由于事先打过招呼，这蛤蟆李也知道了三人来意，就先带到屋内。在楼道里就能看到放死尸的柜子，房内静得出奇，就有一张床和两张长椅，桌上放着碗炒肝和一大包月盛斋的酱羊肉，还有多半瓶烧酒。

　　蛤蟆李嘿嘿一笑："怎么着三位，一起喝点儿？"

　　司马灰和罗大舌头走了半天，肚子里正自发空，心中称奇："哟，这老头儿还真懂点儿规矩……"当即落了座，捏着肉就往嘴里放，只有高思扬进了这栋楼之后，觉得全身都不自在，更没有心情在这儿吃东西，可既然来了，一时也走不了，不得不跟着坐下。

　　蛤蟆李自顾自喝了几口酒，却闭目养神不再说话，神态显得十分冷漠。

　　司马灰只得起个话头，说道："久闻掌盘高名，乃是头等的人物，本领好，轻财重义，交际最广，眼皮最宽，这地面上到处都能活动得开，正是千人走路，一人打头……"

　　蛤蟆李听到这突然咧开大嘴干笑了几声，说道："什么掌盘不掌盘，无非是天下事天下人办，咱们闲言少叙，湖海朋友来访我，如要有艺论家门。"

　　司马灰明白对方这话的意思，大致是说："你别跟我套近乎，既然说着江湖海底眼，那就先论论家门出身，到底是凭哪路手艺吃饭的。"

　　这几句话较为浅显，罗大舌头也能听懂，要说手艺可不是正有他夸口的地方，立刻就想卖弄一番见识。

　　司马灰却知道不能这么说，他是绿林旧姓出身，擅长蝎子倒爬城的绝技，同时是金点真传，也看过憋宝的古籍，还有从军作战的经历，这世上什么没见识过？量这蛤蟆李本事再大，又值得什么？可强中自有强中手，要拿本事压人，逮谁得罪谁，那天底下处处都是对头，更何况现在有求于人，所以不能夸口逞强，只把这些事一带而过，说想托付蛤蟆李找个门路，让自己这三个人换个身份混口饭吃。

　　蛤蟆李点了点头："既然话说得明白，规矩想必也都懂了？"

　　司马灰有所准备，说道："那是自然，可不敢空着两手登门叨扰。"说

263

完对罗大舌头使了个眼色。

罗大舌头常跟司马灰做这种勾当，立刻心领神会，忙从口袋里套出一个纸盒，按编排好的词说道："不瞒您说，我们兄弟哪儿都好，就是生来败家，不懂度日艰难，向来是管生不管熟，管灯不管油，赚一个花俩，这囊中难免羞涩。今天托掌盘行个方便，实在没什么拿得出手的，想您老人家是使惯了大钱的，就算拿来真金白银，您也未必瞧得上眼。

"我们合计来合计去，给您拿点儿什么好呢？老话怎么说，'穷不离卦摊，富不离药锅'，我们就觉得像李掌盘这种人物，手里从来就没缺过钱，肯定不是上卦摊的命了，可您这身子骨也不像有问题的。问题是人吃五谷杂粮，难保没个头疼脑热，正好我们家祖上在宫里给皇上当太医，留下一盒九转还魂丹。

"有道是'外科不治癣，内科不治喘'，外科里就数皮上生癣难治，内科最难治的是气喘。咱祖传这九转还魂丹，除癣祛喘易如反掌，这才是两转，还有七转，合起来称为九转，专能治男女老少五劳七伤，春前秋后咳嗽痰喘，死人吃了都能立刻放屁。您说真有这种药？别说您不信，换我是您同样不信，可还真让您说着了，老话怎么说的，'偏方能治大病，药草气死名医'，正所谓'大千世界，无奇不有'，您是识货的行家，咱这丸药里可都是珍贵药材，像什么'蜈蚣蝎子尾、金银花当归、蝉蜕蚕僵、天花粉'，煮成一锅大败毒汤。老话又怎么说的来着？'能用十服药，不动一分针'，有道是'扎上一回针，胜过十服药'，而我们家祖传的九转还魂丹，吃一丸强似扎十次针，您说它有多神？今天我们就拿来孝敬您了，您一定好好收着。咱祖传这丸药不怕放，放得年头越多效果越灵，要不怎么敢叫秘方呢？别看药丸不大，治的病可不小，虫子不吃，耗子不啃，放家里存着经久耐用，隔多少年之后再吃都没问题。您要是永远健康了不吃也不要紧，收到家里给亲戚朋友留着行个方便，替我们兄弟在外传点儿小名，所谓是'名不去，利不来，小不去，大不来，传不出名去，不能发财'，我们往后走到哪儿也得念着您的好处。"

蛤蟆李在旁听着，脸色越来越是阴沉："这都是江湖上卖野药的那套说词，你们竟拿到这儿糊弄起我来了？"

司马灰也知蛤蟆李是老江湖，这种话自然唬不住他，只是让罗大舌头试探一番，他接下来还有后话要说。

谁知蛤蟆李摆手示意不必多言，他说："按规矩，我给你们做一件事，你们也得帮我办点什么。"说着话时，司马灰看有只飞蛾扑到了蛤蟆李耳边，就见他嘴里的舌头突然伸出，"嗖"的一下把那蛾子舔到了嘴里，"吧唧吧唧"就着酒吃了，快得不可思议，加之房间里吊着的灯泡光线昏暗，直看得人眼前一花。

司马灰心中凛然，暗想：一般人的舌头哪有这么长、这么快？不知这蛤蟆李练过哪门功夫，果是异于常人，却不知想让我们做什么事。当即出言询问。

蛤蟆李这种掌盘，最早起源于明，以前就是叫花子里的首领，拉帮结伙号称李家门。其实沿街乞讨的乞丐，并不都是缺衣少穿、走投无路的穷苦人，那种因为老家饥荒活不下去拖儿带女出来乞讨的是难民，而职业乞丐大多有自己的团伙，他们白天结伙进城，替商号掏炉灰倒泔水，就可以把成桶的剩饭带回去。遇上什么红事白事逢年过节，到人家门口唱喜歌或号丧充作哭孝子，更能讨到新鲜酒食外带拿赏钱。平时偷鸡摸狗搞点儿外快，还能换点儿鸦片烟土，晚上回到聚集的地窝子里，吃着剩菜剩饭，土炕烧得滚烫，寒冬腊月也不冷，每人点上一盏闷灯，把鸦片灰子一吸，眉飞色舞地胡吹乱哨。这行当天不管地不管，当中的王法也不管，那日子过得别提多自在了。因此说讨吃三年给个县官都不换，这些叫花子也分不同团伙，拜明朝的开国皇帝朱洪武为祖师爷，各有家门，李家门就是其中比较大的。

这些团伙发展到后来藏污纳垢，黑白两道上的关系极深，连那些剪绺的蟊贼和跑腿子卖艺的都要先来投靠，然后才能施展手艺，不认掌盘就别想混饭吃。要是有谁得罪了官面，惹得麻烦不小，往大了说是全家抄斩灭坟茔的罪过，如果找到掌盘给居中调停，没准就能大事化小，小事化了，天字号的官司就不了了之了。

凡是得过掌盘的照应，就算欠了掌盘的一笔债，他也许一时想不起来让你拿什么还，可早晚得让你或是出人或是出力，甚至出命都有可能，到时候想不认账就有人找你的麻烦。掌盘的再用你的社会活动能力去帮衬别人，这盘子越铺越大，关系也就越结越深，在社会上织成一张大网，蛤蟆李吃的就是这碗饭。

他答应能给司马灰等人找个安身立命的所在，可以托人介绍到考古队里做"铲匠"，给刘坏水当学徒，尽量往偏远地方去干活儿，躲个三年五载的不成问题，等什么时候他想起要用司马灰了，也自然不会客气。

司马灰知道蛤蟆李将来要让自己做的事，必定极为艰难，这当掌盘的都是逮着蛤蟆攥出尿的主儿，没一个省油的灯，不过蛤蟆李说能办的事也一定能给办到，至少自己这三人暂时能有个容身之所，当即击掌为誓。

三个人谢过蛤蟆李，告辞离了火葬场，心里一块石头总算落了地。回去的时候为了抄近路，走的是郊区的土道，路上没半个行人，野地里黑压压的不见灯光，抬头一看，阴云遮天，似乎在酝酿着一场大雨。

罗大舌头对司马灰说："这些天又热又闷，喘气都困难，今天夜里要是来场大雨，也能去去暑气，睡个好觉。"

司马灰却突然转过身，站在路上盯着阴云密布的天空，他感到远处有些东西，正在穿过云层接近而来。

第五章　惊变

　　高思扬见天上只有浓密浓厚的乌云，路上也是空荡荡的别无动静，附近都是荒郊野地，但没发现有任何反常迹象，奇道："哪儿有什么东西？"

　　罗大舌头对司马灰说："那边只有火葬场了，这深更半夜的，你别一惊一乍自己吓唬自己。"

　　司马灰摇了摇头，他自己也不知为何会有这种异样的感觉，只好说："我是指暴雨快要来了，咱们得赶紧往回走。"

　　罗大舌头说："早知道这么远，就借辆自行车了，这路上前不着村后不着店，赶上大雨还不全给淋成落汤鸡。"

　　高思扬对司马灰说道："你刚说有东西从后边接近，可真把我吓了一跳，我还以为这路上……"

　　司马灰却似对高思扬的话充耳不闻，又停下脚步往身后看，仍是没发现任何可疑之处。

　　罗大舌头看到后面空无一物，这天气闷得一丝儿凉风都没有，路上除了这三个人连只野猫都不见，又哪有什么东西会从后面跟过来？不免责怪司马灰疑神疑鬼，不过想想也是，这辈子就没过几天安稳日子，现在这样倒觉得不习惯。

司马灰心想也是，即便没有风吹草动，这荒郊野外难免会有野鼠之类的活物，可能是脑子里这根弦绷得太紧了，就跟高思扬和罗大舌头商量，刚才光顾着谈事也没吃饱，打算回去下点儿面条当夜宵。

罗大舌头边取出带来的手电筒照路边说："大热的天吃什么面条，要吃也该吃朝鲜族的冷面。据说城里有个延吉餐厅，口味非常地道，天气热的时候吃上一碗拌了辣椒带着冰碴儿的冷面，再喝点儿凉啤酒……"

正说着话呢，前边路上出现了一条秃尾巴野狗，全身赖皮，瘦得皮包骨头了，但两眼冒着凶光，跟三个人相对走来。

司马灰等人自然不会惧怕荒郊的野狗，本着"狗不犯人，人不犯狗"的原则，跟那条秃尾巴狗各走半边道路，倒也相安无事。

有条野狗从身边经过，在郊区是很常见的事，不过司马灰看到这条狗身上带血，寻思这狗子大概是钻到野地里掏野鼠为生，在土窟窿里蹭破了皮，身上才有血迹，也没怎么往心里去。可这时忽又感到身后像有什么东西在接近，下意识地回头看了一眼，却发现刚从身边经过的秃尾巴狗没了踪影。

司马灰拿过罗大舌头手中的电筒，照向身后，土路穿过大片荒地，虽是阴云密布，没有路灯，但也不是绝对意义上的漆黑一片。地势平坦空旷，一眼望出去，也没有蒿草和土洞，那秃尾巴狗刚才从身边经过，才不过几秒钟的事，怎么会突然消失了？

其余两人同样觉得事情诡异，先前司马灰发觉有什么东西在穿过云层接近而来，是不是那个东西把走过去的野狗吞掉了，竟然无声无息，那会是个什么东西？

三个人想到这儿，头皮子都有些发麻了，司马灰将手电筒照向空中，却是黑茫茫的不见一物。

罗大舌头捡起一块石子，用力向后投去，黑暗中也不知落到哪里去了，路旁只有一块孤零零的木制路牌，此外什么都不存在。

司马灰暗觉诧异：这附近根本没有土洞子，那条野狗怎么可能说没就没了，它总不会是变成空气了？又想：莫非那野狗躲到什么地方去了，我们只是没有察觉到而已……

高思扬见状有些紧张，对司马灰和罗大舌头说道："别看了，咱们还是赶紧走吧。"

司马灰感到情况反常，总觉得接下来一定会出什么大事，危险正在迅速逼近，可又摸不到头绪，只得加倍提防，招呼罗大舌头不要逗留。

三人打着手电筒，在漆黑空旷的路上继续往前走，忍不住说起刚才从身边经过的野狗，莫名其妙地突然消失，这件事实在是格外诡异。

罗大舌头问司马灰："这地面你是最熟的，以前有没有听说这里发生过什么怪事？反正走路闲得无聊，你给咱说道说道。"

司马灰说："据闻，新中国成立前这一带全是荒草丛和芦苇荡子，原是片行刑的法场。以前清朝处决人犯都在菜市口街心，有意让百姓围观，以警人心。到了民国和日伪占领期间，才把刑场搬至此地。荒地里有片大坑，所决之人除了奸佞凶犯，也不乏忠良义士和含冤受屈的好人，处决后凡是没人收敛的死尸，便拿草席子一裹，两头扎上麻绳，直接拖过去踢进坑里，任其腐烂发臭，尸骨被野狗、乌鸦啃啄，情状惨不可言。所以此地一直都不太平，到了晚上就闹鬼，比如有人从这儿经过，突然从天上掉下个死人脑袋，把过路的这位活活给吓瘫了，那是有几只黑鸦在天上争抢被砍掉的死人脑袋，恰好死人脑袋掉在了他的面前。类似的事很多，这还是能解释的，至今解释不了的也有不少。后来有人特意请看风水的先生过来相地，发现此处有座荒废的古寺，其中的七层宝塔，正处在几条道路的交汇点上，挡住了五方孤魂野鬼投胎的去路，所以这一带常有凶魂徘徊。直到把那座塔拆了，路上稀奇古怪的事情才逐渐变少了。不过到了六十年代初，从这里挖出过一座贵妃坟，可能是元朝那时候的，很多人认为棺材里的贵妃，是生前得罪了太后，给活活钉在棺材里闷死的，棺椁盖子内侧都是指甲挠出的痕迹。从那时起这条路又不太平了，夜里很少有人敢走，因为据说一个人在路上走，就会发觉身后有东西跟着你，甚至有只女人的手在后面搜你，这时候即便吓死了也千万不能回头，因为只要你一回头……"

高思扬听得毛骨悚然，但还是有些好奇："深夜里走在空无一人的路上，身后会突然伸过一条冰凉白皙的女子手臂来，真是那贵妃所变的厉鬼在索命？为什么不能回头看？回过头去看一眼会发生什么事？"

司马灰说："那可就没人知道了，因为凡是回头看过身后那女鬼样子的人，都再也没机会对别人讲述此事了。"

大雨来临之前，荒郊野地中的天气闷热得出奇，可说起这些事情，却让人感到身上多了几分寒意。

高思扬让司马灰别再说了："这黑灯瞎火的一路无人，已经足够让人提心吊胆了，早知就该走大路才对。"

罗大舌头不信这份儿邪，说道："我看这种事多半是自己吓唬自己，其实咱不就是遇到一条秃尾巴野狗吗？怎么话赶话又说到女鬼身上去了？那女鬼到底长什么模样我倒还真想瞧瞧，你们说她今天晚上会出来溜达吗？"

司马灰说："真有女鬼你还打算调戏调戏人家是怎么着？我觉得以前那些女鬼勾魂的志怪，并不是只为了吓唬人。旧时女人要受封建礼仪约束，讲究个大门不出二门不迈，行及笄之礼前连姑娘的闺名都不能泄露，被人碰一下手都跟失了身一样严重。结婚嫁人全凭父母之命媒妁之言，按古礼是'在家从父，出嫁从夫，夫死从子'，可是到了讲述妖狐鬼怪的野史当中，女鬼们皆是无一例外主动勾引汉子。如同这条路上有贵妃亡魂化成厉鬼，阴魂不散在过路的身后伸手抓人的传说一样，那贵妃活着的时候敢这么做吗？皇上还不把她五马分尸了？她活着想做不敢做的事，只好死后变了鬼去做，所以我觉得这种志怪之说，实际上是表现了广大妇女对封建礼教束缚的反抗。你们要只听得出其中惊悚香艳的成分，见解也未免太肤浅了。"

罗大舌头说："太可恨了，这两边的理又让你自己占了，给别人留点儿发言的机会行不行？"

司马灰感到这条路上不太对劲儿，肯定是有什么东西跟在身后，刚才从路边经过的野狗凭空失踪，情况绝非寻常，就一边说一边留心着身后的动静，说到后来自己都有些心虚了，担心一回头真会瞧见一个披头散发、满面带血的女鬼，所以自己给自己找点儿借口壮胆。

后面一直没有动静，可说话的工夫，听得脚步响动，从前边的路上迎面走过来一个人。

司马灰心说：想什么来什么，大半夜的在荒郊野外遇上条野狗不奇怪，但除了我们怎么还有人路过此地？看对方要去的方向，竟是直奔火葬场，深更半夜活人有往那种地方去的吗？

念及此处，先自提高了警惕，随着双方距离越来越近，看出那是个农民模样的人，打扮朴素，手里也提着电筒，就是郊区最普通的农民，白天人多的时候遇见，根本不会引起注意。

那农民行色匆匆，打对面向三人走来。他似乎也没想到会在这条路上遇到别人，不免向司马灰等人多打量了几眼。

司马灰装作问路，声称自己这几个人白天跟着车到火葬场送尸体，喝酒壮胆喝多了，晚上要往回走却没车了，只好抄近道从这片荒野里经过。

那农民听罢信以为真，给三人指明方向，告诉司马灰等人只要朝着有灯光的地方走就行了，他兄弟的老婆怀胎九个半月，今天晚上突然临盆，可他兄弟还在田里守夜，所以赶快去送个信，说完就急急忙忙一溜小跑走了。

司马灰没看出有什么反常的地方，也就把提着的心放下，同另外两人又往前走。他忽然想起路上有野狗出没，那农民孤身一人行走容易出危险，想给那人提个醒，便回头叫道："老乡，这道上有野狗，你最好捡根棍子防身……"可等到回过头去，惊见身后竟空无一人。

第六章　接触

　　司马灰与那农民擦肩而过，对方脚步声还在身后响起，可当他回过头去看的时候，路上却是空的，脚步声也在同时突然停止，荒野间的土路上看不见半个人影。他虽然向来胆大，此时身上也不免起了一层鸡皮疙瘩，那个过路的农民怎么就凭空没了踪影？

　　罗大舌头和高思扬同样惊愕，刚才过路的野狗有可能是钻到土洞子里去了，但那农民走在路上怎会好端端地消失？又为什么没有半点儿动静？那农民和秃尾巴狗好像都是在一瞬间就不见了，也不可能跑天上去了，难道这地方真有鬼？过路人是被贵妃冤魂所变的厉鬼抓走了？

　　司马灰说："这地方有贵妃鬼魂出没的传闻，很可能只是以讹传讹，未必真有那档子事。"

　　罗大舌头说："既然存在这类传闻，那就说明此地确实有些古怪，我看咱多半是走进阴阳路了，刚才过路的农民和秃尾巴野狗才是鬼，要不然怎么眨眼的工夫就不见了？"

　　高思扬说："你别乱讲，那个人还跟咱们说话了，怎么会是鬼？"

　　罗大舌头说："这就是你没经验了，怎么区分人和鬼？所谓'活人'，

272

就要符合三个条件，也就是'形影神'。'形'是指血肉之躯，有胳膊有腿能喘气；'影'是说这个人不能只有形状轮廓，要在灯下有影，说明不是虚的；'神'就是魂魄了，至少得具备自我意识。只有完全符合这三点，才是真正意义上的活人，否则非鬼即怪。"

高思扬听得有些紧张，本来不信，可那从身边走过的人，确实一转眼就不见了，这又没法解释，也只能说是遇上鬼。

罗大舌头对司马灰说："以我的经验来看，遇上这种事绝不能走回头路，往后一走就跟那些阴魂同路走到枉死城里去了，咱还是赶紧往前走吧，不管身后有什么异常，都不能回头去看。"

司马灰壮着胆子，用手电筒到处照视，脑子里把各种可能性都想遍了，说什么有贵妃所变的厉鬼在路上勾人，或是无意中走到了阴阳路上，遇到的东西是前去投胎的鬼魂，等等，以他的见识自然不信，但实在想象不出，那条秃尾巴狗和过路的农民，为什么无缘无故地突然在自己身后消失了。而他隐隐察觉到，有个东西正从远处接近过来，鬼知道那到底是什么东西！

这时，他忽然发现有些很不寻常的迹象，身后那条道路通向漆黑的荒野，天上乌云压顶，道路远处和天空全都是漆黑一片，因为没有路灯，又阴着天，所以视线只能维持在三十米左右。从身边经过的秃尾巴野狗和农民，腿脚再怎样利索，也不可能这么一转眼就走到司马灰等人的视线之外。如果用"失踪"来形容这个诡异的现象，应该就是在司马灰身后二十米之内消失的。

罗大舌头不以为然："这也算有所发现？我还以为你发现秃尾巴野狗和那个农民到哪儿去了。"

司马灰指向远处说："你们看没看见那个东西？"

高思扬往司马灰所指方向看去，脸上骇然变色："那个路牌？"

原来三人走过来的时候，半道上有块木制的路牌，上面写着"前进路"三个字，以前郊外没有这条土路，只是一条杂草丛生的荒芜小道，头几年有城里的学生"学工、学农、学军"参加义务劳动，修整了这么一条土道，按当时的习惯起个名叫"前进路"，意指"向着胜利前进"，最是寻常不过，木质路牌本身也是临时做的简易之物，更没什么特别之处。

然而三个人遇到那条秃尾巴野狗的时候，发现野狗从身边走过去就没影了，罗大舌头还捡了块石头抛过去，那野狗要是躲到什么地方，一受惊吓也就跑出来了，可石头扔出去毫无动静，路上空空如也，只有三十米开外的道旁，孤零零戳着块简易路牌。

随后司马灰等人又往前走，走了大约二十几分钟，脚下一直没停，直到迎面遇上一个过路的农民，这个人走过去之后也突然不见了，而往身后仔细一看，二十几分钟前看到的简易路牌，居然仍与司马灰等人所站的位置离着三十来米，难道在路上走了半天，却始终都是原地踏步？

高思扬还尽量往好的方面去想，她说："也许是这条路上有好几块路牌，咱们只顾说话，没留意路旁的情况。"

司马灰摇头道："不太可能，途中所见之物，怎么会逃得过我这双招子？一路走过来，就只见过那一块木制路牌而已。"

高思扬脸上变色，三个人一直在路上不停地走，从身边经过的农民和秃尾巴野狗凭空消失了，在不同地点回过头，却看到了同一块路牌，这到底是怎么回事？

罗大舌头说："这事可太他娘的邪乎了，咱许不是让这条路上的孤魂野鬼给迷住，走麻嗒了？要不然咱回去瞧瞧那路牌有什么古怪？"

司马灰觉得似乎有看不见的东西跟在身后，一切情况不明，贸然走回头路太危险了，他略一思索，先将带在身边的毛巾放在路上，压了块石头作为标记，然后跟两个同伴继续往前走，行出七八米，就停下来转身观察，白色的毛巾还在路上，而那块标着"前进路"的简易路牌，则仍离着三十来米远的样子。

三个人暗自惊异，路牌与毛巾的距离明显缩短了，似乎是远处的路在接近过来，也就是立着路牌的那块土地，在跟着司马灰等人向前移动，这又怎么可能呢？当下硬着头皮又往前走了几步，骇然发现留在路上作为标记的毛巾不知去向，而木制的路牌，却还在三十米开外。

司马灰等人相顾失色，也许说放置路牌的那块土地在向前移动并不准确，应该是三个人和路牌之间的土地在消失。可以这样形容，三个人身后出现了一个无影无形的东西，经过的路面都被这个东西吃掉了，这东西就处在司马灰等人和木牌之间的三十米内，从他们身边经过的秃尾巴野狗和农民，还有留下当作标记的毛巾，甚至是走过的道路，都被这个东西无声无息地吃掉了。

难以置信的怪事就发生在眼皮子底下，司马灰等人皆是心跳加剧，这到底会是个何等可怕的东西？为什么会跟在三个人身后移动？消失在路上的秃尾巴野狗和农民被它吞掉之后，都到哪儿去了？

罗大舌头说："有什么东西是无影无形看不见的？那不就只有鬼了，咱不是撞煞就是遇鬼了，还有可能是路上的怨魂在抓替身，总之哪样都得不了好……"

司马灰也不免怀疑是中了什么鬼狐精怪的障眼法。记得当年在黑屋螺蛳坟惬宝的经历，当时曾听赵老憋讲过，夜里走路怕见鬼，不过见怪不怪，其怪自败，遇上什么不干净的东西，吼两嗓子添几分胆气，一走一闯也就过去了。

可黑屋螺蛳坟附近出现的鬼城里，只有大群萤火虫在旷野间飘动，根本也不是什么鬼怪作祟，此刻遇上的事却可以说是闻所未闻，噩梦中都不曾出现过如此怪异的情形，他本能地感到身后的东西，并非只是如影随形般跟着移动，而是在不断接近自己，但速度异常缓慢，他心里也不免有些发怵，只好跟其余两人继续紧着往前走。

奈何后面的东西根本甩不掉，三个人快步走出很远，但只要转头看去，那块简易路牌，仍是孤零零竖在三十来米外的路旁。

高思扬心慌起来，这么一直逃下去毫无意义，那东西始终在身后不停接近，等被它追上就全完了，必须赶紧想个对策。

罗大舌头道："这还用说吗？大风大浪咱都经过，总不能在这河沟子里翻船，可根本不清楚从后接近而来的到底是个什么东西，咱现在只能拼命往前跑了，前边就有房屋了，那活人多的地方阳气就重，没准能把鬼吓跑了……"

话正说了一半，罗大舌头脚下踩到石头上，由于跑得太急，结果扑倒在地摔了个狗啃泥，满脸都是鲜血。

司马灰正要扶起罗大舌头，就觉身后那个东西的距离已近得不能再近了，突然冷冰冰接触到自己肩上，他脑袋里顿时"嗡"了一声，身上就跟过电似的，连头发在内的每一根寒毛都竖了起来。也是出于本能反应，他没敢回头，眼角下意识地往自己肩上一看，却发现是只纤细的女子手掌，不免想起自己说过贵妃变为厉鬼在路上抓人的事情。那不过是道听途说的志怪奇谈，连野史上都未必过记载，难不成还真有这么一回事儿？听说凡是在这条路上回头看见鬼的人，都再也别想活命，如果此时回过头去看上一眼，会看到什么恐怖的景象？

如果路上除了三个人之外，还有多余的脚步声，司马灰也绝不会察觉不到，何况他们一路狂奔，怎么可能有人轻易地从面后追上。

高思扬停下脚步看司马灰去拉罗大舌头，却突然不动了，正想问怎么回事，却被司马灰摆手制止，当即也怔怔地站着不敢动。

司马灰仗着艺高胆大，暗想：却要看看这女鬼究竟长的是什么模样！当即横下心来回头看去，然而就在这一瞬之间，他感觉周围突然陷入了一片漆黑，眼前什么也看不到了，好像除了身后那只手是真实的，其余的一切事物都已灰飞烟灭，时间正在逆向飞逝。

第七章 脱离

　　司马灰被身后那只手接触到的瞬间，回头看去，就觉得眼前变得一片漆黑，自身随着逆向飞逝的时间不住后退，脑袋里"嗡嗡"作响，口中似乎满是咸腥的血沫子，等到睁开眼睛，就见拽住自己肩上背包带子的人，是个头戴法国"Pith Helmet"软木盔，其上装有防风镜和矿灯，身着荒漠战斗服的年轻女子，容貌秀若芝兰，只是脸色非常苍白，还带着些泥土和血污。

　　司马灰坐在地上心神恍惚，仿佛失去了魂魄一般，暗想：是在缅甸丛林寻找蚊式特种运输机的探险队首领玉飞燕？可她怎么会戴着 Pith Helmet？是了，这是考古队的胜香邻，在路上拽人的女鬼怎么是她？想到胜香邻，心下不禁一阵怅然，险些落下泪来，又寻思：我如今也死了吗？

　　可再仔细一看，高思扬和罗大舌头，也都握着步枪蹲在身旁，满脸都带有血迹，头上打开的矿灯晃得人睁不开眼，空气里到处是爆炸后的硝烟和尘土气息。

　　司马灰用手挡住照在脸上的矿灯光束，持续不断的耳鸣中，隐约听到罗大舌头正在高声叫嚷："不要紧，是被震蒙了！"

　　司马灰更是疑惑，这是在噩梦里不成？他只记得在从火葬场回来的时候，抄近道走了荒郊野外的土路，从身边经过的秃尾巴狗和一个农民都莫名其妙消失了，不管怎么往前走，身后几十米外的地面都在跟着移动，似乎后面有个东西在不断接近，把他经过的道路都吞掉了，直到被一个女子用手抓住肩头，猛一回首就到了这里，到底发生了什么事？

这时司马灰无意中摸到地面，阴森冰冷和厚重无比的触感透过指尖，好像置身在一块巨石之上，他心中登时一惊，浑噩的神志清醒了许多，这是拜蛇人石碑，考古队根本就没从无底洞里逃出去！

司马灰恍然醒悟过来，在高温火焰喷灯照到炸药的时候，发生了剧烈爆炸，考古队的四个人急忙伏在石碑顶部躲避，冲击波将拜蛇人石碑上的龟裂扩大了不少，众人也都被震得不轻，五脏六腑翻了几翻，口鼻中流出血来，而就在那一瞬之间，司马灰感觉到拜蛇人石碑将要崩塌，急让其余三人赶快翻过石碑逃走，当时他往漆黑的洞中看了一眼，模模糊糊见到一个浑身是眼、形如参天古树般的庞然大物，在浓重的黑雾中显身出来，也就在这一瞬间，他的意识就掉进了"熵"制造的无底洞中。

此后拜蛇人石碑崩塌，考古队的四个人舍命逃出神庙，将那树形古神引进沼泽，那个怪物在陷入深渊的时候，又把考古队吞了下去，一行人被引入鹦鹉螺化石空壳，在"熵"引发的地震中穿过北纬30度茫茫水体，浮至磁山附近，接下来枪支和猎刀等全部装备，都被磁山吸去，多亏胜香邻牺牲自己引爆了山洞中的沼气，爆炸使大磁山偏离了原本的位置，被地下之海中的一个巨大漩涡卷住，最后那树形古神被困在磁山上，陷入黑洞般的乱流中不停旋转，不出几天就会让那座磁山抹去意识。

考古队剩余的三个幸存者，在绝望中找到了飞机残骸里的降落伞包，使用救生伞借助乱流升上半空，又寻着地下暗河逃出生天，被居住在雅鲁藏布江流域的门巴猎人所救，养伤恢复了几个月之后隐姓埋名，想找个安稳的地方混碗饭吃。然而这全部的一切，从来就没有真正发生过，只是司马灰潜意识在无底洞里的臆想，现实中才不过一两秒钟，而在他的感受中，却像经历了一段无比漫长的时间，如果不是胜香邻拽着他向石碑外侧移动，他的意识可能还留在那个无底洞中，甚至有可能回到考古队工作，把生活一天接一天地继续下去，那里虽然安稳平静，却只是意识中虚无的存在，现在重新返回了残酷险恶的真实当中。

司马灰估计"熵"被磁山困住，胜香邻身亡，剩余的三个人逃出去，找到机会再次混进考古队，都他自己心底的念头。"熵"被磁山彻底抹掉，是他最希望看到的结果，胜香邻身上带伤，司马灰一直以来深感担忧，这种担忧也在潜意识中发生了。而再次回到考古队，同样是他的愿望，至于在那块竖着木牌的"前进路"土道上，正是胜香邻在伸手想把他拽向石碑外侧，在接触之前司马灰就察觉到了，使他陷在无底洞中的意识出现了一些异动，所以从身边路过的秃尾巴野狗和农民都在路上消失了。

此前考古队在无底洞中遇到二学生，反复经历时间飞逝复原的过程，却是以真实之躯走进了虚无，而司马灰经历的情况，其实只发生在他自己的脑海之中，是意识被那浑身是眼的树形古神摄住，感受到了强烈的真实。至于考古队里的其余三人，都处在石碑顶端比较靠外的位置，因此并不知道司马灰在那一瞬间经历了什么。

司马灰在"虚"中停留的时间太长了，此刻头疼欲裂，过往的经历一股脑涌现出来，在螺蛳坟跟赵老鳖找雷公墨，进入野人山大裂谷被化学落叶剂灼伤，在"黄金蜘蛛城"见到了古占婆阿奴迦耶王那匹敌神佛的面容，找到了幽灵电波，从此开始命运便与"绿色坟墓"拴在了一起。逃出缅甸后又跟随宋地球深入罗布泊望远镜，从楼兰古国的地底沙海的大铁人中掉进了时间匣子，在地底古城里发现了禹王鼎，遇到了中苏联合考察队员掌握了夏朝龙印的解读方法，拼命躲过了"无"和尸鲨的追击，再一次逃出生天之后，决定彻底揭开"绿色坟墓"的秘密，为阿脆、玉飞燕、宋地球、通信班长刘江河等人报仇，从而与胜香邻和罗大舌头来到了大神农架，遇到了高思扬、二学生和民兵虎子，找到了楚幽王盒子里的水晶尸骸，被卷进了北纬 30 度茫茫水体之中，落入重泉之下发现了被吸附在阴山上的 Z-615 潜艇，循着柯洛玛尔探险队的地图穿过了水晶丛林，又差点儿被困死在梦中，历尽千难万险终于来到了拜蛇人石碑，却被"熵"拉进了"虚"中……一路生死逃亡，"绿色坟墓"如影随形更是结下了不共戴天之仇。

思潮翻滚之际，司马灰接连呛出两口黑血，好半天也没回过神来。

罗大舌头见司马灰神色离乱，以为他是被刚才的爆炸震蒙了，只好抓着他的肩膀使劲摇晃。

司马灰从深沉的思绪中回过神来，伸手推开罗大舌头，他意识到拜蛇人石碑并没有崩塌，剧烈爆炸带来的冲击，只是扩大延伸了石碑上的龟裂，可是拜蛇人石碑过于厚重高大，依然一动不动地矗立在地脉尽头，也算是不幸中的万幸。这个让石碑挡住的树形古神实在太可怕了，一旦容其脱身，就将面临一场无休无止的噩梦。至于将这东西引进沼泽以及困在磁山里的事，无非是自己一厢情愿的念头，现实中可别想有那么顺利，恐怕还没逃出放置拜蛇人石碑的大殿，考古队就会被"熵"一口吞掉，以常人之力万难与之抗衡。也多亏拜蛇人石碑如此坚厚，能在这么强烈的爆炸冲击下不动如山，此时不逃更待何时？

司马灰顾不得耳鸣目眩，也不敢再去看拜蛇人石碑后面的东西，抬手示意其余三人赶快离开石碑，毕竟是天无绝人之路，石碑终究安然无恙，但从考古队翻过石碑的一刻开始，身体和意识就像掉进了无底洞，经历着一切可以想象和无法想象的事件，几乎连虚实都分辨不清了，好在那个浑身是眼的树形古神，也看不到还没发生的事，虽然引着考古队引爆了炸药，石碑却没有彻底破坏，反倒给众人留出了脱身的机会。

罗大舌头同样知道厉害，只想尽快撤离石碑，有多远逃多远，这辈子也不敢再接近无底洞了。拜蛇人石碑还会在地脉尽头耸立许多年，众人所能做的只是保守住秘密，至于以后的事，那就交给以后的人去考虑好了。当即转身后退，把加拿大双筒猎熊枪倒背在身后，手脚并用爬向石碑外侧。

司马灰紧随其后，他感觉那处在僵死状态的树形古神，正瞪着千百只眼望着自己，不觉毛骨悚然，于是握着瓦尔特 P38 手枪，头也不回地向身后连发数弹，同时穿过爆炸后留下的烟尘，跟着其余三人爬下石碑。此刻仍是心有余悸，总觉得不会这么轻易走脱，毕竟那树形古神让石碑挡了几千年，只有几个人进入重泉之下的神庙，难道它确实没料到会出现炸药未能让石碑受到严重破坏的情况？

司马灰等人都是悬着个心，不逃到外边终究放不下来。可能真是越怕什么越有什么，正要顺着石碑外侧往下爬，忽然感到周围风如潮涌，无穷无尽的黑雾从石碑两侧涌动而来，他感觉到事情不对，赶紧把已经爬到石碑侧面的罗大舌头拽了回来，再将矿灯的光束照出去，拜蛇人石碑底部已是黑茫茫的看不到地面了。

司马灰和罗大舌头、胜香邻三人，忙把苏制鲨鱼腮式防化呼吸器挂在胸前，以备黑雾涌过来的时候罩在脸上。

高思扬也有从 Z-615 潜艇上找到的防毒面具，取出来随时待用，只因石碑周围的黑雾中能见度近乎为零，戴上防毒面具透过滤镜，就别想再看得到任何东西，所以要留到最后关头使用。

四个人半蹲在石碑顶端，发现前后都被黑雾吞没，就连头顶都被雾气笼罩，原本触手可及的洞壁已看不见了。

罗大舌头壮着胆子往身后去摸，直伸进多半条胳膊，也只抓到有形无质的黑雾，他道声不好："这洞窟的穹顶到哪儿去了？"

司马灰让罗大舌头别乱动，如果雾里躲着什么东西，伸进去这条胳膊可就没了。

罗大舌头把手缩回来，只见手中都是漆黑的尘埃灰烬，奇道："这是什么？"

胜香邻望着周围浓密的黑雾，吃惊地说道："糟糕，咱们曾在罗布泊望远镜的洞道深处遇到过这种事……"

司马灰见状，真是感到心惊肉跳，石碑后面那浑身是眼的怪物，把考古队和石碑拖进了一个"时间匣子"。

第八章　撞击

高思扬发现司马灰脸色突变，心里感到十分奇怪，以往即使遇上再大的险阻，他也向来是从容应对，没有过丝毫退缩畏惧之意，怎么一看到这些黑烟般的浓雾，就显得如此绝望？至少这拜蛇人石碑安然无恙，考古队的处境应该还算安全。

司马灰却清楚，这么浓重的黑雾只有在匣子里才会出现，当初在极渊沙海导航的大铁人附近，考古队遇到赵老憋和遇难的 C-47 信天翁飞机，以及深渊里那无数只阴森的眼睛，那次惊心动魄的经历，仿佛就发生在昨天，每个细节都还记得清清楚楚。

"绿色坟墓"寻找地底通道多年未果，正是由于考古队在匣子中，向赵老憋透露了"黄金蜘蛛城密室中的幽灵电波、占婆王匹敌神佛的面容、只有飞蛇才能在深谷的浓雾中穿行"等消息，才使自身陷入了解不开的死循环。可以说如果没有极渊沙海中的"时间匣子"，从缅甸野人山裂谷寻找蚊式特种运输机开始，到现在为止的事情都不会发生。也许缅共"人民军"溃退之后，司马灰和罗大舌头、阿脆等人，就直接穿过原始丛林返回了故土，所有人的命运都将被改写，但发生过的事实无法挽回。

考古队在罗布泊望远镜洞道下的极渊里,被卷入了黑雾中的"时间匣子",已然是发生过的事实,什么力量也无法更改,其实归根结底,那个匣子才是一切秘密的根源,深渊里的树形古神,也正是在匣子中露出过真实面目。

所以司马灰和胜香邻、罗大舌头三个进入过"时间匣子"的人,都知道这种情况有多么可怕,现在想来,很可能就是那个浑身生眼的树形古神扭曲了时间,它为了摆脱让石碑困在洞中,不断重复着死亡的过程,通过匣子把秘密透露出去,引着考古队深入重泉之下破坏拜蛇人石碑。

对方在考古队接触拜蛇人石碑之后,经过几次较量,没能破坏石碑,或者说这些情况事先就被它预料到了,它知道炸药无法将巨大厚重的石碑损毁,只是需要这次剧烈爆炸带来的能量,以便让石碑落入"时间匣子"之中。

至于这个怪物为什么要这么做,根据以前发生的事也不难揣测,匣子就像一个倒置的沙漏,里面的时间流逝到尽头,就会瓦解消失在黑洞之中,被它卷进来的一切事物,在这个匣子消失的一瞬间,会返回各自所在的时间坐标,回不去的东西就会和匣子一同消失,但回去的东西,除非具备特殊条件,否则不会出现在它原来所处的位置。

考古队上次所经历的"时间匣子",一共出现了四个事件:赵老憋原本在荒漠洞道里抠宝,经过了进出匣子的过程,醒来时身处在一片大沙漠中,险些被太阳晒成了干尸;考古队由于返回了极渊沙海中的大铁人,所以位置没有变化;那架遇难失事的 C-47 信天翁飞机,来自 1949 年,航线是由南向西北,可在途中经历了进出匣子的过程,最终坠毁在根本不可能经过的罗布泊荒漠边缘。

当时出现在匣子中的第四个事件,就是深渊裂隙里出现的千百只巨眼,可以说匣子本身就是这个树形古神,周围那无边无际的黑雾,都是从它身上涌出来的,只要没东西改变它的位置,匣子消失之后,它还会留在原地不动。

在那架坠毁的 C-47 信天翁飞机里,还放置着被遗骸带出深渊的"死人肉",而赵老憋把它当成了宝物,带在身上爬出机舱,因为这件事,导致那块"死人肉"永远消失在了时间以外的乱流之中。

司马灰等人无法确定这树形古神，是如何让上一次的匣子出现的，只能推测是由重泉之下的地震引起，而这次则肯定与考古队携带的那捆炸药爆炸有关，可是之前为什么不让拜蛇人石碑出现在匣子中，偏要引出这许多周折？

司马灰反应迅速见事极快，但这一节却想不通了，只好去问胜香邻："如果拜蛇人石碑在上一次就出现在匣子中，让它困住的怪物不是早就脱身了？"

胜香邻同样对此感到奇怪，应该是那个怪物不敢过于深入匣子，因为它处在半死状态不可能远离石碑，而出现在匣子里的事件也不受它控制，一旦遇到外力影响，就会使它偏离了原本位置，最终发生什么结果更是无法预知。如今将石碑和考古队都带到匣子中间，当是孤注一掷之举，可能这东西也十分清楚，除了考古队的几个幸存者，往后很多年之内，都不可能再有人能进入到重泉之下。它要利用这个最后的机会，让石碑离开原本的位置，等匣子里的时间流逝到尽头，拜蛇人石碑和考古队，将会面临两种结果：一是偏离原本的位置；二是永远消失在黑洞中。

高思扬忽然用手指向黑雾深处，说道："你们听，那雾中是不是有什么动静？"

司马灰侧耳一听，果然有些嘈杂的噪声，像是电台受到干扰时发出的声音，而且分贝不小。

罗大舌头焦躁起来，他不想坐以待毙，将加拿大双筒猎熊枪端起来，对准不远处的浓密黑雾，想扑过去做困兽之斗。

司马灰拦下罗大舌头，以普通的枪弹对敌，无异于痴人说梦，过去拼命也是白白送死，那浑身是眼的树形古神，整个躯体就像是块巨大的死人肉，人在它面前就似蝼蚁一般微不足道，枪弹打在上面顶多留个窟窿，转眼间便能恢复原状，倘若离得太近，意识就会被它吸进无底洞中，那种经历真是生不如死。

罗大舌头咬牙切齿地说道："这却如何是好？咱们身上携带的武器，除了枪支就只有猎刀了，我看还不如大口径猎熊枪好使，要是不使用枪支弹药，咱总不能朝那东西吐口水吧？"

四个人正急得没处躲，就听黑雾中出来的噪声越来越大，这声音来自石碑外侧，显然不是那个浑身生眼的古神，那怪物与考古队和石碑同属一个事件，而出现在匣子里的事件必定不止一个，会是什么东西被卷了进来？

高思扬听那黑雾中的声音已大得惊心动魄，越看不到越是显得恐怖，骇然道："好像正对着咱们来了，那到底是个什么东西？"

司马灰却觉得那声音有些耳熟，突然生出一个念头，压低声音说道："正从黑雾深处接近这里的东西是……命运。"

罗大舌头不满地说："这都什么时候了，你还顾得上信口开河，命运是个东西吗？那东西是方的还是圆的，能不能吃？"

司马灰这时在想，第一次出现在匣子中的四个事件，相互因果纠结，都和困在地底深渊里的树形古神有关。比如那架 C-47 信天翁飞机，最初以为与整件事毫无关联，就是被乱流卷进了匣子，其实 C-47 的机舱里装着一块"死人肉"，而赵老憨和考古队更是全部事件的参与者。"熵"并不能选择或决定将什么东西卷进匣子，但进入匣子的东西，都会被命运纠缠在一起，就拿司马灰和赵老憨而言，他们其实都不想蹚这路浑水，可为什么不是别人，偏偏是他们被卷了进来，这种事谁也解释不了，只能说是结果造就了原因，所以出现在匣子里的事件，彼此之间一定有着很深的关系。

那么此刻出现在匣子里的事件，已知的只有考古队和石碑，不管正从黑雾深处逼近而来的第二个事件究竟为何物，它都注定是这"死循环"中的一个部分。

这时黑雾中的噪音，已经变为了巨大的轰鸣，不过还是没从雾中显现出轮廓。司马灰听到那动静，已然知道没有猜错，果然是那个东西正在接近。

其余三人不解其意，听声音好像有一架很大的飞机，正穿过黑雾向拜蛇人石碑撞过来了，司马灰怎么会提前知道？

司马灰心想这件事高思扬确实不知道，胜香邻也许知道，但不会了解得太详细，只有司马灰和罗大舌头最为清楚，从雾中驶来的东西，应该是1963年发生事故的"伊尔－12运输机"，考古队的刘坏水和胜香邻的父亲胜天远，当时都在这架飞机上，刘坏水曾如实向司马灰描述过整个事件的经过。

那一年由胜天远带领考古队，搭乘空二师的伊尔－12运输机，前往荒漠寻找进入"罗布泊望远镜"的洞道入口，这是架苏联制造的双发螺旋桨战术运输机，途中以每小时340公里的巡航速度，飞临库木塔格沙漠边缘，突然遇到了类似晴空湍流，随着一阵猛烈的颠簸和震颤，机身似乎被什么巨大的怪物攫住了，飞机里的全部人员都失去了意识，等醒来的时候，所有人的手表都停住不动，伊尔－12的发动机熄火停转，左侧活塞发动机和升降翼损坏，无法重新拉升，高度只能越来越低，幸得经验丰富的空军驾驶员临危不乱，在沙漠腹地迫降成功，没有发生起火爆炸的惨烈事故，可是经过定位，发现迫降点的坐标为"北纬40度52分29秒，东经91度55分22秒"，与此前估计的地点相差了几百公里，等于是在全部乘员失去意识的过程中，飞机由东向西横穿了整个库木塔格沙漠。

司马灰从亲历者口中，听到过整件事的具体经过，可后来接连遇到许多变故，几乎连喘口气的余地都没有，早把此事忘在了脑后，如今听得迷雾深处螺旋桨发动机的轰鸣声，才想到1963年的中国空军伊尔－12运输机所遇事故，其实是经历了一次进出匣子的过程，并且在匣子里撞到了一样东西。

第九章　终点

司马灰将这个念头简明扼要地对其余三人说了，那怪物把考古队和石碑拖进匣子，是想借助外力破坏拜蛇人石碑，它并不知道这么做的结果如何。

然而司马灰却知道伊尔 -12 运输机，会在穿过匣子的过程中撞到东西，这也是一个在死循环中不可更改的事实，好比是覆水难收。

根据事故经过来看，伊尔 -12 运输机在匣子里撞上的东西，十有八九就是这个让石碑困住的怪物，正所谓是"作茧自缚"，它让自己也陷进了死循环，这个怪物最终会被飞机撞到匣子之外，如同被赵老憋带走的那块"死人肉"一样，永远消失在虚无当中万劫不复。

罗大舌头问道："你说那个万劫不复的所在，到底是个什么样的地方？"

司马灰说："那就不得而知了，毕竟没人去过，不过肯定是这个怪物最不想去的地方。"

高思扬也不解地问道："那么咱们……就在这儿等着飞机撞过来？"

司马灰点了点头，说道："伊尔 -12 飞机在穿过匣子的过程中，撞到了某个物体，这是一个早已存在的结果，任何人或任何事都不可能改变这一结果。"

胜香邻循着轰鸣声望向黑茫茫的迷雾,她认为事情没有想象的那么简单,听那雾里的响声,这架伊尔-12运输机正从外侧朝着石碑驶来,而那个怪物应该躲在石碑里侧,飞机要撞也是先撞上石碑,考古队的四个人自然难逃一死。拜蛇人石碑一旦受到破坏,那怪物就会立刻从看着石碑的僵死状态中复原,这岂不正是它想得到的结果?

司马灰也在隐隐担心发生这个结果,虽然那架苏制伊尔-12运输机,必定会在匣子里撞到某些东西,可没人看见过究竟撞到了什么,撞上那树形怪物只是他自己一厢情愿的臆测,而且听发动机的轰鸣声,从迷雾深处驶来的伊尔-12,确实是直对着石碑而来,等到撞击之后再后悔可就来不及了。

司马灰想到这里,不由自主地往身后看了一眼,石碑另一端同样是雾气弥漫,黑乎乎的什么也看不到,不过能感受到雾中沉重的死亡气息,说明那个浑身都是眼的树形怪物就躲在其中。难道考古队也要在石碑顶端一动不动,等待着结果降临?

司马灰越想越觉得不对,万一结果与自己预期的不同,那该怎么办才好?何况从声音上分辨来势,伊尔-12运输机确实会撞上石碑,就算他胆量再大,此时也沉不住气了,可也没办法让伊尔-12运输机改变航向,绕到石碑的另一端去,耳听发动机螺旋桨的轰鸣声渐渐扩大,不由得把心揪到了嗓子眼儿。

事到如今,司马灰和其余三人只得死中求活,把身体当作重心,竭尽全力在石碑上拼命晃动,想将石碑向前推到。

拜蛇人石碑原本矗立在地脉尽头,石碑高大厚重得异乎寻常,以考古队四人之力,万难撼动此碑,可石碑中间的深裂再也承受不住,在剧烈的晃动中,居然从中断为两截,上边的部分轰然倒向前面的黑雾。

司马灰等人唯恐跟着断掉的半截石碑落在雾中,在倾倒断裂的过程中攀到了石碑底层,几乎就在与此同时,迷雾中浮现出一个模糊的轮廓,然后迅速变得清晰起来,果真是一架伊尔-12运输机。它穿过匣子的速度虽不算快,可还是来势惊人,震颤人心的巨大轰鸣声中,贴着众人的头皮子掠过,四个人都被它卷动的气流带到，险些从下半截石碑上掉下去，急忙伏低身子躲避。

伊尔-12运输机的机舱里黑沉沉的，没有半点儿亮光，以近得不能再近的距离，擦着残存的半截石碑驶过，蓦的只听一声闷响，似乎在雾中撞到了某个巨大物体，只听声音却像撞在了朽木桩子上。

司马灰等人趴在石碑上，抬起头来望过去，就见那架伊尔-12战术运输机的机舱顶部，趴着一个黑乎乎的庞然大物，形状像一株枯死的老树，上下都是根须，有几根搅进了发动机螺旋桨里，石碑周围黑雾涌动，看得并不真切。那东西刚离开原本的位置，大部分躯体还处在僵死状态，无法将整架飞机一口吞掉，能动的部分似乎在竭力挣扎，妄图摆脱伊尔-12运输机，肢体接触到机舱顶部，发出阵阵抓挠铁皮的怪响，但都是徒劳无功，想要控制住机舱内驾驶员的意识也做不到，因为那些人在进入匣子的时候，都处在意识恍惚的状态，转眼便被那架飞机带向了茫茫迷雾的深处，再也看不见了。

众人看在眼内，心中惊骇实难言喻，这个万古不死的树形怪物，就这么被一架来自1963年的伊尔-12运输机撞出了匣子，从此彻底消失了，其实这个结果早已出现过，只不过从来没有任何人能够想到而已。

这时，黑雾涌动更甚，司马灰等人被迫将防化呼吸器罩在脸上，他们知道匣子里的时间已经流逝到了尽头，正随着"熵"一同消失，伊尔-12运输机经历了进出匣子的过程之后，会因螺旋桨发动机熄火，迫降在东疆的库木塔格沙漠，而考古队四个幸存者的去向，却不得而知！

四个人此时脑中一片空白，也顾不上再想什么，埋下头将身体紧贴住石碑的断面，视线和意识都被黑暗吞没，不知过了多久，才逐渐清醒过来。

司马灰活动了一下僵硬的脖子，看周围的黑雾已经消散，便摘掉鲨鱼鳃式防化呼吸器，打开帽子上的矿灯察看情况，发现那半截残碑就在身下，但置身之地，却是个近乎垂直的天然岩洞中，头顶的洞口处天光暗淡，好像有呜呜咽咽的风声。

罗大舌头爬起来望了望四周，眼见不是地脉尽头的洞道，脑壳子里不免发蒙，疑道："这是他娘的什么鬼地方？咱们莫非都死了，又落在阴间相见？"

司马灰说道："死了倒也省心了，只怕是落到了不知道是什么地方的地方。"

胜香邻说："这次咱们与经历进出匣子过程的赵老憋一样，离开了原来所在的位置，却也因祸得福，否则弹尽粮绝，电池即将耗尽，困在隔绝天日的重泉之下，绝无再生之理。只是不知道现在究竟是在何处，不如先出去看看再做计较。"

四个人为了预防不测，把仅剩的弹药装进枪里，稍事休息之后就往外走去。

司马灰边走边回想一路的经历，由野人山大裂谷起始，到重泉深渊之下为终，总算解开了"绿色坟墓"的全部谜团，这么做的代价是死了很多人，最后能有这样一个结果，也实在是出乎意料。他以前曾被地震炸弹中的化学落叶剂灼伤，不知道还有几年活头，如果留得性命，是不是还要再找机会揭开那些更深层的谜团？比如飞蛇崇拜的源头在哪儿，那个满身是眼的树形古神究竟是什么东西？拜蛇人石碑上的死亡符号从何而来？可想到那些死掉的人，就为自己这些念头感到担忧，若是过分执迷于这些失落的秘密，还不知要搭进去多少条人命，又寻思现在经历着的事是否真实，这可能是陷在无底洞里的后遗症，一时半会儿也无法消除。

司马灰脑中胡思乱想，等看到洞外的情形，他和罗大舌头等人都茫然呆立在原地，半晌没人出声。

原来众人置身之处，是一座方圆不过数里的岛屿，岛上遍布低矮稀疏的植被，四周都是苍茫无边的大海，波涛异常汹涌，上空乌云低垂，预示着一场大风暴即将到来。

在漆黑的地底时间太久，好不容易逃出来，却困在这座弹丸般的孤岛之上，可能在最大比例尺的地图上都找不到踪迹。岛上又没有粮食没有水源，纵然有天大的手段，在此存活一两天也很困难，更指望不上有飞机和舰船从附近经过。

高思扬真没想到自己能活到最后，她望着远方的海平线说："这漫长的行程总算是走到了终点，困在这座小岛上，只怕是有死无生，不过即使回不去，死在这里也可以合得上眼了。"

胜香邻道："别这么说，人有逆天之时，天无绝人之路，咱们一定能找到办法离开此地。"

罗大舌头说："没错，凡事得尽量往好处想，好不容易才从地底下活着出来，咱不得保卫胜利果实吗？我告诉你这么个道理，经历过大灾大难而不死，本身就是一种运气，我一贯主张——运气也是能力的一部分，而且是重要组成部分……"说到这儿，他又问司马灰："是不是这么个道理？虽然总走背字触霉头，可从长远来看，运气还是站在我罗大舌头这边的，这种情况怎么可能困得住咱们？"

司马灰也不知自己这伙人是倒霉还是走运，只好说道："我还是那句话——存在即是开始，消失才是结束，所以现在并不能算是结束，甚至不会是结束的开始，最多只是开始的结束！"

后记　夏夜怪谈

　　《地底世界》全部四册，考古队的行程到此告一段落。首先必须感谢各位读友，以及对出版这部作品提供帮助和支持的各位老师。

　　按例要写一篇后记，向大伙儿报告一下写作过程和感受，但是作为后记，突然又想讲讲以前的事。我从来不是一个怀旧的人，不过童年的经历实在难忘。那时我父母都在地质队工作，经常要到野外出差，整个机关大院都跟着一起行动。大院里住着几千人，有自己的电影院、食堂和医院等设施，看电影是一概不要钱的。职工的孩子们，就上大院里的子弟学校，赶上春节之类的假期，又要坐火车回家探亲，所以从我不记事的时候起，就开始坐着火车了。

　　当时我对火车的印象，都是绿皮慢车，车厢里很拥挤，有列车员给送开水，旅客们来自天南海北，一边喝着茶一边闲聊，也有人打牌、下棋或看书。我最喜欢做的事，就是在车厢里听别的乘客讲故事。

　　学校里每周二有一节故事课，课上老师让同学们轮流讲故事，以此锻炼语言表达能力。我回到大院里的子弟小学之后，经常会把我在火车上听来的故事，讲给班里的同学们，然后再听同学们讲他们听来的故事。虽然我现在完全不记得听过什么和讲过什么，但是像我这种拖着鼻涕的淘气大王，居然也可以安静地坐下，认认真真地来听别人讲故事，可见这就是故事的魅力。

八十年代初期，野外和乡下的生活条件很艰苦，我记得当地老乡连糖炒栗子都没见过。但是对我和我朋友们而言，地质队大院内外有很多好玩儿的去处，尤其是仲夏的夜晚，田野间空气清新，大院南门外是起伏的高粱地，沿着路走下去，是从溪流上跨过的铁道桥。桥下的溪流里有很多鱼，野地杂草丛中，藏着各种各样的昆虫。我们这些六七岁的孩子，走到这儿已经是极限了，如果爬上铁道桥，就会看见很远处可望而不可即的大山，地质队每天都有很多人到那些大山里进行勘探。

那时我们最喜欢听父辈们在野外工作的经历，那些故事里有莽莽林海、无边的雪原，还有深山里的黑熊、坟地里的狐狸、吸人血的草爬子、拳头大小的狗头金、各种罕见的岩心样本，当然也有遇到危险的时候，甚至发现过一些古迹。当地那些老乡家里，大多有从古墓里捡来的坛坛罐罐，他们不会描述那些东西有多古老，只能说"这瓶很古，绘在上面的女子都没表情"，意思可能是年代越近，瓷器图案中的仕女表情就越丰富。

每到夏天的夜晚，我和另外几个小孩，都会在铁道桥下的田野间纳凉玩耍，缠着大院里的职工和看瓜田的农民，讲这些稀奇古怪的故事。时至今日还留有印象的，只有三四个没头没尾的故事，内容自然十分离奇。

其中一个是说拾荒捡破烂的人，常在脖子上拴着串打狗饼，打狗饼是种药饼子，专门用来驱赶野狗，因为狗鼻子最灵，一闻这味道就躲得远远的。乡下死人了都要在死者脖子上挂一串，这仅是个迷信的形式，因为前人相信，死人走向阴间的路上，会经过一个村子，村口石碑上刻有"猛狗村"三字，整个村子里没有人也没有鬼，全都是恶狗，死人如果不带打狗饼，鬼魂就过不了"猛狗村"，只能留在黄泉路上做个孤魂野鬼。

还有一个是说当地有个小女孩，某天到山里去玩儿，那地方有很多坟坑，以前都是被毁的古墓，后来墓砖都被老乡撬走搬回家砌猪圈了，所以留下一个个深坑，里面全是稀泥，荒草丛生。她无意中碰到坟坑草丛里的一只怪虫，那虫子有常人手指般长，颜色像枯树皮，浑身都是眼，一动就冒黄水，气味腥臭。她被吓了一跳，赶紧从坑里爬了出来，晚上回到家，这个小女孩碰到虫子的手指开始疼痛，指尖上长了个水疱，痒得难忍。当时家里人没有多想，拿针在灯上烧了烧就给她把水疱挑破了，谁知接下来破掉的水疱就开始化脓溃烂，半月后一个指节都烂掉了。到医院去诊治，大夫也没见过这种情况，经过商量决定截掉一节手指，阻止溃烂继续延伸。但不管截去多少，断肢顶端都会继续生出一水疱，且随即向上腐烂，省城的大医院也无可奈何。到后来那女孩动了十几次截肢手术，胳膊被越锯越短，依然阻止不了腐烂，只要烂过肩膀，就别想再活命了，不知最后有没有治好。那坟坑里浑身是眼的虫子也成了一个谜。

还有一次深夜坐火车，听一位旅客讲以往临近澜沧江的山区。七八十年代的时候，有许多佤族小孩都到山下一株老榕树下玩游戏，他们玩的游戏很特殊，如果在现在，恐怕会让人联想起《骇客帝国》动画版里边的一段情节。一群孩子发现了一个"灵异房间"，人可以在里面体验类似太空飘浮一样的失重现象。而那些佤族小孩玩的似乎就是这种游戏。他们轮流盘着腿坐到树下，不一会儿整个身体就开始凌空而起，忽忽悠悠地往高处升，几个起落之后才会缓缓降下。小孩们不知道是怎么回事，都以为好玩儿，感觉像当了把神仙似的。可有大人路过的时候都给吓坏了，光天化日的这不是见鬼了吗？于是连打带骂，把小孩们都轰回家去了。不过山里的孩子都很顽皮，他们在没有大人注意的时候，还是会偷偷跑去老树底下玩"升仙"游戏，直到后来起了山火，山火把老树林子都烧秃了，这个"诡异"的游戏才算告一段落。因为山区的人大多没什么文化，又有些迷信思想，遇上个怪事也不敢过分探寻，事情过去后就更没人再去追究了，所以这个游戏的"真相"至今无人发现。只是这位乘客另外还讲到，那株老树一直都很邪门儿，如果天上有野鸟飞过，就会折着跟头往下掉。

我不敢肯定这件事情的真实性，毕竟是道听途说的传闻，仅能猜测其中的原因。那一带常有蟒蛇出没，那株老榕树的树窟窿里恰好栖有巨蟒，它困在树中年深日久，挣脱不出，只能探出蟒首吸气，以老鼠鸟雀为食。这条巨蟒见树下有小孩，便生出吃人的念头，才使树下的孩子腾空升起。如果不是它最终气力不足，或许就要有某个孩子葬身在蟒腹之中了。不过在《狂蟒之灾》那样级别的好莱坞电影里，都没有出现能够隔空吸人的巨蟒。我想如果这个传闻属实，树中一定还有某些不为人知的"真相"才对，但并不是每一个"谜"，都有机会找到答案。

正是这些在夏天夜晚听来的故事，让我后来有了要写《地底世界》的念头，不过这本书的主要背景，还是源自苏联的"地球望远镜计划"。

顾名思义，人类设计制造了天文望远镜，可以通过它用肉眼来窥探宇宙星空，但人的眼睛却不能穿透地面，因为向脚底下探索要远难于向头顶上探索，人类已经可以到达太阳系的边沿，但很难打出超过三千米的深井，所以才将穿透地层的深渊称为"地球望远镜"，意指直通地心的洞穴。

该计划的原型是早在六十年代冷战时期，苏联和美国这两大阵营，受到冷战思维支配，将大量财力、物力投入到无休无止的战备竞争当中，军事科研也以近乎畸形的速度突飞猛进，双方竭尽所能开发各种战略资源。当时苏联国土的南部和东部幅员辽阔，环绕着山岳地带，天然洞窟和矿井极多。为了比美国更早掌握地底蕴藏的丰富资源，以及人类从未接触过的未知世界，苏联人选择了贝加尔湖中一个无人荒岛为基地，动用重型钻探机械设备，秘密进行了前所未有的深度挖掘。这一工程耗时将近二十年，他们挖出的洞穴，垂直深度达到一万两千米，是世界上最深的已知洞窟。因为涉及高度军事机密，所以"地球望远镜计划"始终都在绝对封闭的状态下进行，外界很少有人知道其中的内幕。

关于苏联科学家通过地球望远镜发现了什么，一直以来都有很多传说，内容非常离奇恐怖。有种说法是深度钻探挖掘到一万两千米左右，就再也挖不下去了，虽然钻头的熔点几乎等于太阳表面的温度，可有时候把钻头放下去，拉出来的却只剩下钢丝绳，而且钻井中传出了奇怪的声音，电台里会收到大量从地底发出的诡异噪声，那简直就是恶魔的怪叫，没人能理解这些来自深渊的信息，也无法用科学来解释，现场人员都以为他们挖通了地狱。随着深度的增加，难以置信的奇怪现象越来越多，最后因为各种可知和不可知的因素，这项工程被迫冻结。

据说美国的宇航员，也在外太空接受过与之类似的"幽灵电波"——近年来被科学家证实是宇宙微波辐射，如同电视机里出现的雪花，或是电台中的噪声干扰。从遥远的过去到无尽的未来，自然界中始终存在着这种看不见摸不到的电磁波，或许地底深渊里的可怕现象同样是电磁作用，不过这些情况还有待于科学家继续探索。

虽然听上去不可思议，但也是确实存在的事实，还有书中描写的1949年在罗布泊坠毁的C-47飞机，以及刻有古篆没人能看得懂的"禹王碑"等都是真实事件，或在现实中存在着原型。而《地底世界》这部小说，就是依托此类真实背景，再加上诸多民间怪谈、历史传说和探险元素来创作的。全书一共分为四部，与单元剧般的"鬼吹灯"系列不同，从第一部《雾隐占婆》到第四部《幽潜重泉》，是一个前后呼应、情节内容紧密连贯的完整故事，不能单独拆分开来。

我想一定会有很多读友，想问我关于结局的问题。《幽潜重泉》确实是整个故事的大结局，这个故事简而言之，是讲让拜蛇人石碑困在地脉尽头的恐怖之物，想引着司马灰等人将它释放出来。最后的结局可能看似简单，其实隐藏着很多东西，我在此稍作分析。作为作者，我认为存在三个结局，分别是"磁山结局"、"匣子结局"以及隐藏的"无底洞结局"。

"磁山结局"是指深渊里的树形古神被磁山困住，胜香邻死亡，考古队其余的三个人从地底逃生，回去之后隐姓埋名地生活下去。至于司马灰等人在从火葬场回去的路上，途中遇到很多怪事，只是由于他们进入过"熵"制造的无底洞，受影响而产生的后遗症，就好比做了一场噩梦。

"匣子结局"则是按书里叙述的顺序，1963 年一架飞机经历了进出匣子的过程，使"熵"这个怪物彻底消失，考古队全员存活，但被匣子带到了一座大海中的小岛上，依然面临走投无路的绝境。

　　这是两个比较容易看出来的结局，此外还有一个是"无底洞结局"，即"磁山结局"和"匣子结局"全部是司马灰等人意识被"熵"吞噬，深陷在无底洞中感受到的经历，都没有真实发生过。

　　我想"千江有水千江月"，不同读友阅读《地底世界》的感受，也不会完全相同。因此我不会明确说这三个结局中，哪一个才是真正的结局。不过身为作者，我也为自己做出了选择，并且在书中留下了一些暗示，细心的读友也许能发现，我为考古队选择了哪个结局。